KB182488

헌책 식당

FURUHON SHOKUDO
by HIKA HARADA

헌책 식당

하라다 히카
장편소설

김영주 옮김

문학동네

일러두기

1. 주석은 모두 옮긴이주다.
2. 장편 문학작품 및 단행본은 『 』, 단편 문학작품은 「 」, 연속간행물·방송명 등은 〈 〉로 구분했다.

차례

제1화 ——— 『도시락 싸는 법:
눈이 번쩍 뜨이는 비결집』

| 고바야시 가쓰요

그리고 삼백 년 전의 초밥

드르륵 소리를 내며 셔터를 올리자 초겨울의 찬바람이 조그만 낙엽과 함께 불어 들어왔다.

그 냉기에 순간 고개가 움츠러들었다. 내일부터는 내의와 양말을 한 겹씩 더 입어야겠다고 생각한다.

책방 안에 비치해둔 빗자루와 쓰레받기를 챙겨 상가 앞을 쓴다.

일 년 가까이 문을 닫아뒀는데 양쪽 이웃이 청소를 해준 모양인지 비교적 깨끗하다.

고마운 마음을 담아 아직 문을 열지 않은 헌책방과 카페 앞도 청소해놓았다. 청소라면 자신 있다. 벽돌로 지은 것처럼 꾸며놓은 도로의 배수구에 흙이 쌓여 있는 것이 보였다. 물을 부어 대걸레로 박박 닦아내고 싶지만 오늘 아침은 이 정도면 괜찮을 듯해 적당한 선에서 그만두기로 한다. 공공 도로에 물을 막 부어도 되는지도 잘 모르겠고.

일단 책방 안으로 들어가 책들이 빽빽이 담긴 상자를 밖에 내놓는다. 겉표지가 없거나 살짝 손상된 것도 있지만, 세 권에 200엔인 저렴한 가격의 책들이다.

책등만 보아도 그 내용이 줄줄이 떠오른다.

책 모서리가 해진 애거사 크리스티, 겉표지가 없는 마루야 사이이치*…… 둘 다 한번 읽기 시작하면 푹 빠져들게 되는 명작이다. 그런데 지금은 사이좋게 나란히 상자 안에 있다. 어쩐지 씁쓸한 기분이 든다. 이렇게 좋은 책이 고작 200엔의 헐값에 팔리고 있다니. 그래도 마루야 사이이치는 애거사 크리스티의 옆에 있어서 기쁘겠지? 하는 생각이 드는 게 유일한 위안이었다.

감상에 빠져봐야 소용없다. 애초에 가격을 매긴 사람은 오빠니까 분명 타당한 금액일 것이다. '세 권에 200엔'이라고 오빠의 글씨체로 적혀 있는 가격표에도 마음이 울컥했다.

---

* 일본의 소설가. 지적이면서도 경쾌하고 재치 있는 작품들을 선보였다.

감정을 털어내고 책방 안으로 들어가 전등을 켜고 휘리릭 청소를 했다. 석유난로를 켜 실내 온도가 서서히 올라가자 이제야 영업하는 공간다워졌다.

책방 제일 안쪽에는 책상 두 개와 커다란 사무용 캐비닛이 삼면을 이루는 모양으로 놓여 있고, 그 안에 가게 보는 사람이 앉는 의자가 있었다. 책상 위에는 금전출납기와 오래된 소니 목제 라디오. 그 옆에는 손님과 담소를 나누거나 차를 마실 수 있는 접이식 테이블과 의자도 놓여 있었다. 더 안쪽에 자리한 백야드*에는 7제곱미터쯤 되는 방 한 칸과 화장실, 작은 부엌이 있다.

나는 금전출납기 앞의 삼면이 막힌 공간 안에 앉았다.

자, 이제 할일은 더 없나?

잘 모르겠다, 헌책방의 일이 어떤 건지.

오전 아홉시에 책방 문을 열고 한 시간 정도 앉아 있었는데 아무도 오지 않는다. 서서히 졸음이 몰려온다.

지난달, 고향을 떠나올 때의 일이 떠오른다.

"정말 가는구나, 도쿄로." 누군가의 목소리에 나는 수하물 검사장 앞에서 뒤를 돌아보았다.

---

* 일본에서 '백야드'는 주로 상점에서 창고나 탕비실 등으로 쓰는 작은 공간을 뜻한다.

오비히로 공항 로비에는 지금껏 알고 지냈던 사람들이 모여 있었다.

"다들 유난이야. 일단 잠시 도쿄에 가서 오빠의 책방을 어떻게 할지 결정만 하고 오는 거야. 어쩌면 곧장 올지도 모르고."

"그렇게 말한 사람치고 돌아온 사람을 본 적이 없는데."

스즈코 씨가 신랄하게 말했다.

스즈코 씨와는 요양보호사로 함께 일했다. 이 동네에서는 드물게 몇 년 전 혼슈*에서 부부가 이사를 왔는데, 은퇴 후 이곳에서 유유자적하며 살자고 마음먹은 참에 남편이 세상을 떠났다.

그쪽 집을 이미 처분해서 원래 살던 동네로 돌아갈 수도 없고, 수령했던 연금은 얼마 안 남아 다시 일을 하러 나가야 해서 이런저런 계획이 다 틀어져버렸다며 스즈코 씨는 늘 푸념만 늘어놓았다. 사실 자기는 이런 데서 일할 사람이 아니라고 입버릇처럼 말하고 다녀 주변 사람을 질리게 했다.

그래도 적당한 때를 봐서 말을 걸다보니 나에게는 마음을 조금 열어줘 최근에는 집을 오가는 사이가 되었다.

"글쎄, 어떨지."

---

* 일본 국토를 구성하는 네 개의 섬 중 가장 큰 섬.

"그야 당연히 도쿄가 좋지. 나도 원래는 이런 데서……"

내가 오비히로를 떠나게 되니 한동안 잠잠했던 스즈코 씨의 불평이 다시 도진 듯했다.

"스즈코 씨도 건강 잘 챙겨."

미안하지만 지금은 그 정도밖에 해줄 말이 없었다.

"산고, 언제든 돌아와도 돼."

스즈코 씨를 밀어내며 말한 사람은 어린 시절부터 친구인 야마모토 가즈코였다. 오비히로의 교외에서 아들 부부와 함께 사는 가즈코는 평소 얌전하고 내성적인 성격이지만, 비행기 시간이 다가오니 스즈코를 가만히 보고만 있을 수 없었던 것이다.

"고마워."

"스즈코 씨가 말은 저렇게 해도 섭섭해서 그러는 거야."

가즈코가 작은 목소리로 속삭인다.

"응, 알지."

"나도 서운하고 아쉬워."

가즈코의 눈에 눈물이 글썽글썽하다.

"히가시야마 씨도 그렇겠지."

"아."

나는 조용히 눈으로 그를 찾았다. 그는 사람들 뒤쪽에서 난

처한 듯한 얼굴로 미소를 짓고 있었다.

"얼른 돌아와야 해, 산고."

나는 그 요청에 제대로 된 대답을 할 수 없어 그저 응, 하고 고개를 끄덕였다.

"어차피 집도 그대로 있잖아."

"그럼!"

그 말에는 힘있게 대답했다.

홋카이도라고 하면 흔히 눈으로 에워싸인 집이나 목장이나 라벤더 밭의 풍경을 떠올릴지 모르겠지만 부모님과 나는 오비히로 시내의 팔층짜리 아파트에 살았다.

예전에는 외곽 지역인 메무로 근처 단독주택에 살았다. 두 오빠들, 도이치로와 지로도 그 목조 주택에서 자랐다. 부모님이 여든 살에 가까워지고 거동이 불편해지자 그 집을 팔고 아파트로 이사했다.

원래 오비히로는 눈이 많지 않은 고장이다. 11월경부터 몇 차례 내린 눈이 그대로 얼어붙어 4월까지 녹지 않은 채 봄을 맞이한다. 그래도 직접 눈을 치울 일이 없고, 열쇠 하나만 달랑 들고 외출할 수도 있고, 자동차로 오 분 거리에 대형마트 이온이 있는 아파트에 살 수 있었던 건 매우 감사한 일이었다.

그 일련의 과정을 준비해준 것이 작은 오빠 지로였다.

오빠에게는 여러모로 신세진 것이 많다.

실은 태어났을 때 내 이름은 원래 '산코'가 될 뻔했다.

셋째도 아들이길 바랐지만 딸이 태어난 것에 적잖이 실망한 부모님은 내가 세번째이고 여자아이이니까 이름을 그냥 '산코三子'로 지으면 되겠다고 한 것이다.

그런데 아직 여섯 살이던 오빠 지로가 "이름을 그렇게 짓는 건 너무 심하다"라고 주장했고, 큰오빠와 의논해 부모님에게 하다못해 '산고珊瑚'*라고 하는 건 어떻냐고 제안했다.

당시 여자아이의 이름이라면 대개 '코子'가 붙기 마련이라 '산고'라는 이름이 좋았던 건지 나빴던 건지는 잘 모르겠다. 학급 친구들에게 꽤 놀림을 당하기도 했었다.

그래도 뭐, 아무렴 산코보다는 낫다. 게다가 나이들어서는 히가시야마 씨에게 "예쁜 이름이네"라고 칭찬을 듣기도 했고.

히가시야마 씨는 지금쯤 뭘 하고 있을까?

생각이 거기까지 미쳤을 때, "안녕하세요" 하는 소리가 들렸다.

---

* '산호'라는 뜻.

📖 📖 📖

“미키키, 고모님이 오늘부터 책방 영업을 시작한다고 하니까 가서 좀 보고 와.”

이런 말을 한다고 해서 엄마가 특별히 돈을 밝히는 수전노는 아니다.

진보초에서 작은 헌책방을 운영하던 작은할아버지 다카시마 지로가 독신으로 살다가 작년에 돌아가셨다. 그의 자산은 오랜 세월 수수께끼……였다고 해야 할까, 작은할아버지가 재산을 얼마나 가졌는가 하는 건 그가 죽을 때까지 아무도 제대로 생각해본 적이 없었다. 작고 케케묵은(헌책을 취급했으니 당연하지만) 책방을 운영하는 사람이라고만 여겼기 때문이다.

지로 할아버지는 이른바 전공투* 세대로 도쿄대 대학원에 다니면서 학생운동에 가담했다. 그러나 과격해진 운동에 실망해 퇴학과 탈당을 하고 한동안 해외를 떠돌다보니 금세 서른 살을 넘기는 바람에 일반 회사에 취직하기는 어려웠다. 귀국 후 수시로 드나들던 진보초의 헌책방 일을 도우며 노하우

* 1960년대 일본의 반정부투쟁 시기에 어느 정파에도 속하지 않는 대학생들이 집결해 만든 학생운동 조직.

를 배웠고 그대로 자신도 헌책방을 열었다.

작은할아버지는 생전에 『진보초 헌책방 주인장의 혼잣말』이라는 에세이를 냈는데 일부 사람들에게 호평을 받았다. 베스트셀러라고 할 정도는 아니고 소수의 별난 이들이 읽었을 뿐이겠지만 그래도 좀 유명한 헌책방 주인이긴 했던 모양이다.

친척들 사이에서 작은할아버지는 한량 혹은 고학력 실업자랄까, 그런 괴짜 취급을 받았다.

그러나 돌아가신 뒤 헌책방 건물이 실은 그의 소유라는 사실이 알려지자 상황은 크게 변했다. 그 삼층짜리 건물에서 일층이 할아버지의 '다카시마 헌책방', 이층과 삼층은 번역서를 주로 출간하는 '츠지도 출판'에 임대중이다.

작은할아버지는 버블 경제 붕괴 후 주식 손실로 거액의 빚을 떠안은 건물주가 울며불며 사정해 건물을 매입했다고 한다. 거품이 꺼진 뒤라지만 사정이 사정인 터라 값을 터무니없이 깎을 수도 없어 시세보다 약간 비싸게 사고 말았다. 그래도 불평 한마디 없이 꼬박꼬박 대출금을 갚아 약 십 년 전쯤 전부 상환했다.

요컨대 작은할아버지는 최근 십수 년을 대출금도 월세도 낼 필요 없이, 게다가 위층의 츠지도 출판에서 나오는 임대료까지 받으며 다카시마 헌책방을 운영했던 것이다.

돈과 관련된 이러한 상황은 할아버지가 돌아가신 뒤 평소 유언장을 비롯해 여러 일을 관리해주던 세무사가 설명해줬다.

작은할아버지는 늘 소맷부리나 목 언저리가 해진 검은색 셔츠를 입었다. 유니클로를 알고 나서는 "이게 최고"라며 그것만 입었다. 그렇기에 종종 책방 문을 닫고 해외여행을 할 때 빼고는 특별히 돈을 갖고 있거나 쓰는 듯 보이지도 않았다.

좋은 책을 싸고 양심적으로 판매한다며 우리 대학 교수들에게 할아버지의 헌책방이 은근히 인기가 있던 것도 납득이 간다. 분명 수익에는 크게 관심을 두지 않았던 까닭이리라.

대학교 3학년이 되고 내가 스가와라노 다카스에의 딸*에 관한 논문을 쓸 때, 담당 교수님이 이미 절판된 전문 고서를 구입하라고 추천한 적이 있었다.

"이미 절판된 책이라 좀 비싸긴 해도…… 도저히 사기 어렵다면 내 책을 복사해줄 수도 있지만 가능하면 직접 사는 게 좋아요. 깨끗하게 읽으면 다시 비슷한 가격으로 되팔 수 있으니까."

연구실의 고토다 교수님이 조심스럽게 거론한 몇 군데의 서점 중에 다카시마 헌책방도 있었다. 나는 무심코 "그럼 작

* 일본 헤이안시대에 활동한 작가.

은할아버지한테 물어볼게요" 하고 대답했다.

그러자 고토다 교수님이 깜짝 놀라 말했다.

"어? 혹시 다카시마 헌책방집 애?!"

평소에는 정중한 말투를 쓰는 교수님이 갑자기 친근하게 "헌책방집 애?"라고 말하니 웃겼다. 나는 웃음을 참으며 내가 그 집 애는 아니지만 다카시마 지로 씨 형의 손녀라고 설명했다.

"이런 우연이. 그렇군요. 안 그래도 미키키 학생이 입학했을 때부터 혹시나 하는 생각은 했었어요. 하지만 새삼스레 물어보는 것도 실례인 듯해서."

고토다 교수님은 어쩐지 즐거워 보였다. 이를 구실 삼아 작은할아버지네 책방에 다시 놀러가려고 했는지도 모른다.

다카시마 헌책방은 입구 쪽에서 초저가 문고본이나 베스트셀러 중고책을 취급하면서, 안쪽에서는 희귀한 절판본 등 작은할아버지 취향의 책을 진열해두고 있다. 작은할아버지는 교수님 같은 전문가나 연구자들이 오면 "그러고 보니 전에 시장에서 이런 걸 발견했는데요" 하고 부탁하지도 않은 고서를 안에서 꺼내와 보여주는…… 그런 유형의 헌책방 주인이었다.

작은할아버지는 대출금을 상환하고 헌책방을 운영하면서

남은 돈을 해외 주식과 TOPIX*의 인덱스 펀드에도 적립했다. 이 또한 안정적인 투자였다. 리먼 사태로 약간 감소하기도 했지만 이어진 엔화 약세와 주가 상승으로 소생해 그럭저럭 괜찮은 액수가 되어 있었다.

그 옛날에 전공투 시위를 했던 사람이라고는 생각할 수 없는 투자 실력이다.

미국 어느 시골 마을의 주유소 청소부였던 한 남성이 사망했는데, 알고 보니 그의 주식 자산이 수백만 달러였다는 이야기를 전에 들은 적이 있다. 꼭 그런 느낌이다. 물론 작은할아버지의 재산은 그 십 분의 일이나 오 분의 일 정도지만.

내 아빠 고타로는 그런 작은할아버지의 형인 도이치로의 외아들이다. 할아버지네는 삼 남매로, 지로 할아버지 밑에 여동생이 있다. 나에게는 고모할머니다. 그분은 도쿄로 오지 않고 고향 홋카이도에서 부모님을 돌보며 두 분이 돌아가실 때까지 간병을 도맡았다. 두 분이 돌아가신 뒤에는 오비히로 시내에서 혼자 지냈던 모양이다.

나의 할아버지 도이치로와 할머니 요네코는 살아 계셨다면 두 분 다 여든을 넘겼을 텐데 이미 작고하셨다. 따라서 할머

* 일본 도쿄증권거래소의 주요 주가지수.

니의 친척과 증조부모의 친척이 도쿄와 홋카이도에 몇 명 있다고 해도 결국 상속권은 고모할머니와 우리 아빠 두 사람에게 있었다.

물론 작은할아버지는 금전적으로 지원했을 테지만, 역시 독신인 고모할머니가 부모님을 간병해줘 진심으로 고마웠던 모양이다. 원래도 작은할아버지는 여섯 살 아래인 고모할머니를 어린 시절부터 무척 아꼈고 동생의 장래를 깊이 염려했다. 그래서 현금과 펀드의 일부를 우리 아빠에게 남긴 한편(내가 대학원에 진학하기에 충분한 금액이었다고 엄마가 말해줬다), 건물을 포함한 자산의 대부분은 고모할머니에게 남겼다.

당연한 조처라고 생각한다.

현시점에서 아빠 엄마도 작은할아버지의 재산 분할에 전혀 이견이 없다.

그런데 문제는 도쿄의 중심지인 지요다구에 남겨진 건물 한 채다. 지은 지 육십 년이나 되어 낡았고, 층마다 면적이 30제곱미터 정도라 좁지만 위치가 좋다. 최소 1억 엔은 되리라는 게 부모님, 아니 주로 엄마의 견해다. 스즈란 거리*에서 한 블

* 세계 최대 수준의 헌책방 거리로 유명한 도쿄 진보초의 도로명.

록 들어간 곳에 있으며 오른쪽에는 비슷한 헌책방이, 왼쪽에는 과거 헌책방이었던 것 같지만 현재 일층은 카페, 이층은 매운 카레 전문점인 건물이 있다.

"그 건물이 고모님한테 가는 건 물론 우리도 당연하다고 생각해."

오늘 아침, 엄마는 지금까지 몇 번이나 거듭해온 핑계를 댔다.

옆에서 듣고 있던 아빠, 다카시마 고타로는 아주 살짝 가볍게 눈썹을 찡그렸다. 아마 엄마가 "우리"라고 말한 것에 다소 이견이 있을 테다. 하지만 아빠는 절대로 엄마가 하는 말에 반박하지 않는다.

"고모님이 할아버지와 할머니를 간병해줘서 우리도 얼마나 고마웠는지 몰라. 네 아빠가 장손이라 우리도 조부모를 돌볼 책임은 있는 건데 그런 말씀도 한마디 안 하시고."

나도 묵묵히 아침을 먹었다.

"설령 고모님이 상속받은 유산을 마음대로 쓰겠다, 사치를 부리겠다고 하셔도 나는 전혀 상관없어."

실은 상관있으면서, 하고 나는 생각했다. 작은할아버지가 돌아가신 뒤로 엄마는 이 말을 몇 번이나 반복하고 있기 때문이다. 하지만 나도 웬만하면 엄마에게는 반박하지 않으려고 한다.

"그렇지만 고모님이 만에 하나 누군가와 결혼하거나 사기를 당해서 그 건물과 상속받은 돈이 남에게 넘어가기라도 한다면, 그건 가만히 두고 볼 수 없지."

설명을 좀 해야겠다.

엄마, 다카시마 메이코는 현실주의자다.

나쁜 의도는 없는데 지나치게 노골적인 말을 아무렇지 않게 한다.

때로는 그런 성격 탓에 안하무인으로 보이기도 하지만 엄마 덕분에 여러 가지 일이 빠르고 적확하게 처리되는 경우도 많이 보아왔다.

따라서 우리…… 그러니까 아빠와 나는 엄마가 하는 말에 참견하지 않으려고 한다. 반박해봤자 엄청나게 정확하고 논리적인데다 폐부를 찌르는 말로 되돌아올 것을 알고 있기 때문이다.

다카시마 집안 사람에게는 없는 면이다.

자신의 재산을 자랑하지도 않고, 우수한 머리로 전혀 돈벌이가 되지 않는 문학을 전공하고, (적어도 표면적으로는) 근근이 헌책방을 운영한 작은할아버지. 불평 한마디 없이 부모를 간병한 고모할머니. 이런 사실만 봐도 알 수 있듯 다카시마 집안 사람들은 어딘가 느긋하고 이상주의자 같은 면이 있다.

아빠도 겉보기에는 평범한 직장인이지만 출퇴근 시간에 읽을 소설책을 항상 들고 다니는 독서가다. 그런데도 비즈니스 관련 책을 읽는 모습을 본 적은 거의 없다.

그런 다카시마 집안에 정확하게 칼을 대는, 현실주의자 엄마 메이코, 49세.

게다가 작은할아버지의 자산은 1억이 넘는다. 그렇다면 그 정도 얘기를 한다고 해서 엄마를 수전노라고 할 순 없겠다고 나는 스스로를 타이른다.

"그러니까 미키키, 오늘 학교 끝나고 오는 길에 책방 상황 좀 보고 와. 아니, 될 수 있으면 앞으로 매일 들러서 보고 와. 그리고 엄마한테 보고해줘. 대체 고모님이 향후에 그 책방을 어떻게 할 생각인지도 좀 물어보고."

실은 고모할머니한테 이상한 놈팡이가 달라붙진 않았는지 보고 오라고 말하고 싶은 거겠지, 하고 나는 추측한다.

"그런 거라면 엄마가 직접 가면 되잖아. 직접 물어보고."

"그건 좀……"

웬일인지 현실주의자 메이코 씨가 말을 얼버무린다.

하지만 나의 착각이었다.

"그야, 내가 물어보면 너무 속 보이잖니."

엄마도 알고는 있구나 싶어 웃음이 났다. 자신이 하기에 좀 껄끄러운 일을 딸에게 부탁하고 있다는 것도 분명 인지하고 있다. 그 사실을 솔직하게 말할 정도로는.

"그리고 왠지 나는 고모님이 좀 어려워."

그것도 이해한다.

나도 증조부모와 조부모의 장례식 같은 자리에서만 만나봤지만 고모할머니는 어딘가 모르게 느긋하고 종잡을 수 없는 사람이었다. 엄마가 제일 상대하기 어려워하는 부류다.

고모할머니가 그런 분일지라도 나 역시 다카시마 헌책방에 관심이 있었다. 게다가 지난달에 갓 오비히로에서 온 분이 지금껏 한 번도 살아본 적 없는 도쿄 지요다구의 한복판에서 일을 한다는 것이다.

어떻게 걱정하지 않을 수 있겠는가.

가족들과 달리 나는 유대감이라고 할까, 작은할아버지에게 받은 은혜가 있었다.

지금 다니는 대학은 진보초 근처의 O여자대학이다. 헌책방이 학교에서 걸어갈 수 있는 거리에 있기도 해서 작은할아버지가 살아 계실 때도 몇 번이나 갔다. 거리가 가깝기도 했지만 아무에게도 말한 적 없는 더 큰 이유가 있었다. 실은 대학 입시를 앞두고 작은할아버지에게 진로 상담을 한 적이 있기 때문이다.

📖 📖 📖

"아."

나는 황급히 고개를 들고 소리가 나는 쪽을 향해 책장 사이로 얼굴을 슬쩍 내밀었다. 깜찍한 털실 베레모를 쓴 여자가 웃는 얼굴로 나를 보고 있었다.

"아, 그쪽은……"

"네, 옆 가게 북엔드……"

"아아, 그럼요, 물론 알죠."

옆에서 북엔드 카페라는 가게를 운영하는 젊은 여성으로, 이름은 미나미 씨라고 들었다. 성은 다무라였던 것으로 기억한다.

"일찍 나왔네요."

"점심 재료를 준비해야 해서요."

엉겁결에 의자에서 일어나 계산대 밖으로 나왔다.

"감사합니다. 저희 가게 앞까지 청소해주셔서."

"별말씀을요. 책방을 닫았던 동안 저희 쪽도 청소해주셨잖아요."

둘이서 서로를 바라보며 빙그레 미소 지었다.

어디까지나 혼자만의 상상이지만, 그런 배려를 알아차릴 줄 아는 사람이 이웃으로 와서 다행이라고 미나미 씨도 느끼고 있는 게 아닐까.

평소 청소를 하는 사람은 늘 꼼꼼히 하지만, 안 하는 사람은 손도 대지 않는다. 그리고 청소하지 않는 사람은 남이 해줘도 잘 알아채지 못하는 법이다. 그런 사소한 것들이 조금씩 불만으로 쌓여간다. 이를 서로 이해할 수 있다는 건 이웃으로 사는 데 꽤 중요한 문제다.

꼭 그게 아니더라도 미나미 씨가 좋은 사람이라는 건 지난주에 동네를 돌며 인사를 나눌 때 어렴풋이 느꼈다.

"저기, 뭐 좀 물어봐도 될까요?"

나는 큰맘먹고 물었다.

"네, 뭔데요?"

"아침에 나와서 셔터 열고, 가게 앞 청소하고, 책 상자를 내놓은 다음에 실내 청소도 하고…… 그 정도의 일을 했는데요. 그 밖에 또 해야 하는 일이 있나요? 실은 내가 가게를 운영해본 적이 없어서 뭘 하면 되는지 잘 모르겠네요."

"그러시군요……"

미나미 씨는 생각에 잠겼다.

"잔돈을 준비해두면 좋지 않을까요? 현금을 내는 손님도 아직 많으니까."

"어머나. 그렇네요."

부랴부랴 금전출납기를 열려고 하는데 잠겨서 열리지 않았다. 미나미 씨가 함께 찾아봐준 덕분에 사무용 캐비닛 제일 첫번째 서랍에서 열쇠를 발견했다.

"고마워요."

"실은 문 닫기 직전에 지로 씨가 계산대 마감하시는 걸 몇 번 본 적이 있거든요. 열쇠를 거기에 넣어두셨던 게 기억났어요."

미나미 씨가 혀를 쏙 내밀었다.

"어머나. 그런데 이렇게 가까이에 보관했으면 도둑이 들어도 금방 열어버리겠는데요."

"그러니까요. 하지만 지로 씨가 밤에는 여기에 현금을 두지 않았을 거예요. 계산대 마감을 하고…… 그게 뭐냐면 금전출납기로 그날의 매출 합계를 낸 뒤 안에 든 전체 액수와 대조해서 오류가 없는지 확인하는 일인데요…… 그후 현금은 집으로 가져가시지 않았나 싶어요. 곧장 귀가할 때는 그대로 가져가고, 술을 마시러 가거나 할 때는 은행의 야간금고에 보관하지 않았을까요? 저도 그렇게 하니까. 그리고 텅 빈 금전출납기는 잠그지 않은 채로 뒀던 것 같아요. 만에 하나 도둑이 들었을 때 안에 든 돈을 훔치려고 금전출납기를 파손시켜서 다음날 영업을 못하게 되는 게 더 무섭거든요."

"그렇군요. 좋은 정보를 알았네요."

그 얘기를 들으면서 금전출납기를 열었더니 잔돈과 지폐 몇 장이 들어 있었다.

"지로 씨, 책방에서 쓰러지셨으니 현금을 꺼낼 정신이 없었겠죠."

미나미 씨의 목소리가 잠겼다.

"그대로 실려 가셨으니까……"

나도 눈물이 날 것 같아 급히 목소리를 가다듬고 말했다.

"그리고 또 할일이 있을까요?"

"지로 씨는 그러고 나서 오전에 한가할 때면 저희 가게에 오셔서 커피를 드셨어요."

미나미 씨가 손가락으로 눈가를 닦고 싱긋 웃었다.

"꼭 오세요. 청소에 대한 보답으로 제가 커피 대접할게요."

"고마워요. 그런데 문을 열어둔 채 가도 괜찮아요?"

"지로 씨도 딱 한 잔 후다닥 드실 때도 있었고, 단골손님한테 책방을 봐달라고 부탁하고 쉬실 때도 있었어요."

그건 아직 따라 하기 어렵겠는데, 하고 나는 생각했다.

📖 📖 📖

오 년 전, 나는 혼자 다카시마 헌책방의 문을 열고 안으로 들어갔다.

책방 안에서는 오래된 책 냄새가 났다. 신간 도서가 즐비한 진보초 대로변의 서점과는 전혀 다른 냄새였다. 입구에서는 작은할아버지의 모습이 보이지 않았다.

왜 그때 갑자기 작은할아버지를 찾아갔는지…… 나도 잘 모르겠다.

다만 나는 막다른 길에 다다른 상태였다. 사방이 꽉 막혀 있었다.

우리집은 엄마가 현실주의자일 뿐, 의외로 방임주의다. 엄마는 내가 뭔가를 얘기하면 "이건 이렇고" "저건 저렇다" 하고 아침 정보 프로그램의 사회자라도 된 듯 딱 잘라내거나 자신의 의견을 내놓기도 하지만 그 이상 강력하게 반대하진 않는다.

나는 내 의견을 말했으니 나머지는 네가 결정하라는 태도다. 게다가 아빠는 아무 말도 하지 않는다.

책 읽는 것이 좋으니까 국문과에 가고 싶다고 말했을 때도 엄마는 "뭐? 책이라면 어떤 학과에 가든 읽을 수 있는데?"라고 대꾸했다.

"그럼 엄마는 국문과 반대?"

"아니, 반대하는 게 아니라 책을 좋아해서 국문과에 간다는 그 선택의 의미를 잘 모르겠다는 거야. 미키키는 장래에 뭘 하고 싶은데?"

나는 침묵했다.

"국문과에 가면 뭐가 되는 거지? 보통은 국어 선생님이나 연구자가 되나? 아니면 출판사 편집자라든가."

어릴 때부터 툭하면 몇 번이고 들어왔던 말들이다. 장래에 뭐가 되고 싶어? 꿈이 뭐야? 무엇을 목표로 하고 있어? 등등.

나의 장래가 어떨지 나도 잘 알 수 없었다. 뭐가 되고 싶은 건지도…… 그저 책을 읽는 게 좋았다. 그것만은 분명했다.

"엄마가 국문과를 반대한다면 포기하겠지만……"

나는 어떻게 대답해야 좋을지 몰라 그렇게 말했다.

"반대한다고는 안 했어. 다만 네가 어떻게 하고 싶은지 그걸 묻는 것뿐이야."

나도 그걸 모르니까 답을 할 수 없었다. 우리 둘 사이에서 얘기가 빙글빙글 겉돌았다.

이과 과목은 자신이 없었고 국어를 좋아했지만 영어는 싫어했다. 심리학이나 사회학, 경제학에도 관심이 없었다.

그래서 장래에 뭐가 되고 싶으냐고 누군가 물으면 제대로 대답할 수 없었다.

편집자라는 직업은 무척 선망하지만 입시 성적이 높은 대학에 진학해야 가능하다는 건 고등학생인 나도 알고 있었다.

"네가 원한다면 가도 돼. 하지만 막연한 생각으로 대학에 가선 의미 없잖아."

나는 뭐가 되고 싶은 걸까?

"아, 아니면 책방 주인이라든가?"

엄마가 문득 생각난 듯 중얼거렸다.

그때 불쑥 떠올랐다.

작은할아버지가 진보초에서 헌책방을 한다. 도쿄대 문학부의 국문학 연구실에 있었다고도 들었다. 그분이라면 나의 고민에 답을 해주지 않을까?

그렇게 해서 나는 하굣길에 전철을 갈아타고 진보초로 갔다. 작은할아버지를 책장 뒤에서 물끄러미 바라보았다.

할아버지는 사십대 중반쯤 되어 보이는 남자에게 어떤 오래된 책을 내밀며 말하고 있었다.

두 사람은 뭐가 그리 즐거운지 삼십 분이 지나도 얘기를 멈추지 않았다. 내가 기다리다 지쳐 옆 카페에서 시간을 때울까 하고 생각하던 참에 둘의 대화가 간신히 끝났다.

남자는 작은할아버지가 포장해준 책을 받고 기분좋게 나갔다.

책방에는 나와 작은할아버지, 단 둘이었다.

막상 둘만 남게 되니 어색해서 좀처럼 말을 걸지 못하고 있었다. 그래도 슬금슬금 작은할아버지 쪽으로 다가갔다.

"어라, 미키키 아니니?"

내가 2미터 남짓 떨어진 곳까지 다가갔을 때, 새로운 책을 보충하거나 정리하러 계산대에서 나온 작은할아버지가 나를 알아챘다.

"아, 안녕하세요."

나는 순간적으로 고개를 숙였다.

"아니, 아까부터 웬일로 젊은 친구가 왔구나 싶었는데. 미키키였구나."

작은할아버지가 빙그레 웃으며 말했다. 가을로 접어든 10월. 할아버지는 검은색 셔츠에 회색 카디건을 걸치고 있었다.

그간 서로 거의 만난 적이 없었는데도 할아버지가 나를 알아보았다는 사실에 살짝 놀랐다. 작은할아버지는 계산대 옆의 테이블을 펼치고 그 앞에 작고 동그란 나무의자를 두 개 꺼내놓았다. 그중 하나에 할아버지도 앉았다.

"정말 오랜만에 뵙네요."

"그러게. 우리 아버지의 13주기 때 보고 처음인가?"

"네……"

"미안, 오래 기다렸겠구나. 방금 나간 사람은 대학 교수인데 절판된 국문학 주석서를 주문하러 왔어."

"그렇군요……"

"절판본이라는 거 아니?"

"아뇨."

"출판사가 더이상 출간하지 않기로 한 책을 말하는 거야. 새 책으로는 구할 수 없으니까 우리 같은 헌책방에 찾으러 온 거지. 요즘은 분명하게 절판이라는 형식을 취하지 않는 경우도 많거든. 품절이라고 해서 출판사에 권리를 남겨두는…… 아니, 이런 건 중요한 게 아니지. 그래, 갑자기 어쩐 일이니? 찾는 책이라도 있어?" 작은할아버지가 해맑은 눈빛으로 물었다.

나는 갑자기 할말을 잃었다.

"그게…… 근처에 왔다가요."

지금 생각해보면 속이 빤히 보이는 핑계를 댔다.

"그렇구나, 깜짝 놀랐네. 아니, 그래도 와줘서 정말 기뻐."

여전히 머뭇거리는 나에게 작은할아버지는 말했다.

"미키키, 아직 밥 안 먹었지?"

그날은 중간고사 기간이라 학교가 오전에 끝나긴 했다.

"네."

"그럼 초밥 먹을래?"

"네?"

책방을 비워도 되나? 하고 나는 생각했다.

"내가 사둔 게 있거든."

작은할아버지는 안쪽에서 깔끔한 먹색 포장지에 싸인 상자를 꺼내 오더니 차도 끓였다. 찻잔을 준비하면서 "그 상자 좀 열어줄래?" 하고 말했다.

나는 포장된 상자를 조심스레 풀었다.

그때까지는 초밥이라고 하면 회전 초밥이나 배달용 그릇에 든 초밥…… 그 정도밖에 몰랐다. 그런데 그 초밥은 과자처럼 상자에 들어 있었다.

포장지를 벗기자 책방 안에 식초와 조릿대 잎의 향이 퍼졌다.

"열어보렴."

작은할아버지의 말에 상자 뚜껑을 열었다. 안에는 자그마한 김초밥처럼 생겼지만 조릿대 잎으로 감싼 신기한 초밥이 촘촘하게 담겨 있었다.

"게누키스시*란다."

나는 작은할아버지가 끓여준 차를 곁들여 초밥을 먹었다.

"……맛있어요."

실은 맛을 잘 느끼지 못했다. 처음 먹어보는 초밥인데다 앞으로 꺼낼 얘기에 긴장도 되었기 때문이다.

"이 초밥집은 겐로쿠 15년**에 창업한 곳이야."

"와, 대단하네요."

"미키키? 겐로쿠 15년이면?"

작은할아버지가 기대에 찬 표정으로 내 얼굴을 들여다보았다.

"네?"

"겐로쿠 15년으로 말하자면?"

나는 고개를 갸웃했다.

"……주신구라***잖아. 아코 낭인의 습격이 있던 해에 생긴 초밥집이라는 거야. 벌써 삼백 년도 더 된 가게지."

"그렇네요."

---

* 생선의 잔뼈를 족집게(게누키)로 제거한 데서 유래된 명칭. 살균 효과가 있다는 조릿대 잎으로 초밥을 감싼 것이 특징이다.

** 1702년.

*** 주군의 복수를 위해 47명의 무사들이 단결한 '아코 사건'이라는 실화를 바탕으로 한 일본의 대표 고전. 일본 전통극인 가부키를 비롯해 드라마와 영화 등의 소재로 꾸준한 인기를 얻고 있다.

"주신구라는 알지?"

"네, 이름 정도는."

"이름만?"

작은할아버지가 하하하하 웃었다. 그러고는 열 개쯤 들어 있던 초밥을 본인 몫으로 두 개만 먹고 나머지 전부를 나에게 주었다.

내가 초밥을 먹는 동안 작은할아버지는 주신구라 이야기를 들려줬다. "네 이놈, 기라"라느니 "제군들이여 돌격하라!"라는 대사를 곁들이면서. 내 반응이 뜨뜻미지근한 걸 보더니 할아버지는 "다음에 가부키라도 같이 보러 가야 겠네" 하고 말했다.

그리고 마지막 남은 초밥을 먹을 때쯤 나는 간신히 입을 열었다.

"할아버지, 실은……"

진로에 대한 고민, 찬성도 반대도 하지 않는 부모님, 책 읽기를 좋아하지만 그 외에는 딱히 하고 싶은 일이 없다는 것, 하지만 국문과는 취직에 불리하다던 말…… 초밥을 먹은 뒤라 그런지 떠오르는 대로 전부 말할 수 있었다.

"흐음. 진로 문제라."

이번에는 작은할아버지가 끙끙거렸다.

"그래서 묻고 싶은 게 있는데요."

"응."

"저기…… 작은할아버지는 왜 국문과에 진학하셨어요? 학생 때는 뭐가 되고 싶었나요? 물론 저는 할아버지처럼 도쿄대에 갈 만큼 성적이 좋진 않아요. 하지만 어느 대학에 가야 좋을지 모르겠어요."

"성적이 좋지 않다는 게, 구체적으로 어느 정도인데?"

나는 일단 챙겨 온 모의고사 성적표를 가방에서 꺼내 보여줬다.

할아버지는 의외로 진지하게 성적표를 살폈다.

국어…… 92점. 그러나 일본사는 70점대, 영어는 50점 언저리다.

평균을 내면 등급은 더 낮아질 것이다.

"이 등급으로 갈 수 있는 대학이라든가, 그런 건 알고 있니?"

"아, 여기 있어요."

나는 모의고사 성적표의 두번째 장을 보여줬다. 거기에는 내가 그런대로 갈 수 있는 간토지방 일대 대학의 국문과가 주르륵 나열되어 있었다.

할아버지는 그걸 빤히 쳐다보았다.

"O여자대학 국문학과에 가렴."

"네?"

"O여자대학."

"왜요?"

당시에는 여대에 가는 걸 한 번도 생각해보지 않았다.

"이런 일을 하고 있다보니 내가 아는 거라곤 책에 관한 것뿐이야. 우리 책방에는 신간 도서, 특히 연구서를 출간하는 출판사의 편집자나 출판 에이전트도 자주 드나들거든. 그 사람들에게 들어보니 지금 도쿄에 있는 대학 가운데 새 책이 나왔을 때 조건 없이 사서 도서관에 구비해주는 대학이 다섯 군데 정도뿐이라고 하더라고."

작은할아버지는 대학교 네 곳의 이름을 술술 나열했다.

가장 유명하고 높은 등급의 대학, 태평양전쟁 전부터 국문학 연구를 해오고 있는 대학 등이었는데, 그중 어느 곳도 내 성적으로는 들어갈 수 없었다.

"그리고 다섯번째가 여기."

작은할아버지가 손가락으로 내 성적표를 가리켰다. 거기에 O여자대학의 이름이 있었다.

"다른 건 나도 잘 몰라. 그런데 말이야, 대학이라는 곳은 도서관만 알차게 꾸려져 있으면 나머지 절반은 학생 스스로 공부할 수 있거든."

"……그런가요?"

"중요한 건 학생 시절에 얼마만큼 책을 읽느냐는 거지."

나는 반신반의하며 고개를 끄덕였다.

"게다가 O여대 선생 중 몇 명이 우리 책방에도 드나드는데, 다들 그런대로 사람들이 좋아. 진지한 선생들이 모여 있지. 특히 중고문학*을 연구하는 고토다 교수는 우리 단골이기도 하고…… 뭐, 외상도 좀 있지만."

와하하하, 하고 작은할아버지는 웃었다.

작은할아버지의 조언을 전부 다 믿었던 건 아니다. 하지만 그 책방에서 1702년부터 이어져온 초밥을 먹고 할아버지와 대화를 나눈 덕분에 어느 정도 마음이 편안해진 건 분명했다. 그리고 실은 몇 군데의 대학에 더 응시했었다.

다행인지 불행인지 유일하게 합격한 곳이 O여자대학이었다.

그래도 뭐, 만족한다.

하지만 한 가지 아쉬운 건 "뭐가 되고 싶었나요?"라는 물음에 대한 할아버지의 대답을 듣지 못한 것이다.

---

* 일본 헤이안시대의 문학.

📖 📖 📖

오전에는 손님이 한 명도 오지 않았다.

오후에는 정오가 조금 못 되어 문을 연 이웃 시오도메 서점의 주인 누마타 씨가 인사를 하러 왔다.

시오도메 서점은 철도 관련 책만 취급하는 헌책방이다. 다행히 주로 다루는 분야가 전혀 겹치지 않아서 지로 오빠와도 사이좋게 지냈다고 한다.

“손님이 팔러 온 책 중에 혹시 철도와 관련된 게 있으면 꼭 저희 서점으로 가지고 와주세요. 가격은 잘 쳐드릴게요.”

사람 좋아 보이는 누마타 씨가 싱글벙글 웃었다.

시오도메 서점에는 누마타 씨의 아내도 있어 이따금 교대로 가게를 보는 모양이다. 두 사람의 사이좋은 모습이 살짝 부럽다.

“무슨 일 있으면 기탄없이 상의해주세요. 저희도 지로 씨에게 신세를 많이 졌고, 서로 비슷한 처지잖아요.”

“감사합니다.”

“쉴 시간이 필요할 때는 언제든 말씀하세요. 양쪽 가게 사이에 앉아 있으면 몇 십 분 정도는 그럭저럭 넘길 수 있으니까.”

“하나부터 열까지 모두 감사합니다.”

나는 깊이 고개를 숙였다.

📖 📖 📖

나는 우리집의 상속 문제가 거의 애거사 크리스티의 소설 속 내용이나 다름없다고 생각하면서 진보초로 향했다.

만약 작은할아버지가 살해됐다면 범인은 분명 아빠나 엄마일 것이다. 아니지, 헌책방 살인이니까 굳이 말하자면 애거사 크리스티보다 에도가와 란포 쪽일까? 그러고 보니 『D언덕의 살인 사건』을 대학교 1학년 수업시간에 다룬 적이 있다. 그때 교수님이 "이 D언덕은 어디일까요?" 하고 질문하자 우리 과 내에서도 특히 옷차림이 화려하던 학생이 갈색 머리카락을 만지작거리며 "도겐 언덕?" 하고 대답해서 온 강의실에 폭소가 터졌었지…… 그런 생각을 하면서 학교를 나섰다.

물론 D언덕은 단고 언덕이므로 교수님이 몹시 못마땅한 얼굴로 "단고 언덕이잖아" 하고 대꾸해서 모두가 또 한번 폭소했다. 새삼 생각해보면 어느 부분이 재미있는 건지 알 수 없는 대화다. 하지만 낙엽 구르는 것만 봐도 웃음이 나는 나이이기도 했고, 에도가와 란포가 아닌 아케치 고고로*가 도겐 언덕이 있는 시부야 거리를 어슬렁어슬렁 거니는 모습이 떠올라 웃음이 그치지 않았던 것이다.

그때 참 재미있었는데, 하고 새삼 생각한다. 대학원에 진학한 지금은 그렇게 즐거운 일이 별로 없다.

좀 걸어도 좋겠다 싶어 결국 전철을 탄다. 진보초에서 내릴 생각이었는데 노선도를 보고 마음을 바꿔 한 정거장 전인 오가와마치에서 내리기로 했다.

오가와마치 상점에서 고모할머니께 드릴 작은 선물을 사고 그대로 진보초 쪽으로 걸어간다.

이 부근에는 분위기 좋은 가게가 많다. 돈가스집, 소바집, 카페 같은 음식점뿐 아니라 헌책방도 있고 악기점도 있다. 평일 오후인데도 오가는 사람들이 꽤 있었다.

헌책방 점포 앞에 쌓아둔 그림책과 사진집을 구경하고 초저가 신서**들의 책등을 훑어보는 사이 산세이도 서점까지 와버렸고, 이왕 여기까지 왔으니 신간 서적도 좀 보고 갈까 싶어 안으로 들어갔다. 일층의 베스트셀러 코너를 확인하고, 이층에서 문고본들을 살펴보고, 삼층의 문구 매장에서 새로 나

---

* 에도가와 란포의 작품에 등장하는 탐정 캐릭터. 『D언덕의 살인 사건』에서 처음 등장했다.

** 일반적인 책과 달리 좁고 긴 판형의 서적. 주로 정치·경제·학문 등 전문 분야의 입문서로 간행되는 경우가 많다.

온 색깔의 만년필 잉크를 시험삼아 써보고 있을 때…… 아니, 내가 지금 이러고 있을 때가 아니지, 하고 퍼뜩 정신이 들어 황급히 서점을 나왔다.

자, 이번에는 한눈팔지 말고 다카시마 헌책방으로 가야 해! 그러면서도 책장뿐인 오래된 점포들 가운데 뒤죽박죽 어수선하게 헌책을 진열해둔 시장통 같은 가게를 발견하고는 나도 모르게 들어갔다. 거기서는 태평양전쟁 전에 발간된 여성잡지 〈스웨터〉의 스타일북을 열심히 들여다보았다.

세 권에 500엔인 여성잡지를 살까 말까 망설인 끝에, 이러면 안 돼, 정신 차려! 하고 또 한번 허둥지둥 밖으로 나왔다. 굳게 의지를 다지고 다카시마 헌책방으로 향한다. 진보초 거리는 지나치게 매력적이라 도저히 한눈을 팔지 않고는 걸어갈 수가 없다. 벌써 오후 두시를 지나고 있었다.

책방은 열려 있었다.

산고 고모할머니를 만나는 건 작은할아버지의 장례식 이후 처음이다. 그때 고모할머니는 우느라 정신이 없었고, 아직 유산 문제 등도 명료하게 정리된 상태가 아니었다. 그전에는 증조부 기일에 뵈었다.

우리는 거의 관혼상제, 아니 주로 '상'일 때만 만났던 사이라 제대로 대화를 하는 건 오늘이 처음이었다. 내가 그다지 먼저 말을 거는 사람도 아니라서.

나는 유리 미닫이문을 조심스레 열었다.

"실례합니다."

책장 사이로 안쪽을 들여다보니 고모할머니가 멍하니 앉아 있었다.

"안녕하세요."

잠깐 미심쩍게 이쪽을 보던 고모할머니는 내가 마스크를 턱까지 내리자 금세 나를 알아보고 단번에 얼굴이 밝아졌다.

"혹시 미키키?"

"오랜만이에요."

"와줘서 고마워."

고마워, 하는 발음이 살짝 이곳 사람과 다르다. 홋카이도 사투리일까?

"부모님이 가보라고 해서요. 제가 이 근처의 학교에 다니거든요. 이거, 선물이에요."

나는 포장 꾸러미를 내밀었다.

"어머나, 뭐 이런 걸 다 신경쓰고."

고모할머니가 기쁜 듯 받아든다.

"고마워."

"오가와마치의 사사마키* 게누키스시예요."

“어머나, 과자가 아니라 초밥이야?”

“네. 그런데 조릿대 잎으로 감싼 거라 손으로 그냥 먹을 수 있거든요…… 점심 드셨어요? 혼자 책방 보고 계셨으면 아직 못 드시지 않았을까 해서. 혹시 드셨으면 이건 야식으로 드셔도 되고요.”

가능하면 나도 먹고 싶지만, 하고 속으로는 생각했다.

“어쩜 이렇게 하나부터 다…… 역시 도쿄 사람은 나이가 어려도 참 세심하네. 아니면 메이코가 잘 가르친 덕분인가?”

“에이 뭘요…… 책방을 다시 여셨네요.”

“응. 어찌어찌.”

고모할머니의 얼굴을 살펴보는데 싱글벙글 웃음뿐이다. 앞으로 어떻게 하시려나. 책방을 계속하실 건지, 접으실 건지, 건물은 어떻게 하실 건지.

그런 걸 알고 싶은데 고모할머니는 계속 아무 말이 없다.

“어떠세요? 첫날은……”

“세상에, 정신이 하나도 없어, 라고 말하고 싶은데 손님이 거의 오지를 않네. 그래도 계산대 일은 옆집 북엔드 카페의 미나미 씨가 가르쳐줘서 살았어.”

---

* 조릿대 잎으로 감싼 것을 뜻한다.

미나미 씨라면 옆 카페를 흘끗 들여다보면 보이는 예쁜 점원을 말하는 것이리라.

"손님들은 책방 앞에 놓인 문고본만 보고 가."

"아, 맞아요. 지로 할아버지도 그렇게 말하셨어요. 그건 호객용이라 거기서 책을 고른 손님이 안으로 들어와 실내에 있는 책도 좀 보고 사줬으면 하는데 실제로 그런 사람은 열 명 중 하나라고."

"어머나, 전에도 여기 왔었어?"

"네. 몇 번."

"정말? 그럼 많이 알려줘. 나는 헌책은커녕 가게 일도 어떻게 하는지 하나도 몰라. 뭘 어떻게 해야 할지."

"저는 책방 일은 잘 모르지만 아르바이트하면서 계산대는 다뤄본 적 있으니까 계산대 마감하는 법이라면 알아요. 궁금한 거 있으면 물어보세요."

그런 얘기를 하면서 서로 스마트폰으로 모바일 메신저 계정을 교환했다. 요즘은 연세가 있는 분들도 모바일 메신저 정도는 하는 모양이다.

"고마워, 정말 고마워."

고모할머니는 나에게 절이라도 할 기세로 고마워한다.

"마음이 불안했는데 미키키가 와줘서 얼마나 좋은지 몰라."

할머니가 마냥 기뻐해주니 살짝 양심에 찔린다.

"고모할머니는 지금까지 아르바이트 해본 적 없어요?"

"홋카이도에서 근처 농협 일을 돕거나 요양보호사로 일해 본 적은 있는데 계산대는 다뤄본 적이 없어서."

"고, 고모할머니는……"

"미키키, 꼬박꼬박 고모할머니라고 부르기 번거롭지 않아?"

"번거롭긴 해요."

나도 모르게 쓴웃음을 지었다.

"괜찮다면 그냥 산고라고 불러. 그게 더 부르기 좋잖아."

"아, 그렇네요. 산고라니, 이름이 참 귀여워요."

"고마워. 예전에는 놀림도 많이 당했지만 말이야. 참, 이 이름은 오빠들이 붙여준 거야."

"어머, 정말요?"

그건 처음 듣는 얘기였다.

"저도 그렇거든요. 제 이름도 할아버지랑 지로 할아버지가 지어주셨다고 들었어요."

"물론 알지. 큰오빠가 고타로와 메이코에게 부탁받아 작은오빠랑 상의해서 지은 이름이라고 몇 번이나 들었으니까. 내가 이런 말 하긴 그렇지만, 이름 참 잘 지었지. 미키키美希喜…… 많은 것을 잘 보고 다른 사람의 얘기를 잘 들어주라는 의미잖아."

"저도 마음에 들어요."

"그럼 우리는 같은 두 사람에게 이름을 받은 사이인 거네."

산고 할머니가 내 또래였다면 하이 파이브를 하고 싶지만 빙그레 서로 미소만 주고받으며 얘기를 끝맺는다.

"할머니는 결국 이 책방을……"

이제야 조금 마음이 편해져 그렇게 물으려는 순간, 드르륵 유리문이 열리고 한 여자가 들어왔다.

젊은 사람이었는데 나보다는 조금 연상으로 보였다.

여자는 책장을 두리번두리번 둘러본다.

제일 바깥쪽에 있는 베스트셀러와 실용서들을 유심히 보는 줄 알았는데 갑자기 근대문학 연구서가 꽂혀 있는 쪽을 보더니 역시 아니야, 하고 가볍게 고개를 흔들고 다른 책장을 살핀다. 책과 헌책방에 익숙하지 않은 사람이라는 걸 누구라도 간파할 수 있었다.

자연스레 나와 산고 할머니는 얼굴을 마주보았다.

어떻게 하지? 하고 산고 할머니의 눈이 말한다.

말을 거는 게 좋으려나?

아뇨, 이럴 때는 가만히 있는 게 나아요.

그래.

눈빛과 작은 고갯짓만으로 여기까지 대화했다.

우리는 계산대 앞에 얌전히 앉아서 여자가 갈팡질팡하는 모습을 가만히 보고 있었다.

여자는 한동안 책방 안을 둘러본 뒤 하아, 한숨을 쉬고 밖으로 나가려고 했다. 아무것도 고르지 않은 채였다.

그런데 유리문에 손을 대고 잠시…… 몇 초간 생각한 뒤 결심했다는 듯 이쪽을 돌아본다. 그러고는 저벅저벅 다가온다.

"저기요."

"네!"

산고 할머니가 나보다 더 큰 소리로 대답했다.

"뭐 찾으세요?"

"저기……"

그 순간, 나는 다시 여자의 모습을 훑어보았다.

세련되고 인상이 좋다. 양모 코트를 입고 머리카락을 예쁘게 말았다. 직접 만든 듯한 흰색 레이스가 덧대어진 마스크도 자못 여유 있는 전업주부다운 분위기를 풍긴다. 결코 화려하진 않지만 옷차림에 제대로 공을 들인 사람이다.

"여기는 요리책 같은 건 없나요?"

산고 할머니가 계산대 앞쪽으로 나갔다.

"저쪽 부근에 실용서가 있어요. 그리고 이쪽에도."

자신이 앉아 있던 자리 바로 옆을 가리킨다.

"메이지시대의 요리 교본이라든가 지도서가 있어요. 창고의 장서 중에는 에도시대의 책도 있고요. 『백진물百珍物』*이라고 두부 요리법을 백 가지 모은 『두부 백진』 같은 책이 유행했대요."

와, 산고 할머니는 책방을 열기 전에 재고를 한차례 확인해 두셨구나, 대단하다…… 아니지, 감탄할 때가 아니다. 이 사람이 찾는 게 에도시대의 요리 지도서일리가.

"산고 할머니, 저기."

내가 끼어들려고 하자 동시에 산고 할머니가 말했다.

"하지만 그런 걸 찾는 건 아니겠죠? 어떤 책을 찾으세요? 괜찮으시다면 제가……"

아시는구나.

"그게…… 도시락 요리법이 실린 책을 줄곧 찾고 있거든요. 제가 도시락을 잘 만들지 못해서요."

"아, 도시락."

그렇구나, 무슨 책인지 알겠다. 그런데 이 사람은 왜 헌책방으로 왔지? 대로변으로 가면 신간 서적을 잔뜩 진열해둔

---

* 한 가지 재료에 대해 백 가지의 요리법을 기록한 에도시대의 문헌.

대형 서점이 있고 최신판의 요리책이 있을 텐데.

옷차림은 괜찮아 보인다. 혹시 새 책을 살 수 없을 만큼 곤궁한 건 아니겠지?

"실용서 코너에 도시락 책도 분명 있을 거예요."

"저기 있는 게 다인가요?"

"네, 뭐."

여자는 살짝 낙담한 표정을 지었다.

"그렇군요…… 저런 책은 이미 가지고 있어서요. 죄송합니다. 둘러보고 다시 올게요."

인사하고 돌아가려는 여자에게 산고 할머니가 다시 잽싸게 말을 붙인다.

"저런 도시락 책은 안 되나요? 어떤 걸 찾고 계시는지. 혹시 괜찮다면…… 알려주시면 제가 도움이 될지도 모르는데."

아니, 할머니, 그러시면 안 돼요. 젊은 사람들한테는 그렇게 하면 안 된다고요. 그런 거 싫어한단 말이에요.

하지만 여자는 정말로 곤경에 처했던 건지도 모른다. 우리의 얼굴을 번갈아 보더니 한숨을 한 번 깊게 내쉬고는 사정을 털어놓았다.

"예쁜 사진이 많이 실린 저런 도시락 책은 꽤 갖고 있어요. 그런데 뭐랄까…… 저는 잘 안 되더라고요. 제대로 활용하지 못한다고 해야 하나. 처음 책을 샀을 때는 이것도 만들고 저것도 만들어야겠다고 생각하는데, 책에 나온 도시락 요리를 그대로 따라서 몇 개 만들고 나면 끝이에요. 제가 정말 요리 센스가 없어서."

여자가 부끄럽다는 듯 고개를 떨군다.

"어레인지라고 하나요? 옷으로 말하자면 코디라고 해야 할까, 그런 조합을 못해요. 저런 책에는 봄날의 빵 도시락이나 닭튀김 도시락 같은 게 실려 있잖아요. 보기에 정말 예쁘고 근사한데 한번 만들고 나면 그걸로 끝이에요. 요리를 잘하는 사람은 분명 책에 실린 조합 말고도 이리저리 궁리해서 응용하겠지만요."

"그렇군요."

산고 할머니가 깊이 고개를 끄덕인다.

나는 도시락을 만들어본 적은 별로 없지만 그 여자가 하는 말을 조금은 알 수 있을 것 같았다. 사진에 실린 조합을 그대로 따라 하는 거라면 예쁜 요리책을 이용할 수 있다. 하지만 매일 도시락을 만들어야 한다면 그것만으로는 안 될 것이다.

"아이가 유치원에 입학해 도시락을 만들게 되었어요. 책에 나온 재료를 전날 준비해놓고 새벽 다섯시에 일어나서 책에 나온 그대로 만들고 나면…… 이미 그걸로 진이 다 빠져요.

재료는 많이 남았는데 더이상 아침밥을 만들 기력도 없어서 결국 남편과 아이에게 빵과 우유만 먹여요."

여자의 눈이 촉촉하다. 주부에게는 사활이 걸린 문제일지도 모르겠다.

"도시락 책은 이미 집에 몇 십 권이나 있어요. 남편이 이러다 서점 차리는 거 아니냐고 놀릴 정도로요. 어쩌면 지금 서점에 나와 있는 것 중에 유아용 도시락 책은 거의 다 샀을지도 몰라요. 책 사는 데만 몇 만 엔은 쓴 것 같고요. 그런데도 못하니까…… 이런 헌책방에는 아직 내가 모르는 책이 있지 않을까 했어요. 헌책이라면 가격도 저렴할 거고…… 어차피 저는 책을 사더라도 활용을 못하니까요."

마지막 말은 자포자기한 듯 들렸다.

"손님, 책은 좋아하세요? 독서는요?"

"좋아해요. 이런 헌책방에 오는 건 처음이지만 소설 같은 건 가끔 읽어요…… 요즘은 집안일과 육아로 좀처럼 읽기 힘들지만."

뭐지? 할머니는 그걸 물어서 어쩔 셈이지?

"그래요? 그럼 잠깐만 있어봐요."

산고 할머니가 책장을 돌며 뭔가를 찾기 시작했다.

"분명 이쯤에 있을 텐데."

찾는 곳은 문고본이 꽂힌 책장이다. 아니, 거기 아니에요, 할머니, 거기 요리책 아니라고요, 하며 말리고 싶을 정도다. 하지만 눈앞의 손님이 나보다 더 불안한 눈빛으로 할머니의 등을 바라보고 있어서 그럴 수 없었다. 손님과 눈이 마주쳐 빙그레 웃는다. 괜찮아요, 저분은 헌책 전문가니까 제대로 찾아줄 거예요, 하는 얼굴로. 실은 오늘이 헌책방 주인으로 데뷔하는 첫날이에요, 라고는 절대로 말할 수 없다.

"찾았다, 찾았어."

산고 할머니는 정말로 문고본 한 권을 찾아내더니 가져와서 여자에게 내민다.

"도시락 싸는 법…… 눈이 번쩍 뜨이는 놀라운 비결집? 고바야시 가쓰요?"

"고바야시 가쓰요 씨 알아요?"

"아, 이름만요. 겐타로* 씨의 어머니잖아요."

"맞아요. 이미 고인이 되셨지만…… 이 책의 특징은 말이죠, 사진이 없다는 거예요."

"사진이 없어요?"

책을 건네받은 여자가 팔랑팔랑 책장을 넘긴다. 정말 없다.

* 고바야시 가쓰요와 겐타로 둘 다 일본의 요리 연구가로 활약했다.

전부 문장이다. 약간의 일러스트 말고는 깨알 같은 글자만 가득하다.

"이제 일반 서점에는 거의 없는 책이 되었지만요."

"그래도 깨끗하네요. 표지도 귀엽고."

나는 무심코 감상을 말해버렸다. 연한 오렌지색과 분홍색 바탕에 빨간색 깅엄체크 천으로 싼 도시락통이 그려져 있다. 사랑스러운 표지다.

"이 책에는 스피드 단호박 조림이나 닭고기와 단호박 조림 같은 조림 요리법이 많이 나와요. 쉽게 만들 수 있고 간이 잘 배서 도시락에 넣기 제격인 요리들로요. 게다가 한 가지를 익히면 감자나 토란 같은 걸로 재료만 바꿔서 똑같이 만들 수 있는 조리법도 적혀 있으니까 여러 조합으로도 해볼 수 있어요."

산고 할머니가 책을 집어들고 한 페이지의 요리를 가리켰다.

"이 매실주 돼지고기 조림도 꽤 맛있어요. 물론 알코올 성분은 휘발되니까 아이가 먹어도 걱정 없고. 나는 도시락뿐만 아니라 술안주나 야식으로도 자주 만들었어요. 그리고 구이 절임…… 생선살이나 고기를 잘 구운 다음에 간장과 맛술에 재우는 거예요. 그것만으로 충분히 간이 배거든요."

"할머니, 도시락 자주 만드셨어요?"

나도 모르게 물었다.

"어머니가 바쁘셨거든. 출근하는 아버지 도시락이랑 아르바이트 가서 먹을 내 도시락을 오랫동안 만들었지."

산고 할머니가 설명했다.

"아쉽게도 제 아이의 도시락은 만들어본 적이 없지만……이 책의 첫머리에 어린아이 도시락에 대해서도 여러 내용이 적혀 있을 거예요."

여자는 이미 책을 탐독중이다.

"손님 같은 분에게는 어쩌면 이런 식으로 읽는 요리책이 낫지 않을까 싶어요."

"……네. 처음이네요, 이런 책은. 요리책이라고 하면 화려한 컬러 사진이 들어간 큰 책만 생각했어요."

"괜찮다면 여기서 살짝 읽어보고 마음에 들면 그때 구입하셔도 돼요."

"아뇨, 이거 살게요."

손님은 딱 잘라 말하면서 가격이 적힌 뒤표지를 젖혔다.

"300엔. 싸네요."

생각지도 않게 좋은 책을 발견했다는 듯 여자가 환하게 미소를 지었다.

"감사합니다."

산고 할머니가 300엔을 고이 받아들었다. 계산을 마치자 여자는 크게 한숨을 쉬었다.

"피곤해요?"

"네. 오늘 내내 이 근방을 돌아다니느라…… 헌책방 순회를 한 셈이라서요."

"어머나 저런, 그럼 잠깐 앉아서 쉬었다 갈래요?"

할머니가 안에서 의자를 하나 더 꺼냈다.

"부담 가질 필요 없으니까."

정말로 피곤했던 모양인지 여자는 순순히 의자에 앉았다.

"차 한 잔 드릴까요?"

나는 머리를 싸매고 싶어졌다. 300엔짜리 물건을 팔면서 차까지 대접하면 장사가 될까.

하지만 이번에도 여자는 순순히 고개를 끄덕였고, 산고 할머니는 내 몫까지 뜨거운 일본차를 세 잔 끓여 왔다.

"아아, 맛있네요…… 감사합니다. 그런데 이 근처에 싸고 맛있는 가게가 있을까요? 아직 점심도 못 먹어서."

무심코 시계를 보니 오후 세시를 지나고 있었다.

"이미 런치타임은 끝났겠네요. 이 근처에는 라면이나 소고기덮밥이나 우동집 정도뿐인데."

"그러게요."

나도 고개를 끄덕인다.

“모처럼 여기까지 왔으니 맛있는 거라도 먹을까 했어요.”

“식사도 할 수 있는 카페가 많으니까 그런 곳에서 뭔가 먹거나…… 거기도 런치타임은 끝났을지 모르지만요.”

그때 아! 하고 나와 산고 할머니는 서로의 얼굴을 마주보았다.

괜찮겠니? 하고 할머니가 눈빛으로 물었다.

뭐, 어쩔 수 없잖아요, 하는 마음을 담아 고개를 끄덕인다.

“저기, 혹시 괜찮다면……”

산고 할머니는 내가 선물로 가져온 게누키스시를 꺼냈다.

“이 아이가 방금 가져온 건데요. 괜찮으면 조금 먹을래요?”

“네? 하지만……”

“우리도 아직 먹지 않은 거라 깨끗해요.”

나무상자의 뚜껑을 활짝 연다. 아름다운 초록색의 조릿대잎이 눈에 들어온다.

“먹어도 되나요……? 제가 너무 염치없는 것 같아서.”

“못 먹는 게 아니라면 하나 먹어봐요. 배가 너무 고파 집으로 돌아가는 전철 안에서 속이라도 안 좋아지면 안 되니까.”

여자가 주뼛주뼛 손을 뻗었다. 우리의 얼굴을 보며 조심스러워하면서도, 한편으론 빈속에는 못 당하겠는지 한 개를 집었다.

사사마키 게누키스시는 김초밥처럼 생겼는데 일반적인 김초밥의 절반 정도 되는 양을 얼룩조릿대 잎으로 도르르 만 것이다. 조릿대의 향도 좋고 보기에도 산뜻한데다 무엇보다 쉽게 상하지 않는다고 한다.

여자가 제일 처음 집은 건 간표마키*였다. 조릿대 잎 안에는 김이 말려 있다. 그런데 일반적인 간표마키와 달리 박고지가 밥 한가운데가 아니라 끝에 들어 있다.

"……맛있어."

나도 모르게 목에서 꿀꺽 소리가 났다.

게누키스시를 먹어본 건 고등학생 시절 작은할아버지를 찾아 이 책방에 처음 왔을 때 한 번뿐이었다. 진로 상담을 하러 왔었고, 작은할아버지와 거의 처음 나누는 대화에 잔뜩 긴장을 한 터라 맛은 기억나지 않는다……고 굳게 믿고 있었다. 그래서 고모할머니와 함께 먹으며 그 맛을 추억하려 했던 것이다.

그런데 아니었다. 제대로 기억하고 있었다.

여자가 눈앞에서 먹는 모습을 보자 그 냄새와 맛과 식감이

* 박고지를 넣어 김밥처럼 작게 만 초밥.

생생하게 떠올랐다.

간표마키는 야무지게 말려 있어 지나치게 단단하지도, 지나치게 무르지도 않았다. 초밥용 밥과 박고지가 잘 어우러져 간장이 없어도 충분히 맛있었다. 초밥용 밥에 소금 간이 제대로 배었기 때문일 것이다. 간이 전혀 과하지 않아 매우 좋았다.

그때는 작은할아버지가 계셨다. "많이 먹으렴. 한창 뭐든지 먹을 나이잖아." 할아버지는 따뜻한 눈으로 나를 바라보며 그렇게 말했다.

정신을 차리고 보니 울고 있었다. 혹시 손님이 이상하게 생각할까봐 티 나지 않게 얼른 눈물을 닦았다.

"이 마키즈시*는 속재료가 가운데에 든 게 아니네요."

여자가 자신이 든 초밥을 가만히 쳐다보며 말했다. 그리고 산고 할머니의 권유에 한 개를 더 집었다. 달걀초밥이었는데 이 또한 일반적인 초밥과는 다르게 김 대신 얇은 달걀 지단으로 감싼 것이었다.

저건 분명…… 기억이 떠올랐다. 달걀 지단의 맛은 달지 않다. 소금 간이 된 달걀이 간이 제대로 밴 밥을 감싸고 있다. 이것 역시 그대로 먹어도 아주 맛있다.

---

* 밥과 주 재료를 김 위에 올려 돌돌 만 초밥의 통칭.

그리고 문득 생각났다. 옛날에는 설탕이 귀중품이었다는 것을 대학교 수업에서 들은 적이 있다. 분명 요즘처럼 달걀말이에 설탕을 마음껏 넣을 수 없었을 테다. 그래서 이런 맛이 나온 것일지도 모른다.

"이것도 일반적인 달걀초밥과 전혀 다르네요."

"맞아요, 요리에는 정답이 없겠죠. 맛있으면 뭐든 좋아요. 겉모습은 다르더라도 말이죠."

산고 할머니의 목소리가 다정하다.

"정말 감사합니다. 이 책, 읽으면서 가야겠어요. 그리고 초밥도 잘 먹었습니다."

여자는 몇 번이고 고개 숙여 인사한 뒤 돌아갔다.

"자, 어땠어? 산고 고모님은? 건강하시고?"

집에 돌아오자 내가 오기만을 애타게 기다렸다는 듯 현실주의자 메이코 씨가 물어왔다.

"뭐, 그렇지."

나는 가방을 두러 방으로 가는 척하며 엄마에게서 도망가려고 했다.

"거기 서봐. 다카시마 헌책방에는 들렀다 온 거지?"

"잠깐만, 나 아직 손도 안 씻었는데."

나는 세면대에서 손을 씻고 그 김에 세수도 했다.

"그 정도는 대답할 수 있잖아."

엄마가 세면실 입구에 장승처럼 버티고 서서 물었다.

"건강하셨어."

나는 얼굴을 닦고 대답했다.

"그래. 손님은? 좀 왔어?"

"응. 몇 명."

"그 책방 어떻게 하실지 물어봤어? 뭐라고 하셨어?"

"글쎄."

나는 얼굴을 닦은 수건을 세탁기에 던져넣었다. 그러고는 엄마를 뿌리치며 내 방으로 들어갔다.

"저쪽으로 가. 옷 갈아입을 거니까."

"아 정말, 미키키! 이따가 다시 물어볼 거야."

엄마는 마지못해 주방으로 돌아갔다.

글쎄, 어떻게 대답하지?

나는 실내복에 팔을 끼워넣으며 생각했다.

일단 손님에 대해선 본 대로 대답할 수밖에 없다. 있었던 일 그대로.

하지만.

그 일은 어떻게 하지?

나는 눈치채고 있었다.

작은할아버지가 책방을 운영할 때 있었던 물건이 없어졌다는 것을. 어떤 의미로는 헌책방에서 제일 중요한 물건이 없어졌다는 것을. 고의가 아니고는 결코 사라질 리 없는 물건이……

그건 바로 '헌책 고가 매입'이 적힌 간판이다.

작은할아버지의 책방 간판은 양철인지 동인지 철 같은 금속 재질로 만들어져 멋스러웠다. 분명 입구 옆 벽면에 나사로 단단히 고정되어 있었다.

그 간판이 없었다. 아마 누군가가 나사를 풀어서(그리 간단한 작업이 아니었을 텐데) 안에 들여놓은 것이다.

산고 할머니가 했을까? 만약 그렇다면 거기엔 어떤 감정이 담긴 걸까……

그 문제에 대한 답이 확실해질 때까지 아직 엄마에게는 말하지 않기로 했다.

제2화 『극한의 민족』

| 혼다 가쓰이치

그리고 일본 제일의 비프 카레

이 나이가 되면 알람 시계 없이도 오전 여섯시에는 눈이 번쩍 뜨인다.

나는 이불 속에서 잠시 생각한다.

'여기가 어디였더라…… 내가 지금 어디에 있는 거지?'

도쿄에 온 뒤로 이런 아침들이 계속되었지만, 그 순간이 조금씩 짧아지고 줄어들기 시작했다.

이제는 금세 머리가 맑아져 이곳이 오비히로가 아니라는 걸 안다.

으랏차, 몸을 일으키고 파자마 위에 방한용 솜옷을 걸쳤다. 침대에서 발을 내뻗자 바닥이 차가워 윽, 소리가 절로 나왔다. 어젯밤 벗어던진 손뜨개 양말과 슬리퍼를 침대 밑에서 끄집어냈다.

하품을 하면서 일층으로 내려가 우선 전기포트에 물을 붓고 전원을 켰다. 물이 끓기를 기다리는 동안 세면대에서 세수를 한다. 일층에는 10제곱미터 크기의 방 두 개와 작은 부엌, 욕실, 화장실이 있지만 나는 일층에 머무는 일이 없다. 커피를 내려 잔을 들고 다시 이층으로 올라갔다.

일층 두 개의 방에는 책장과 골판지 상자가 빈틈없이 늘어서 있고 책이 빼곡히 채워져 있어 발 디딜 곳도 없다. 창고 같은 공간에 창문도 책장으로 가려져 있어 오전에 볕도 들지 않는다.

아 춥다, 추워, 하면서 침대 옆 낮은 서랍장 위에 커피를 놓고 다시 침대 안으로 파고든다.

이곳은 오빠가 생전에 살았던 고엔지의 단독주택으로, 일층에는 주방과 화장실처럼 수도를 쓰는 공간과 창고가 있고 이층에는 잡동사니를 두는 방과 침실이 있다.

고향을 떠날 때는 "도쿄로 가서 좋겠다" "부럽다"라는 말을 듣고 여기로 왔는데, 이 집만 놓고 보자면 솔직히 오비히로의 아파트가 훨씬 쾌적하고 새집이었다.

욕실도 화장실도 좁고 낡은데다 무엇보다 틈새가 많은 목조 주택이라 너무 추워 못 견디겠다. 홋카이도의 아파트는 단열이 잘되어 있고 각 방마다 석유난로가 있었다. 한겨울에도 집안에서 춥다는 생각을 해본 적이 없다.

오빠는 지은 지 오십 년 된 이 목조 주택에서 이십 년 이상을 살았다고 한다. 왜 이사를 고려하지 않았을까? 돈이 없었던 것도 아닌데. 나는 원망스러운 생각이 들었다.

고엔지역에서 걸어서 십이 분, 지은 지 오십 년, 방이 네 개인 집의 월세가 10만 엔인 게 비싼 건지 싼 건지 모르겠다. 하지만 이렇게 많은 책을 둘 만한 공간을 도심에서 구하려면 이런 곳에 살 수밖에 없었을 것이다. 낡은 집 이층에서는 책의 무게를 도저히 감당할 수 없을 거라고 판단해 대부분의 책을 일층에 둔 듯하다.

"지로 씨한테는 신세 많이 졌어요."

집주인 히라쓰카 씨에게 처음 인사하러 갔을 때, 현관에서 월세를 건네자 아흔 살이 다 된 그는 그렇게 말하며 눈웃음을 지었다.

현관은 훌륭한 편백나무로 시공되어 있었고, 나무줄기를 그대로 손질한 듯한 장식품과 커다란 중국 항아리가 그의 뒤에 나란히 놓여 있었다. 그 공간만 해도 이 집의 침실보다 훨씬 넓었다.

"그 집에서 계속 살아줘서 고마웠지요."

히라쓰카 씨의 집은 고엔지역에서 걸어 이십 분 넘게 걸리는 마쓰노키라는 동네에 있었다. 대대로 이어온 지주댁이나 농가였던 건지, 넓은 부지에 지어진 단층짜리 전통 가옥이었다. 지금은 마당 대부분이 주차장으로 바뀌었다. 히라쓰카 씨가 고엔지 지역에 다세대주택과 임대용 집을 몇 채나 가지고 있다는 건 부동산 중개업자에게 들었다. 나는 순간 매달 그의 손에 들어오는 월세와 주차장 임대료를 계산해보려 했지만 막대한 금액이라는 것을 깨닫고 바로 관뒀다.

첫 월세인 만큼 인사도 할 겸 직접 전달하러 갔다. 고엔지역에서 자그마한 마을버스를 탔다. 도쿄에도 이런 곳이 있나 하고 놀랄 만큼 한가로운 장소이며 주변 역에서도 멀다.

"벌써 십 년 가까이 갱신료도 안 받았고 월세도 안 올렸어요."

히라쓰카 씨의 말에 생색을 내려는 의도는 전혀 없어 보였다.

"고맙습니다."

그래도 감사인사를 해야 한다. 깊이 고개를 숙였다.

"동생분도 거기서 오래 살아줬으면 좋겠네요."

나는 뭐라고 대답해야 좋을지 몰라 애매하게 미소를 지었다. 그걸로는 대화에 진척이 없다고 느꼈는지 "그래, 책방은 어떻게 할 생각이에요?" 하고 히라쓰카 씨가 물어왔다.

"아직 결정하지 못했어요."

어쩔 수 없이 솔직히 대답했다.

"그렇군요. 진보초에 갖고 계신 건물은 어떻게 할 거예요? 거기도 출판사인가 뭔가가 오래 있었죠?"

이 사람은 그런 것도 아는구나. 나는 깜짝 놀랐다.

"알고 계셨어요?"

"그럼요, 집주인이니까요. 처음 입주할 때 지로 씨에게 신상에 관한 얘기를 대강 들었습니다. 당시에는 아직 건물 융자를 갚는 중이라고 해서 우리 할멈이…… 팔 년 전에 저세상 갔지만요…… 신원이 불확실하고 회사원이 아니라 지로 씨 수입이 걱정이라고 했어요. 츠지도 출판의 사장이 보증인으로 나서줘 간신히 입주를 결정했죠. 그 시절에는 아직 책이 잘 팔렸던 것 같아요. 최근에는 대출은 다 갚아서 없는데 헌책방 수입이 형편없다고 했었지만."

"네."

보증인 얘기는 그때 처음 들었다. 츠지도 사장님에게도 감사인사를 해야겠다고 마음에 새겼다.

"그래도 지로 씨가 대출을 다 상환했을 때는 나도 기쁘더군요. 실은 내가 보리바둑을 둡니다. 지로 씨는 고수라 전혀 상대가 아니었지만 그래도 가끔 나와 대국을 해줬어요."

하기야 오빠는 어릴 적부터 바둑을 뒀다. 어릴 때는 지역 바둑대회에서 우승한 적도 있었다.

"바둑을 두면서 건물 얘기며 장사 얘기를 하곤 했어요. 소유한 물건은 전혀 다르지만 피차 임대인 입장이라 대화가 잘 통하기도 했고…… 대출을 다 갚았다는 말을 들었을 때는 우리집에 잠깐 들르라고 해서 바둑을 한판 두고 술도 한잔했죠…… 지로 씨가 돌아간 뒤에 내가 할멈한테 아주 으스대면서 그랬다니까요. '거봐, 봤지? 저 사람은 훌륭한 사람이야. 내가 말한대로잖아' 하고."

그는 하하하, 하고 크게 웃었다.

"그렇게 잔소리꾼이던 할멈도 없으니 적적하네요. 거기다 지로 씨도 가버리고."

피부가 하얘서 그의 눈가가 붉어진 것이 선명하게 보였다.

"오빠에게 그동안 베풀어주신 마음에는 거듭 감사드립니다."

나는 아까보다 더 깊이 고개를 숙였다.

그리고 나중에라도 건물과 관련해 의논드리겠다는 말을 덧붙이자, "지로 씨한테도 말했었지만, 혹시 처분하실 것이 있으면 우리와도 종종 거래하는 부동산 중개업자가 있으니까 소개해줄게요" 하고 다시 얘기가 이어진다.

그저 월세를 전달하러 온 것뿐인데. 오래 머물면 실례이니 이제 그만 돌아가려고 일어서려다 다시 현관 앞에 앉고 말았다.

"내가 시세를 모르는 사람도 아니고…… 사기 당하는 일은 없게 해줄 테니까."

원래 수다스러운 사람인 건지, '할멈'이 죽은 뒤로 대화할 상대가 없어 찾고 있는 건지. 지금 건물을 파는 건 현명하지 않다는 둥, 앞으로 인구가 줄어드는 건 다 아는 사실이고, 도쿄의 땅값이 어떻게 될지는 부동산 업자도 모른다는 둥…… 도통 얘기가 끝나지 않았다.

간신히 대화를 마친 뒤 버스를 타고 역까지 돌아가는 동안, 든든한 의논 상대가 생겨 고마운 한편 월세는 당분간 계좌로 보내야지, 얘기가 길어지니까, 하는 생각에 나도 모르게 혼자 웃고 말았다.

이층에는 10제곱미터 크기의 방과 그보다 조금 작은 방이 하나씩, 그리고 2제곱미터쯤 되는 작은 목조 베란다가 있었다. 나는 침대에 걸터앉아 커피를 마신다. 의자 두 개와 책상이 있고 벽에는 액자가 몇 개 걸려 있다. 그림은 오빠가 구입

한 것 같다. 얼마나 값어치가 나가는 그림들인지 잘은 모르지만, 터치감으로 보면 작가 두세 명의 그림을 모아둔 게 아닐까 싶다.

방의 구조는 일본식이지만 바닥이 마루로 되어 있고 간소해서 고흐가 그린 아를의 노란 집 속 침실을 연상케 한다.

하지만 이층에서도 여유롭게 머물 수 있는 곳은 이 침실이 유일하다. 일층만큼은 아니지만 작은 옆방에도 골판지 상자가 몇 개 쌓여 있었다. 상자는 오래된 잡지 등 비교적 무게가 가벼운 것들로 꽉 채워져 있다. 벽장에는 철 지난 옷과 오빠의 소지품들이 있었다.

이 물건들을 어떻게 하면 좋을까, 도쿄에 도착한 뒤로 줄곧 그 생각이다. 그나마 조금 다행인 건 헌책 말고는 별다른 물건이 없다는 것이었다. 옷은 거의 매일 비슷한 것을 입었던 듯하고 외식이 잦았는지 주방에는 냄비와 프라이팬이 하나씩, 두 사람분의 간소한 식기가 있을 뿐이었다.

식기가 두 개씩 있다는 게 어딘가 기분이 묘했지만, 이 집에 사람이 아무도 오지 않았던 건 아닐 테고 그게 여자인지 남자인지도 알 수 없는 노릇이다. 다만 세트로 된 밥공기가 큰 것과 작은 것 두 개라는 게 의아하다…… 작은 밥공기도 전혀 섬세한 디자인이 아니고 둘 다 투박한 흰색 도자기인 것을 보면 여자가 사용했다고 단언할 수 없을지도 모르겠다.

한 가지 더 신경쓰이는 건 주방의 찬장 안에 간장, 소금, 설탕 같은 기본 조미료 말고도 맛술과 피시소스가 놓여 있다는 점이었다. 맛술이나 피시소스 같은 건 여자의 영향이 아니고서야 존재하기 어려운 물건이 아닐까 싶은데.

오빠는 편지 쓰는 것을 좋아하던 사람이라 부모님에게나 나에게도 곧잘 장문의 편지를 보내왔다. 하지만 편지에 여성의 존재를 암시하는 듯한 내용은 아무것도 없었다. 결혼하고 싶다는 사람을 데려온 적도 없다.

오빠가 책방에서 죽고, 내가 도쿄로 달려오고, 그대로 장례식을 치른 뒤 이 집에 맨 처음 온 사람은 나와 미키키의 엄마인 메이코였다.

장례식 후 너무나 갑작스러운 일에 그저 울기만 하느라 멍하니 있던 나에게 한 목소리가 들려왔다. "저기, 지로 삼촌댁에 가봐야 하지 않을까요? 벌써 일주일 가까이 아무도 안 갔는데 내부가 어떻게 되어 있는지 확인을 해야죠."

위를 올려다보자 메이코의 진지한 얼굴이 보였다.

지로 오빠는 모두에게 사랑받았던 사람이라 온 가족은 물론 오랜 친구도, 도쿄에서 업무상 만나는 동료도 눈물을 흘리며 마음 아파했다. 장례식장은 흐느껴 우는 소리로 가득했다.

메이코도 슬퍼했을 거라고 생각한다. 나는 장례를 치르는 동안 너무도 멍했던 상태라 그 모습을 보진 못했지만.

하지만 그때의 메이코는 "슬픈 건 슬픈 거지만 장례식도 끝났으니 이제 분위기를 전환해야 해요! 이것저것 할일도 있고요! 물론 저도 슬픈 건 슬프지만요!"라는 듯한 얼굴이었다.

"그러네. 고마워, 메이코, 정신 들게 해줘서."

메이코의 그 표정에 나는 등을 훅 떠밀린 것 같은 기분이 들어 눈물을 닦았다.

"제가 병원에서 지로 삼촌의 짐을 받았는데, 아마 그 안에 열쇠가 있을 거예요. 혹시 거기 없더라도 집주인이 빌려주겠다고 하셨어요."

"집주인이? 언제?"

"장례식 때요. 제가 접수대에 있었거든요. 부의 봉투를 친척과 업무 관련 사람들로 나눠서 받았잖아요. 그 두 부류가 아닌 사람 가운데 그럴싸해 보이는 분에게 말을 걸었어요."

세상에. 장례식에 온 그 많은 사람 중에서 집주인을 재빠르게 찾아내 말까지 붙였을 줄이야. 나는 감탄을 넘어 입이 떡 벌어졌다.

지금껏 메이코와 만나거나 대화할 때 "역시 도쿄 사람이구나" 하고 느끼는 일이 종종 있었다.

홋카이도에서 나고 자란 나는 도쿄 출신의 사람을 접할 기회가 아주 적었지만, 그래도 역시 도쿄 사람은 다르다고 생각한다. 한마디로 말하면 '야무지다'라든가 '센스가 있다'라고 할까. 아니면 '요령이 좋다' '현실적이다' '약간 허세가 있다' 같은…… 이런 여러 의미를 포괄해 '도쿄 사람이다'라고 때때로 감탄 섞인 혼잣말을 한다.

고향에서는 무슨 일을 할 때 누군가가 "역시 저 사람은 도쿄 사람이네"라고 하면 모두가 동의하는 경우가 있었다. 때로는 그게 내륙에서 건너온 지 수십 년이 지난 사람일 때도 있어서 그런 식으로 단정짓는 건 좀 유감이었지만.

어쨌든 메이코라는 인물은 내 안의 '도쿄'가 집약된 듯한 사람이라, 미키키도 충분히 야무지지만 메이코에게는 적수가 안 될 거라고 생각한다.

그런 이유로 메이코와 나는 장례 다음날 고엔지로 향했다.

주오선 전철 안에서 메이코는 말했다.

"지로 삼촌이 돌아가신 지 얼마나 되었다고 벌써……라고 생각하실지도 모르겠지만, 이런 일은 되도록 빨리 처리하는 편이 좋다고 생각해요. 집안이 어떤 상태인지 모르잖아요. 집주인이나 미키키의 말로는 지로 삼촌이 반려동물을 키우지 않았다고 하지만 그 말만으로는 알 수 없죠. 어쩌면 최근 몇 달 전부터 키우기 시작했을 가능성도 없지 않으니까요. 굳게 닫힌 집안에 강아지만 있다면…… 아, 불쌍해서 어떡해.”

메이코는 얼굴을 찌푸리고 고개를 저었다.

“물론 알지. 아니, 오히려 메이코가 이렇게 해줘서 고맙게 생각해. 나는 멍하게만 있느라.”

나는 진심으로 고마웠기에 고개 숙여 감사인사를 했다.

“반려동물은 좀 억지스러울 수 있지만, 그래도 주방 같은 곳이 어떻게 되어 있을지…… 그런 건 가능한 한 빠른 시일 안에 가서 정리해야 하니까요. 혹시 너무 심각한 상태면 업자에게 부탁하기로 해요.”

“……오빠는 깔끔한 걸 좋아하는 사람이라 그렇게 쓰레기 집 같진 않을 듯한데.”

“그래도 남자 혼자 살면서 나이가 들면 아무래도 너저분해질 수 있으니까요.”

집에 도착해 열쇠로 조심스레 문을 열었다. 실내는 적막했고, 대량의 책 말고 이상한 점은 보이지 않았다.

아, 다행이다. 지로 오빠가 너저분한 사람이 아니라서…… 하고 가슴을 쓸어내리는데, 중대한 결심이라도 한 듯한 메이코의 목소리가 들려왔다. “그럼 시작할까요?” 돌아보니 메이코가 소형 냉장고에 손을 대고 있었다.

"하나, 둘, 셋!"

메이코가 활짝 열어젖힌 냉장고에는 거의 아무것도 들어 있지 않았다. 고작해야 음료수와 요거트 정도였다.

"아, 다행이다. 안에 음식이 쌓여 있으면 어쩌나 걱정했거든요."

또다시 그 현실적인 목소리로 메이코가 중얼거렸던 것 같다.

냉장고만 보아도 오빠가 거의 요리를 하지 않고 책과 여행 외에는 관심이 없는 사람이었다는 걸 알 수 있다. 쌓여 있는 책들을 옮기는 것도 번거로우니 이사는 생각도 하지 않았던 게 분명하다. 그래도 여자가 있었다면 좀더 나은 집에 살지 않았을까 싶다. 게다가 오빠가 죽은 지도 일 년 가까이 지났으니 만나던 사람이 있다면 어디선가 내 앞에 나타나도 이상할 게 없다.

뭐, 집에 대해서라면 나도 지금 당장 새로운 아파트를 찾아 이사할 결심은 서지 않는다. 도쿄에 언제까지 있을지도 모르고…… 돈이 있고 없고에 상관없이 굳이 여기서 살지 못할 이유가 없는데 집을 하나 더 구한다는 건 아깝다는 생각도 든다.

그래, 여자에 관한 건 미키키에게도 물어보자. 그애가 책방에 종종 얼굴을 비쳤다고 하니 뭔가 알고 있을지도 모른다.

집을 나서기 전에 오빠의 책장에서 책을 몇 권 꺼내 가방에 넣었다.

전날 팔린 책을 메모하고 비슷한 책을 찾아 매일 채워넣고 있다. 지로 오빠처럼 책을 분별하는 눈은 없으므로 같은 작가의 책이나, 문고본이라면 같은 출판사의 비슷한 두께의 책을 골라 같은 가격을 매겨서 책장에 꽂는다. 맞는 건지 틀린 건지 모르겠다. 직접 가격을 매기는 일에는 전혀 자신이 없다.

그래도 이렇게 하다보면 이 책장의 책도 조금은 줄어들려나.

오전 아홉시가 지나 문을 잠그고 집 밖으로 나왔다.

한동안 주택가를 걷다가 와세다 거리를 넘어가면 드문드문 가게들이 보이기 시작한다.

나는 준조 상점가에서 한 블록 바깥쪽으로 난 길을 좋아해 항상 그 길을 따라 역으로 향한다. 준조 상점가보다 좁지만 양쪽으로 빽빽하게 활기 넘치는 가게들이 즐비해 그저 걷기만 해도 즐겁고 기운이 난다. 무엇보다 역 앞의 마트가 좋아서 오며 가며 그 앞의 진열대를 구경하게 된다. 그 재미 때문에 이 길로 다닌다고 해도 과언이 아니다. 음식점도 다양하다. 만두, 카레, 라면, 튀김, 빵, 야키니쿠, 오키나와 요리……

여기서만 먹어도 전 세계 요리를 맛볼 수 있지 않을까 싶을 정도다. 그 사이사이에 중고 옷가게와 액세서리점이 섞여 있는 것도 재미있다. 젊은 사람 취향의 가게라 들어가본 적은 없지만 화사하고 좋아 보인다.

홋카이도와 도쿄의 차이점은 여러 가지가 있겠지만 이런 상점가는 역시 도쿄만의 특색이다. 물론 삿포로에도 상점가가 있고 오비히로역 앞에도 가게가 즐비한 큰길이 있지만, 개인이 운영하는 이런 작은 상점이 늘어선 곳은 없다.

도토*에서 쇼핑을 한다면 역시 이온 같은 쇼핑몰이나 대형마트에 가게 된다. 그건 그것대로 즐겁고 모든 게 갖춰져 있어 편리하지만.

홋카이도 사람들은 "도쿄는 좋겠다"라고 말하는 한편, "그래도 요즘엔 홋카이도에도 웬만한 건 다 있으니까"라고도 하는데, 이는 인구가 많은 지역에만 해당되는 말이다.

이런 동네에 사는 것이 태어나서 처음인 나는 헤매기도 하고, 카트를 끌고 장 보러 나갔다가 대강 필요한 것만 사는데도 이쪽저쪽을 오가느라 녹초가 되기도 했지만 익숙해지니 별거 아니다.

---

* 홋카이도섬을 구분하는 네 개의 지역 중 동남부 일대.

이런 게 바로 스즈코 씨가 말했던 '도쿄'이리라.

역 앞 마트에서 한 포기 100엔인 배추를 보고 있는데 "어서 오세요" 하고 항상 가게 앞에 있는 사십대 여자 점원이 말을 걸어왔다.

"그거 싸죠?"

금세 내 시선을 알아차린 점원이 말했다.

"그러게요. 너무 저렴해서 놀랐어요."

"필요하시면 하나 맡아놓을까요?"

그 점원은 내가 진보초에서 헌책방을 하고 있고, 매일 아침저녁으로 이 마트 앞을 지난다는 것을 최근 한 달 사이에 왕래하며 알게 되었다.

"근데 혼자서는 다 먹을 수 없어서요."

"반은 절임으로 하면 어때요? 단단하고 좋은 배추라 맛있어요. 그리고 배추는 냉동할 수 있어요. 한입 크기로 잘라 지퍼백에 넣어 냉동실에 보관하다가 먹을 만큼 꺼내서 사용하면 돼요. 냉동한 쪽이 빨리 익고 간도 잘 배요."

"어머, 냉동을 할 수 있어요? 그럼 하나 부탁해요."

점원의 화술에 이끌려 나도 모르게 그렇게 말했다.

"어디 보자, 어떤 게 좋으려나."

점원이 재빠르게 큼직한 배추를 한 포기 골라줬다.

"돈 내고 갈게요."

"괜찮아요. 계산대 뒤에 둘 테니까 집에 가실 때 말씀해주세요."

그것만 사는 게 미안해서 맛있어 보이는 달달이 토마토와 사과도 함께 보관해달라고 했다.

"홋카이도와 비교하면 여기는 가격이 비싸지 않나요?"

나의 과거까지 알고 있는 그 점원이 덧붙여 말했다.

"아니에요. 홋카이도는 겨울에 눈이 쌓여서 채소 수확을 못하니까 내륙에서 가져와야 하거든요. 운송비가 들어서 그런지 비싸요. 도쿄가 훨씬 싸지 않을까 싶은데."

"어머, 그런가요?"

나는 마트를 나오면서 고작 한 달 만에 이런 대화를 나눌 수 있는 도쿄, 정확히는 이 고엔지라는 동네가 참 좋다고 생각했다.

지방 사람들은 따뜻하고 도쿄 사람들은 차갑다는 이들도 있지만, 천만에, 어디에나 좋은 사람도 나쁜 사람도 있는 법.

진보초에서 도보로 십 분 거리에 있는 오차노미즈역에서 전철로 한 번에 올 수 있다는 편리함도 있었겠지만, 오빠가 이 동네에서 살았던 건 이 특유의 분위기 때문이었으리라.

📖 📖 📖

요즘 줄곧 편식하는 어린이에 대해 생각하고 있다.

시작은 내가 학부생 시절에 썼던 논문…… 아니, 거기까지 갈 필요는 없겠다. 근현대문학 수업에서 "편식하는 어린이는 전쟁 이전의 문학작품 속에 거의 등장하지 않는다. 아이가 음식에 대한 호불호를 말한다는 것은 거의 불가능한 일이 아니었을까?" 하는 내용으로 간단한 레포트를 작성해서 제출했던 것이다. 나는 그 예로 『인간 실격』 속 '나'의 어린 시절과 『세설』 속 에쓰코의 편식을 다뤘다.

지난주 국문학과 교수실 앞에서 근현대문학의 가노 교수님과 딱 마주쳤다. 그때 "그 레포트 좋던데 좀더 사례를 늘려 보면 뭔가 재미있는 게 나오지 않을까?" 하고 교수님이 말을 건넸다.

지금 나는 중고문학 연구실에 소속되어 있는데, 그렇다고 근현대 소설을 안 읽는 건 아니고 오히려 좋아한다. 대학교 2학년 때 전공을 선택하면서 '중고'로 할지 '근현대'로 할지 조금 망설였을 정도니까.

아아, 편식하는 아이가 나오는 전쟁 전이나 전쟁 중의 문학작품이 더는 정녕 없는 건가? 나는 이런 생각을 하면서 다카시마 헌책방을 향해 진보초를 걷고 있었다.

그러다 즐겨 찾는 헌책방 앞을 잠깐 구경했다.

책방 앞 작은 진열대에는 한 권에 100엔짜리 문고본과 200엔짜리 신서 등이 늘어서 있어 언뜻 보면 일반적인 책방과 별로 다른 점이 없지만, 안으로 들어가면 메이지와 다이쇼 시대부터 현대까지의 일본문학 연구서가 잔뜩 놓여 있다. 그 책등들을 보고 있으면 꼭 한두 권은 손에 넣고 싶어진다. 문고본 코너에는 이와나미 문고나 지쿠마 문고, 주코 문고에서 나온 책들이 중심에 나열되어 있는데, 그 선정 기준이 좋다. 동양철학 해설서부터 스기우라 히나코*의 에도시대물까지 폭이 넓어 전부 읽고 싶어진다.

오늘은 지쿠마 문고의 『오토기조시』**가 눈에 들어왔다. 엔치 후미코와 다니자키 준이치로의 번역본으로, 아직 읽어본 적이 없다. 약간 오염된 부분이 있었고 300엔이었다. 보자마자 사기로 마음먹었다.

언제나 무뚝뚝한 얼굴로 계산대 앞에 앉아 있는 사람은 머리가 반질반질한 노인이다. 이곳에서 몇 번이나 책을 샀는데도 살가운 말 한마디, 미소 한 번이 없다. 이 책방이 책을 고

---

* 에도시대 풍속연구가. 시대 고증이 제대로 된 다수의 작품을 남겼다.

** 14~16세기의 삽화가 실린 단편소설. 통속적인 주제를 다룬 것이 특징이다.

르는 기준은 그의 취향일까…… 나는 이 할아버지와 취향이 같은 건가…… 생각이 복잡해진 채 책방을 나왔다.

산고 할머니를 보러 갔던 첫날 이후로 거의 매일같이 다카시마 헌책방을 방문하고 있다. "항상 눈 크게 뜨고 보라고!" 하는 엄마 메이코의 지시도 있지만, 나 역시 그 책방이 궁금하기 때문이다.

헌책방에서 막 나왔을 때 '이 근처에 카레 전문점 본디가 있었지' 하는 생각이 들었다. 그러자 갑자기 배가 고팠고 오랜만에 그곳의 카레가 먹고 싶었다.

오후 한시 지나서 도착했더니 다행히 손님이 어느 정도 빠진 참이라 금방 자리를 안내받았다.

이 집의 대표 메뉴인 비프 카레를 주문하고 기다리는 동안 방금 산 『오토기조시』를 펼쳐 다니자키 준이치로가 번역한 「삼인법사」*를 읽는다. 헌책을 사서 카레집이나 카페에 들어가 책을 펼칠 때의 즐거움은 어떤 것으로도 대체할 수 없다.

「삼인법사」에는 다니자키의 서문이 실려 있었다. 이 이야기는 어설프고 유치하지만 구성이 훌륭하고 애수를 띠고 있어 좋다는 내용이다. 읽기 전부터 마음이 설렌다.

---

* 어느 밤 한자리에 모인 세 승려가 각자의 속세 경험을 들려주는 이야기.

내가 「삼인법사」를 읽은 적이 있던가? 하고 고개를 갸웃거렸다. 분명 『오토기조시』에서 유명한 이야기를 몇 편 읽은 적이 있을 텐데 기억에 없다.

하지만 첫 페이지를 막 펼쳤을 때 감자와 카레가 나오는 바람에 내 관심은 바로 그곳으로 옮겨갔다.

본디의 비프 카레에는 큼직한 고기가 들어 있다. 밥에는 치즈가 뿌려져 있고, 따로 감자 두 알과 버터가 곁들여진 구성이다. 향이 진한 짙은 갈색의 카레를 소스 포트에서 작은 국자로 떠 밥에 얹을 때의 그 설렘은 말로 다 표현할 수 없다.

한입 먹자마자, 아 역시 오길 잘했다, 하고 생각한다.

입에 닿는 느낌이 순하고 부드러워 마치 비프 스튜를 먹는 것도 같지만 곧 반전이 닥친다. 실은 그 속에 향신료의 매콤함이 숨어 있기 때문이다.

맛있어! 마음속으로 외쳤다.

역시 진보초의 카레 챔피언답다.

그렇지, 산고 할머니도 드시게 해야겠다.

'할머니 점심식사 하셨어요? 지금 본디에 와 있는데 카레가 정말 맛있어요. 사 갈까요?' 하고 메시지를 보내자, 바로 '그럼 부탁해. 먹을 때를 놓쳤어' 하는 답장이 왔다.

"여기요, 비프 카레 1인분 추가로 포장해 갈게요. 맵기는 중간으로 해주세요." 나는 가까이에 있던 직원에게 주문했다.

📖 📖 📖

다카시마 헌책방에 도착해 문을 열었더니 "좋은 아침" 하고 츠지도 출판의 사장인 츠지도 마코토가 들어왔다.

그의 나이는 아마 나보다 조금 많고 지로 오빠보다는 약간 적을 것으로 짐작하고 있다. 나에게는 스스럼없이 말하지만 지로 오빠에 대해서는 친근하면서도 어딘가 존경이 섞인 말투를 쓰기 때문이다.

사장은 베이지색 캐시미어 코트 차림에 검은색 모자를 쓰고 검은색 가죽 장갑을 끼고 있었다. 모두 고급 제품인 듯하다. 키가 180센티미터 정도로 크고 풍채도 좋다. 코트는 분명 맞춤 주문일 거라고, 그를 볼 때마다 생각했다.

"아유, 추워라."

츠지도 사장은 그렇게 말하고는 남의 가게를 마치 자기 집처럼 훤히 알고 있다는 듯 직접 접이식 나무의자를 펼쳐 계산대 옆에 놓고 털썩 앉았다. 모자를 벗자 숱은 많지 않지만 곱게 매만진 은색 머리칼이 드러났다. 이 정도 나이가 되면 머리숱이 너무 수북한 것보다 이쪽이 훨씬 근사하다고 생각하면서 그 모습을 바라보았다.

"지금 막 난로를 켰어요. 곧 따뜻해질 거예요. 차 좀 드릴까요?"

"그럼 고맙죠."

처음 인사하러 갔을 때, 오빠의 보증인이 되어줘서 고맙다는 말을 하자 츠지도 사장은 "당연한 걸 했을 뿐인데요" 하고 겸손해하면서도 어딘가 뿌듯해하는 것 같았다.

"생각해보면 내가 보증인이 된다는 게 이상하지만 말이에요. 내가 이 건물의 세입자인데, 회사 경기가 나빠져 월세를 못 내면 지로 씨도 집세를 못 내는 거잖아요? 집주인이 받으아내고 싶어도 일단 내가 돈이 없으면 못 주는 거니까."

하하하하, 그는 큰소리로 웃었다.

"그런데 그 집주인은 그래도 괜찮다며, 형식적인 것뿐이라고 했어요. 그분도 참 재미있는 사람이에요. 완전히 지로 씨의 팬이 되어서는. 꼭 자기 집에 세를 주고 싶었던 걸 거예요."

"고맙습니다."

내가 그렇게 인사하자 사장은 "당신 오빠는 좋은 분이었어요. 허전하네" 하고 중얼거렸다.

그후로 그는 가끔 출근 전이나 한가한 시간에 내려와 나와 이렇게 잡담을 나누었다.

어차피 나도 무료한데 츠지도 사장이 세상 물정에도 밝고 이야깃거리가 끝이 없는 사람이라 고마울 따름이다.

"……그, 요즘 젊은 사람들은 무슨 생각을 하는지 잘 모르겠단 말이지."

사장은 뜨거운 차를 한 모금 홀짝이더니 대뜸 그런 말을 했다. 그가 불만을 토로하는 건 드문 일이다.

"그래요? 저는 요즘 젊은 친구들 중에 괜찮은 애가 많다고 생각하는데."

츠지도 사장치고는 너무 평범한 얘기를 하는 듯해 좀 이상하기도 했다.

"맞아요, 괜찮은 애들이죠. 이 집의 미키키도 나무랄 데 없이 좋은 애잖아요. 그 친구에 관해선 나도 전혀 이론의 여지가 없지만."

그는 손잡이 없는 검은색 찻잔을 물끄러미 보았다. 오빠가 다섯 개들이 세트로 책방에 가져다둔 찻잔이었다.

"우리처럼 작은 회사에 와서 월급도 적은데 열심히 일해주는 건 고맙죠. 그런데 무슨 생각을 하는지 도통 모르겠어요."

주어가 없어서 누구를 말하는 건지 상상할 수밖에 없지만, 아마 출판사의 젊은 직원을 말하는 것일 테다.

츠지도 출판은 이 건물의 이층과 삼층을 사용하고 있고, 직원은 열 명 정도다. 해외소설 외에 영문학 연구서 같은 책도 출간한다고 한다.

직원들 역시 책을 좋아하는 사람이 많아 우리 책방에도 종종 들러서 몇 사람의 얼굴은 기억하고 있었다.

"제가 사장님 회사의 직원들을 모두 아는 건 아니지만 다들 좋은 사람이지 않나요?"

"아니, 아마 산고 씨는 모를 거예요. 책을 별로 안 사는 친구라……"

"어? 편집자인데 책을 안 읽나요?"

"아니, 안 읽는 건 아니에요. 사질 않는 거지. 그리고 그 직원은 편집자가 아니라 영업 담당이에요. 내가 읽어본 적 없는 경제서 같은 책을 자주 읽죠. 다만 대부분 도서관에서 빌리는 것 같아요."

"아, 네."

"물론 출판사 직원이 도서관에서 책을 빌리는 게 잘못됐다는 건 아니에요. 도서관이 나쁜 것도 아니고. 나도 젊은 시절엔 도서관에서 책을 얼마나 읽었는지…… 게다가 요즘 우리 출판사에서 내는 책도 상당량은 도서관이 사주고 있죠. 그렇지 않았다면 아마 운영이 어려웠을 거예요. 나로서는 도서관님으로 모셔야 할 정도죠. 그리고 직원이 회사 밖에서 어떤 책을 읽든 빌리든 문제될 건 없고 아무 상관 없는데."

"네."

"더군다나 내가 싫어하는 부류도 아니고 나쁜 사람도 아니에요. 항상 잘 웃고 착하고 시원시원하고, 일도 열심히 해주고 다른 사람 험담도 안 하고…… 입사했을 때는 정말 괜찮은 사람이 들어왔구나 싶어 기뻤죠."

"사장님은 그 사람의 어디가 마음에 안 드는데요?"

"그걸 나도 잘 모르겠어요."

아하하하, 하고 그는 또 호쾌하게 웃었다.

한바탕 웃고 난 뒤 츠지도 사장은 아무 말도 하지 않고 한동안 생각에 잠겼다. 그리고 차를 다 마실 때쯤 마침내 입을 열었다.

"……그 친구와 마주하고 있으면 내가 왠지 마음이 편하지 않은 거예요. 안절부절못한다고나 할까."

"사장님을 안절부절못하게 하다니, 굉장한 인물인데요."

무심코 중간에 말참견을 해버렸는데, 웬일인지 그가 피식 웃지도 않는다.

"뭐랄까…… 본인이 세상을 전부 안다고 생각하고 있는 것 같아요."

"세상을요?"

"세상을 다 알아서 이제 인생이 시시하다고 생각하는 거지. 그런 느낌이 들어요."

"네."

"그래서 세상은 넓고 아직 자네가 모르는 일들이 많다고 넌지시 얘기해도 소귀에 경 읽는 꼴이라 그저 생글생글 웃기만 해요. 내가 저를 '세상을 다 아는 듯한 착각에 빠졌다'라고 생각한다는 것도 이미 알고 있고, 나 같은 노인이 자기를 어떻게 생각하든 별로 신경쓰지 않는 것 같아. 게다가 내가 그런 인상을 받았다는 것도 분명 아는 거지."

나는 나도 모르게 눈을 치켜뜨고 중얼거렸다. "모른다는 것을 알고 있다……고 생각하는 것을 알고 있다? 응? 복잡하네요."

"아무튼, 그 친구는 자신이 뭐든 다 꿰뚫어보고 있다고 생각하는 듯한데, 정작 세상일의 1퍼센트도 모를걸요? 하지만 그렇게 말해줘도 믿으려 하지 않을 테니까. 왠지 허무하기도 하고 슬프기도 하고."

"슬퍼요?"

"그야, 인생을 시시하다고 여기는데, 안됐잖아요."

나는 그가 무턱대고 호쾌한 사람으로 보이기도 하고, 때로는 타인의 영역 안으로 서슴없이 들어와 무례하게 보이기도 하지만, 실은 다정한 사람이라고 생각했다.

"나이는요?"

"글쎄요, 서른 살쯤 되었을까."

"사장님 서른 살 무렵에는 어땠어요?"

"……그야, 다른 출판사에서 일했죠. 이 근처에서. 잡지와 책을 만들었어요."

사장은 바로 근처에 있는 초대형 출판사의 이름을 댔다.

"한 권이라도 많은 책을 읽고 싶고, 팔고 싶고, 내고 싶고. 뭐, 그때는 책이 잘 팔렸던 시절이기도 했으니까요."

"그러게요. 경기도 좋았잖아요."

"그런데 마흔이 가까워지니 한 권 한 권의 책을 좀더 정성껏 마주하며 만들고 싶어서 독립을 생각하기 시작했어요."

"그랬던 거군요."

"처음에는 여기 삼층만 썼어요. 당시 이층에는 법률사무소가 있었거든요. 직원 두 명을 고용해 셋이서 시작했어요. 지금과 달리 사무실이 넓게 느껴졌죠. 지나치게 큰 공간을 빌렸나 싶어 몇 번이나 후회했어요. 그러다 회사가 궤도에 올랐을 무렵, 지로 씨가 어느 날 불쑥 삼층에 올라와서 이층이 곧 빌 건데 쓰지 않겠냐고 묻더라고요. 법률사무소의 변호사님 아들도 변호사가 되어서 둘이 함께 쓰기에는 사무실이 협소해야에스의 빌딩으로 옮긴다고. 그때 왠지 지로 씨가 타이밍을 잘 잡아서 내 등을 밀어준 것만 같았어요. 그래서 나도 큰맘 먹고 직원을 늘렸고…… 그때가 제일 즐거웠지."

"이 건물과 함께 회사도 변화해갔군요."

"맞아요. 지로 씨도 여행지에서 좋은 책을 발견하면 사 와선 이 책 번역해서 내보면 어떻겠냐고도 하고…… 그랬던 책이 베스트셀러가 된 적도 있었어요. 보답하려고 해도 '내 영어 실력으로는 다 읽을 수 없으니 번역해달라고 한 건데. 내가 득을 봤지' 하더라고요. 욕심이 없는 분이었어요."

"그런 일이 있었어요?"

"산고 씨는 어땠어요? 서른 살쯤에."

"글쎄요, 어땠더라? 특별히 이렇다 할 건 없는데…… 오비히로에서 부모님과 살면서 아르바이트도 하고 친구랑 놀기도 하고 책도 읽고…… 그렇게 생각하니까 제 인생은 별로 재미없어 보이네요."

"아니, 산고 씨, 젊었을 때 인기 많았죠?"

사장이 호기심 그득한 눈으로 묻는다.

그렇지 않다고 대답하려는데 불쑥 정반대의 말이 나왔다.

"……왜 젊을 때만이라고 생각하세요?"

히가시야마 씨의 얼굴이 슬쩍 뇌리를 스친다.

"이런, 당했네."

하하하하, 하고 사장은 웃으며 자리에서 일어났다.

"산고 씨와 얘기하다보면 일을 못한다니까. 이제 슬슬 가야겠다."

칭찬하는 건지 깎아내리는 건지 알 수 없는 말이다.

"아, 맞다."

나가다 말고 사장이 되돌아왔다.

"……그 녀석한테 책 한 권 골라주지 않을래요?"

"그 녀석이요? 책?"

"이 서점에 있는 책 중에…… 뭔가 재미있는 거. 그 녀석이 읽지 않았을 것 같은 책이요."

나는 당황해서 얼굴 앞에서 손사래를 쳤다.

"제가 그런 걸 어떻게 해요. 젊은 사람한테 추천할 만한 책 같은 건 몰라요."

"아니에요, 산고 씨는 훌륭한 독서가잖아요. 내가 읽지 않은 책도 많이 알고."

"그렇지도 않아요."

"이따가 여기로 인사하러 보낼게요. 그러면 추천하는 책 한 권만 건네줘요. 하나무라라는 남자예요. 아무거나 괜찮으니 적당한 이유만 대줘요. 책값은 나중에 내가 계산할 테니까."

"아니 글쎄, 정말 모른다니까요."

한사코 거절했지만, 당신이라면 믿을 수 있다며 사장은 막무가내였다.

"뭐든 괜찮으니 그 녀석의 머리를 쾅 하고 부술 만한 책을 한 권 골라줘요" 하고 말도 안 되게 어려운 주문을 하고 나갔다.

📖 📖 📖

다카시마 헌책방에 들어갔더니 산고 할머니가 턱을 괴고 한창 뭔가를 생각하고 있었다.

"산고 할머니, 안녕하세요."

내가 말을 걸자 할머니의 얼굴이 활짝 밝아졌다. 이렇게나 좋아해주는데 기분이 나쁠 리 없다. 이런 점이 할머니의 귀여운 면일 것이다.

"미키키, 와줘서 고마워."

"네."

나는 계산대 옆에 본디에서 사 온 카레를 놓았다.

"고마워, 냄새 좋다."

"책방에 카레 냄새 배겠는데요."

"뭐, 괜찮아. 어차피 손님도 안 오는데."

산고 할머니는 기쁜 듯 비닐봉투 안을 들여다본다.

"지금 드실래요?"

"아니, 아직 괜찮아. 일단 백야드에 둬야지. 차 줄까?"

"감사합니다."

백야드라는 단어를 언제 익혔을까? 산고 할머니는 도쿄에 온 뒤로 날마다 진화하고 있다.

"오늘은 커피라도 마실까?"

"좋죠. 여기서 커피 내릴 수 있어요?"

"오빠가 썼던 프레스식 커피메이커가 있긴 한데 아직은 잘 다룰 줄 몰라. 미키키, 미안하지만 옆집 북엔드 카페에서 커피 두 잔 사다줄 수 있겠어? 그렇게 말하면 알 거야. 커피값은 일단 외상으로 하고 한 달에 한 번 결제하게끔 되어 있으니까. 내 커피는 여기에."

산고 할머니가 내민 머그잔을 받아들고 나는 옆집으로 갔다.

"어서 오세요."

카페에는 할아버지 손님 둘 뿐이고, 주인 미나미 씨는 안쪽 카운터 뒤에 서 있었다.

"저기, 이 옆 다카시마 헌책방에서 왔는데요, 커피 두 잔……"

"아, 혹시 산고 씨의?"

"네, 친척이에요. 다카시마 미키키입니다."

"산고 씨한테 얘기 많이 들었어요. 처음 뵙네요."

"네. 고모할머니가 늘 신세 많이 지고 있습니다."

"별말씀을요, 저야말로 그렇답니다."

서로 고개를 숙였다.

"커피라고 말하면 아실 거라고 할머니가 그러시던데요."

"산고 씨에게는 늘 진보초 블렌드를 내려드리는데, 미키키 씨는 선호하는 거 있어요?"

"음. 커피는 제가 잘 몰라서…… 그런데 요즘 유행하는 과일 향이라고 해야 하나, 산미가 있는 타입? 그거 좋아해요."

"그럼 초봄 블렌드로 할까요? 지금 계절 한정으로 판매하고 있는데 버찌 같은 과일 풍미가 있는 커피예요."

"그걸로 부탁드려요."

"다음에 오시면 커피 맛이 어땠는지, 산미가 과했다든가 너무 진했다든가, 미키키 씨의 취향을 알려주세요."

미나미 씨가 커피를 내리는 동안 카페 내부를 둘러보는데 창가 선반에 나쓰메 소세키와 아쿠타가와 류노스케의 오래된 책이 꽂혀 있었다. 무심코 집어든다. 둘 다 초판본처럼 보였지만 판권을 보니 역시 복각판이었다. 그래도 1969년의 책이라 멋스럽게 세월이 묻어 카페에 잘 어울렸다.

"……그거, 지로 씨가 주신 거예요."

뒤에서 미나미 씨가 말했다.

"네?"

"복각판이라고 하나요? 대량으로 시장에 나온 책이고 약간 때가 타서 가격도 얼마 안 하는데, 괜찮으면 카페 소품으로 써보면 어떠냐고 지로 씨가 그러셨어요. 헌책방 거리의 카페니까 이런 책이 있어도 괜찮지 않겠냐면서요."

"그랬군요."

"그 책을 집어보는 손님도 많아서 우리 카페의 컨버세이션 피스*가 되었어요."

혹시 미나미 씨는 어릴 때 외국에서 살다 온 걸까? 컨버세이션 피스를 말하는 발음이 좋다.

"『컨버세이션 피스』**라는 소설이 있어요."

"그래요? 몰랐어요."

"과장 하나 없이 말씀드리자면 그 책은 진짜 최고예요."

"미키키 씨는 헌책방 일을 돕는 만큼 역시 다독을 하시는

* 대화의 계기가 되는 것. 원래는 가족이나 친구 여럿이 모인 모습을 그린 집단 초상화를 뜻하는 용어이기도 하다.

** 2003년에 출간된 호사카 가즈시의 소설.

군요."

"아뇨, 그 정도는 아니고 그냥 보통이에요."

"그러고 보니 예전에 지로 씨가 그런 걸 물으신 적이 있었어요."

미나미 씨가 커피를 내리면서 말했다.

"애거사 크리스티 책 중에서 제일 좋아하는 게 뭐냐고."

"오호."

"어때요? 미키키 씨라면 어떻게 대답하겠어요?"

"모든 작품을 통틀어 미스 마플 시리즈를 좋아해요. 『주머니 속의 호밀』이라든가. 살인이 벌어지지 않는 작품이라면 『봄에 나는 없었다』 『갈색 양복의 사나이』도 좋아하고요. 거기에 아이스크림소다가 나오거든요. 반전을 기대한다면 『검찰 측의 증인』이 딱이죠."

미나미 씨는 후훗 웃었다.

"아, 그리고 푸아로의 『커튼』도 빼놓을 수 없죠. 슬픈 내용이지만 그런 방식의 이야기를 그 시대에 썼다는 게 대단해요."

"애거사 크리스티를 다 읽었어요?"

"대부분은요."

"지로 씨가 그러셨어요. 크리스티의 어떤 책을 좋아하느냐고 물어보면 그 사람의 성격을 대강 알 수 있다고."

"그럼 제 성격도 알 수 있나요?"

"아뇨. 저는 미키키 씨가 책을 많이 읽는 사람이라는 것밖에 모르겠어요. 제가 읽은 건 『그리고 아무도 없었다』뿐이라."

우리 둘은 얼떨결에 동시에 소리 내어 웃고 말았다.

문득 나는 카페 안에서 할아버지들의 목소리가 들리지 않는다는 걸 알아차리고 뒤를 돌아보았다. 두 사람 모두 흥미진진한 얼굴로 이쪽을 보고 있다.

"……혹시 옆집 다카시마 헌책방네 아이야?"

한 할아버지가 싱글벙글 웃으며 말을 걸어왔다.

"아, 네."

"지로 씨와는 어떤 관계?"

"저희 작은할아버지예요."

"그럼 산고 씨는……"

"고모할머니예요."

"아하, 아가씨, 이름은?"

"다카시마 미키키라고 합니다."

"우리도 지로 씨랑 자주 술 마시고 그랬거든."

먼저 말을 걸어온 할아버지는 트위드 재킷을 입고 있었다. 맞은편에 앉아 우리 얘기를 웃으며 듣고 있는 할아버지는 감색 점퍼에 청바지 차림이다. 두 사람 다 중절모와 헌팅캡을

각자의 옆자리에 놓아뒀다.

할아버지가 청바지라니, 하고 순간 생각했다. 하지만 그분한테 잘 어울리기도 했고 젊을 때는 분명 미남이었을 용모라, 신기하게도 정장과 다름없을 만큼 단정해 보였다.

"지로 씨의 친척이라면 우리의 친척이나 마찬가지지. 모르는 일이 있으면 뭐든 물어봐. 평소 오후에는 주로 이 카페에 있으니까."

항상 여기 있다니, 이분들은 무슨 장사를 하는 걸까? 헌책방 주인처럼 보이진 않는다.

"감사합니다."

드디어 준비된 커피를 받아들고 나는 재빠르게 돌아갔다.

책방으로 돌아와 커피를 건네며 북엔드 카페의 이인조에 대해 말하자, 산고 할머니도 똑같은 말을 들었다며 웃었다.

"얘기해본 적 있어요?"

"아직 제대로는 없는데, 조만간 한번 차분히 얘기해보려고. 자꾸 권해오기도 해서."

"괜찮겠어요? 싫으면 무리하실 필요 없어요."

"아니야. 그렇게 싫진 않아. 오빠에 대해 듣고 싶기도 하고."

"지로 할아버지요?"

"오빠는 나나 부모님에게 편지야 자주 썼지만 만나는 건 몇 년에 한 번 꼴이었어. 노년의 오빠에 대해서는 내가 잘 모르거든."

"그렇군요."

"하는 일에 대한 얘기도 거의 들어본 적 없고…… 저기, 그래서 생각났는데, 지로 오빠한테 애인이 있었을까? 미키키는 알지?"

"애인! 글쎄요. 생각해본 적도 없었어요."

"후훗. 그렇겠지. 젊은 사람들은 우리처럼 나이든 사람들의 이성 교제는 생각하지 않을 테니까."

"아니, 그런 게 아니에요."

"나도 옛날에는 그랬는걸."

"그런데 왜 갑자기 그런 생각을 하셨어요?"

"내가 지금 오빠가 살았던 고엔지의 집에 살고 있잖아. 오빠는 거의 요리를 하지 않았던 것 같은데 찬장에 맛술이랑 피시소스가 있더라고. 그것도 그리 오래된 것 같지 않은. 왠지 그런 건 여자가 없으면 좀처럼 안 쓰지 않나 싶어서."

"산고 할머니, 탐정 같아요."

나도 모르게 웃음이 났다.

"하지만 그걸 여자만 쓴다고 할 순 없잖아요? 지로 할아버지는 아시아 여행도 자주 하셨으니까 피시소스쯤이야 직접 샀을지도 모르죠."

"그럼 맛술은?"

"맛술 정도야 남자도 얼마든지 쓰죠."

"글쎄. 우리 아버지는 죽을 때까지 맛술 같은 거 모르지 않았을까 싶은데."

"지로 할아버지는 혼자서 오래 사셨잖아요."

"오빠한테 애인이 없었기를 바라서 하는 말이 결코 아니야. 아니, 오히려 누군가 좋은 사람이 있었다면 좋았겠다고 생각해. 홀로 외롭게 죽어갔다기보다는."

그 말에 나는 진지하게 생각해봤다.

"그런 말씀을 하시진 않았지만, 지로 할아버지라면 애인이 있어도 이상할 건 없죠. 멋있는 분이었고 다들 좋아했으니까."

"그러게."

"거꾸로 말하면, 애인이 있든 없든 할아버지는 분명 외롭지 않으셨을 것 같은데요."

"하기야 그것도 그렇네."

"산고 할머니나 부모님에게는 지금껏 한 번도 얘기하신 적이 없나요? 애인에 대해서."

"없어. 오빠는 나를 신경썼던 것 같아."

"할머니를 위해서 말하지 않으셨다는 건가요?"

"응. 내가 혼자 부모님과 살았잖아. 그래서 조심하느라 여자나 연애 얘기를 하지 못한 게 아닐까 싶어."

산고 할머니는 시선을 먼 곳에 두고 있었다.

그렇지 않아요, 하고 내가 말하기도 전에 "그거 하나가 마음에 걸려" 하고 할머니가 중얼거렸다.

"그런 건 신경쓰지 않았어도 되는데. 아니, 신경쓰지 말라고 내가 먼저 눈치껏 말해야 했어."

산고 할머니는 깊은 한숨을 쉬었다.

"지로 할아버지는 행복하지 않았다고 단언하기엔 너무 근사한 삶을 사셨어요."

나는 무심코 그렇게 말했다.

"고마워."

그때, 미닫이문이 열리고 젊은 남자가 들어왔다.

📖 📖 📖

서점으로 들어온 사람은 상상한 것과는 조금 다른 젊은이였다. 츠지도 사장의 말을 듣고 떠올렸던 건 선이 가는 꽃미남이었는데, 실제 그는 눈썹이 까맣고 진해서 전체적인 균형이 살짝 안 맞았다. 하지만 그 덕분에 뭔가 강한 의지 같은 게 느껴졌다.

그는 곧장 우리 쪽으로 전진해왔다.

"츠지도 사장님이 인사차 다녀오라고 하셔서 오게 되었습니다. 하나무라입니다."

"아, 저야말로 늘 신세 지고 있습니다. 다카시마 헌책방의 다카시마 산고입니다."

나는 일어서서 깊이 고개를 숙였다.

"인사가 늦어서 죄송합니다. 원래도 이곳에 잘 들르지 않아서 깜박 잊고 있었어요."

"아니에요, 신경써줘서 고마워요."

"사장님이 여기 와서 여러 가지를 배우라고 하셨어요. 잘 부탁드립니다."

츠지도 씨의 말처럼 고분고분하고 성실한 사람인 것 같았다. 나이든 사람이 그렇게 말했다고 곧장 오다니. 한편으론 진심으로 '뭔가를 배우고 싶다'고 생각하는 건 아닌 듯했다. 왜냐면 그 말을 한 뒤로는 무슨 얘기를 해야 좋을지 모르겠다는 눈치로 머뭇거렸기 때문이다.

"이쪽은 내 조카의 딸, 다카시마 미키키라고 해요. 내가 없을 때 가게를 보는 일도 있을 듯하니 얼굴 익혀두세요."

옆에 있던 미키키도 소개했다.

"아, 네."

젊은 두 사람은 서로 어색하게 고개를 숙였다.

"참, 이걸 드려야 하는데."

그는 정장 주머니를 더듬더듬 뒤지더니 명함 지갑을 꺼내 나와 미키키에게 명함을 한 장씩 주었다.

—하나무라花村 다케후미健文

"하나무라 다케후미 씨?"

"네. 하지만 겐분으로 불러주세요."

"아……"

"다들 겐분이라고 편하게 부르니까 두 분도 그렇게 불러주세요."

나는 그의 명함을 물끄러미 본 다음 고개를 들었다.

"겐분 씨가 독서가라고 사장님한테 들었는데, 주로 어떤 책을 읽나요?"

"그게……"

그는 눈동자를 이리저리 굴리며 내 옆과 위에 있는 책장을 둘러보았다. 이곳은 헌책방이다. 당연한 말이지만 책이 많다.

그런데 지금 나와 미키키가 있는 곳…… 다카시마 헌책방의 심장부라고 해도 좋을 이 안쪽 책장에는 대부분 희귀본이나 절판된 연구서, 골동품으로 가치 있는 에도나 메이지 시대의 문헌들뿐이라 그가 읽을 만한 책은 별로 없을 것이다. 처음 책방에 들어왔을 때 그의 눈에 다소 어려 있던 관심과 호기심이 급속도로 사라져가는 것이 보였다.

그는 작게 한숨을 쉬고는 웃음을 지어 보였다. 뭐랄까, 무난한 말을 하기 위한 미소를.

"……이것저것 읽습니다."

표정과는 반대로 그의 마음속 셔터가 드르륵 닫히는 것을 나는 느꼈다.

책은 읽는다. 하지만 분명 제목을 말해도 이 사람들은 모를 것이다. 그런 마음이 '이것저것'이라는 한 단어로 전해져왔다.

"이것저것……"

"네, 뭐. 그럼……"

그가 발길을 돌리려던 때였다.

"이것저것 어떤 거요? 예를 들면?"

미키키의 날카로운 목소리가 울렸다.

"네?"

"이것저것이라는 게 이를테면 어떤 건데요? 소설인가요? 실용서인가요? 경제? 사회학?"

"아니, 그러니까……"

"철학종교, 역사전기지리, 사회과학, 자연과학, 기술공학 가정학, 산업교통통신, 예술스포츠, 언어, 그리고 문학."

미키키가 겐분 씨를 응시하며 열거했다. 도서 분류법이라는 걸 나도 중간부터 알아차렸다.

"책이라면 대충해도 이만큼 있어요. 이중 어느 한 가지에는 해당되겠죠? 더 상세히 말하면……"

"미키키."

나는 미키키의 옷을 가만히 잡아당겼다. 평소 미키키는 내가 손님과 대화할 때 거의 참견하지 않는데 드문 일이었다.

"도서 십진분류법이네요. 저도 출판사에 근무하고 있으니 그 정도는 압니다."

"아니, 그러니까 어떤 책을 읽으시냐고 묻는 거예요."

미키키가 웃음기 없이 말했다.

"이것저것이라니, 너무 성의 없는 대답 아닌가요? 왠지 무시당하는 것 같네요."

겐분 씨가 난처한 듯 나와 미키키의 얼굴을 번갈아 보았다. 미안한 생각도 들었지만, 나도 미키키와 똑같이 느꼈기에 어딘가 통쾌하기도 했다.

"혹시 제가 실례를 범했다면 죄송합니다."

그가 순순히 고개를 숙인다.

"다만 저는 그…… 여기 있는 책들이 제가 평소 읽는 책과는 너무 달라서 어쩐지 기가 죽어서요."

한번 닫혔던 셔터가 아주 살짝 올라간 것 같았다.

그가 어딘가 새침한 표정으로 "이것저것 읽습니다"라고 했던 건 결코 우리를 대화가 안 통하는 인간으로 여기고 배제하려던 게 아니다. 오히려 오래된 책들을 보고 위축된 탓이었는지도 모른다.

미키키가 작게 숨을 내쉬었다. 그러면서 동시에 어깨가 살짝 내려갔다.

"제가 이것저것이라고 했던 건 주로 경제서나 자기계발서나 주식투자서 같은……"

"아, 뭔지 알겠네요. 서점에 들어가면 바로 보이는 코너에 산더미처럼 쌓여 있는 『저축한 10만 엔을 주식투자로 순식간에 1억 만드는 법!』 같은 책이군요!"

"거봐요. 아까는 저한테 무시당했다면서 당신이야말로 그런 식으로 저를 무시하잖아요."

이번에는 겐분 씨가 다소 호전적으로 미키키를 가리켰다.

"그래서 여러분 같은 독서가들에게 책 얘기를 하기가 싫은 거예요. 우리 회사 사람들도 그렇고, 다들 문예서나 연구서가 아닌 책을 읽는 사람을 자본주의에 영혼을 판 한심한 인간, 속물이라고 생각해요."

"무시하거나 그런 거 아니에요. 저는 다만……"

"그래, 방금은 미키키가 심했어. 나는 어떤 책에서든 배울 게 있다고 생각해."

"저는 파이어족이 되고 싶어요."

겐분 씨가 그렇게 말하고는 화들짝 놀라 입에 손을 댔다.

"아, 이거 아무한테도 말한 적 없는데."

내가 이 얘기를 왜 했지, 하고 그는 고개를 떨군다.

"파이어? 파이어가 뭐예요? 불이에요?"

미키키가 흥미롭다는 듯 물었다.

"아니요. 아니, 철자는 같아요. 말 그대로 불이라는 뜻의 그 FIRE거든요. 파이낸셜 인디펜던스Financial Independence와 리타이어 얼리Retire Early의 약자로 경제적 자립과 조기 퇴직을 의미해요. 요컨대 돈을 모으거나 효과적인 투자를 하는 것으로 경제적 자립을 해서 일찍 퇴직해 느긋하게 살아가는 것을 뜻하죠."

미키키와 나는 서로 마주보았다.

"알고 계셨어요?"

"아니, 처음 들었어."

"저는 돈을 모으는 것과 동시에 투자 공부도 하면서 어떻게든 삼십대 안에 파이어하는 것을 계획하는 거예요."

"그렇군요."

그래서 책을 사지 않고 도서관에서 빌려 읽으며 돈을 모으는 거구나.

"감사하게도 다행히 최근에 주식이 오른 덕분에 꽤 목표에 가까워졌어요."

"잘됐네요."

그러면서도 겐분 씨는 이 얘기를 왜 했지, 하고 중얼거렸다.

"이런 생각은 부모님에게나 회사 사람들에게도 밝힌 적이 없어요. 그러니까 절대 아무한테도 얘기하지 말아주세요."

"네."

"뭐랄까…… 두 분이 그런 것과는 거리가 먼 분들이신 듯해 무심코 말이 나와버린 것 같아요."

거리가 먼가? 하고 나와 미키키는 눈으로 대화한다.

하지만, 하고 나는 마음속으로 생각했다. 지금 들은 대로라면 지로 오빠야말로 파이어족 아닐까? 퇴직은 하지 않았지만 경제적으로 완전히 자립해서 느긋하게 좋아하는 일을 하며 살았으니까.

"……그래서 만약 그 돈을 모아 파이어족이 되면 어떻게 할 거예요?"

미키키가 물었다.

"어떻게라뇨?"

"그러니까 일을 할 필요가 없어지면 매일 뭘 하면서 보낼 거냐고요."

그 순간, 미세하게, 아주 미세하고 미묘하게 겐분 씨의 두껍고 검은 눈썹이 움직였다. 눈썹 주위에 안개가 낀 듯한 느낌이었다.

"……글쎄요. 초록이 무성하고 공기가 좋은 곳에 살면서 매일 좋아하는 책을 읽고, 텃밭이라도 좀 가꾸고, 개를 키우며 느긋하게 살고 싶네요."

"텃밭을 좋아해요?"

나는 무심코 그렇게 묻고 말았다.

"네?"

"겐분 씨가 하고 싶은 일이라는 게 결국 텃밭 일이에요? 초록이 무성하고 공기 좋은 곳에서 살고 싶다면 지금도 교외로 조금만 나가면 할 수 있잖아요. 시간은 좀 걸리겠지만 통근을 못하는 것도 아니고. 츠지도 출판이 그렇게 악덕 기업도 아닌데."

"개도 키울 수 있고요." 미키키가 말을 보탰다.

"그야 그렇지만."

"책은 지금도 읽고 있잖아요. 직업상 얼마든지 읽을 수 있고요."

"그렇죠."

"저, 이런 얘기를 들은 적이 있어요." 미키키가 뭔가 생각났다는 듯 말을 꺼냈다.

"어느 시골의 항구 마을에 한 어부가 살고 있었어요. 어부는 고기를 많이 잡아서 가족에게 먹이고 다른 사람에게 팔기도 했죠. 그러던 어느 날 도시의 사업가가 어부를 찾아와 말했어요. 회사를 차려서 당신의 낚시 기술을 사람들에게 가르쳐 프랜차이즈화하지 않겠냐고."

대체 갑자기 무슨 얘기를 하려는 거지? 나는 미키키의 얼굴을 바라보았지만 거의 무표정이었다.

"어부가 물었어요. '그렇게 하면 어떤 일이 벌어지지?' 그러자 사업가가 대답했죠. '돈을 왕창 벌 수 있습니다.' '돈을 왕창 벌면 어떻게 되지?' '일하지 않고 살 수 있습니다.' '일하지 않고 무엇을 하지?' '경치 좋은 곳에 집을 사서 매일 낚시라도 하며 느긋하게 살면 어떨까요?' 그러자 어부는 대답했죠. '그거라면 지금도 하고 있는 것일세.'"

"과연."

겐분 씨가 이번에는 무시당한다고 여기지 않고 가만히 생각에 잠겼다.

"미안해요."

미키키가 엉겁결에 사과할 만큼 그의 침묵은 길었다.

"딱히 겐분 씨의 생각을 부정하고 싶었던 건 아니에요. 저도 좀 부럽다고 생각해요. 돈이 많아서 느긋하게 살고 싶다는 건 모두의 꿈이잖아요. 저는 아직 취직도 안 해서 직장인의 고충 같은 건 잘 모르지만."

"아뇨…… 아닌 게 아니라…… 요즘 좀 혼란스럽긴 했어요. 처음 파이어족에 대해 알았을 때는 굉장히 기뻤어요. 매일 하는 일에 좀 질려 있었고 출퇴근도 힘들고…… 우리 회사는 출근 시간이 조금 늦은 편이라 일반 회사원보다는 편하지만, 그래도 아침에 일어나는 건 힘들죠. 그래서 절약하고 투자해서 저축액이 점점 늘어가는 게 신나고 좋았어요. 그런데 조금씩 목표에 가까워진 지금은 뭐랄까…… 세상일이 전부 무의미해 보이기 시작했어요. 제 자산 말고는 모든 것이요. 누군가를 봐도, 이 사람은 파이어족이라는 게 있는지도 모르고 앞으로도 알 일이 없을 테니 아등바등 일하겠구나, 하고 안타까운 시선으로만 보게 돼요. 그러면서도 한편으론 제 인생이 특별히 빛나는 것도 아니고…… 왠지 남들과 비슷하거나 오히려 더 시시하고 무의미한 것으로 보여서요. 그래서 미키키 씨가 한 말에 괜히 더 발끈했어요."

나는 두 사람을 그 자리에 두고 뒤쪽 방으로 들어갔다. 그리고 한 권의 책을 찾아 겐분 씨에게 건넸다.

"자."

"뭐예요?"

그가 가만히 책을 본다. 유감스럽게 겉표지도 없고 면지*도 약간 때가 탄 책이다. 그래서 지로 오빠도 팔기를 주저했던 건지 가격표도 붙이지 않고 안쪽 책장에 꽂아두고 있었다.

"혼다 가쓰이치의 『극한의 민족』이라는 책이에요. 이미 다 팔리고 절판된 것 같지만. 저자가 캐나다 이누이트, 뉴기니섬의 고지대인, 아라비아 유목민 가족의 삶 속으로 들어가 함께 살면서 같은 걸 먹고 지낸 기록이죠. 일단 맨 앞 캐나다 이누이트의 부분만이라도 읽어봐요."

겐분 씨의 얘기를 듣고 갑자기 이 책이 생각난 것이다.

"이누이트……"

그는 책장을 팔랑팔랑 넘겼다. 몇몇 흑백 사진에 눈길이 머문다.

---

* 책 표지와 내지 사이에 넣는 종이.

"갓 잡은 야생 순록의 생 내장을 먹는 사진이에요. 이누이트는 순록이나 바다코끼리나 바다표범 같은 것을 잡아 날것 그대로 먹어요. 딱딱하게 언 눈으로 지은 집에서 가족 모두가 알몸으로 자고요. 백야라 며칠씩 해가 저물지 않는 계절도 있고, 반대로 며칠씩 해가 떠오르지 않는 계절도 있어서 아침, 점심, 저녁의 개념이 없어요. 어른도 아이도 원하는 시간에 자고 원하는 시간에 일어나 배가 고플 때 먹는 거죠."

"와……"

"우리와 너무나도 다른 인간의 생활과 삶의 방식이 이 세상에 존재하는 걸 알고 깜짝 놀랄 거예요."

"……고맙습니다. 이건 얼마인가요?"

"그냥 드릴게요. 가까워진 기념으로."

진심이었다. 츠지도 사장에게도 돈을 받지 않고 정말로 이 젊은이에게 이 책을 주고 싶었다.

"감사합니다."

그는 깊이 고개를 숙였다.

"좋겠다." 미키키가 중얼거렸다. "그렇게 재미있는 책이 있는 줄 알았다면 저도 읽었을 텐데."

겐분 씨가 고개를 들었다.

"빌려드릴게요. 제가 다 읽고 난 다음에."

"……그럼 부탁해요."

"저기…… 한 가지 더 물어봐도 될까요?"

"네."

"지금 카레 냄새 나는 거 맞죠?"

"아."

미키키의 목소리가 커졌다.

"죄송해요. 조금 전에 산고 할머니의 점심으로 막 사 온 참이라."

"혹시 이 냄새, 본디의 비프 카레인가요?"

"맞아요. 잘 아시네요."

"저도 카레 좋아하거든요. 그중에서도 본디의 카레를 제일 좋아해요. 특별한 가게니까요. 그런데 비싸잖아요. 그러고 보니 돈을 모으느라 벌써 몇 년 동안이나 안 먹었네요. 오늘은 오랜만에 먹으러 가볼까봐요."

그러면 인생이 좀더 즐거워질지도 모르고, 라고 그는 덧붙여 중얼거렸다.

"점심 드셨어요?"

"아뇨, 아직이요. 먹으러 가려던 참에 여기 들렀던 거예요."

미키키가 내 쪽을 탐색하듯 보았다.

"……할머니, 저기, 이거, 겐분 씨한테 주면 안 돼요? 이따가 할머니 것은 다시 사 올게요."

"난 상관없어. 그야 미키키가 사다준 거잖아."

"그럼, 괜찮다면 이거 드세요."

겐분 씨는 극구 사양했지만 미키키가 강하게 권하자 카레 냄새를 차마 이겨낼 수 없었는지 그쪽 테이블에 앉았다.

"제가 내일 같은 걸 사서 꼭 산고 씨에게 가져다드릴게요. 책에 대한 답례도 하고 싶고."

카레 용기를 열자 향이 한층 더 진해졌고, 그는 수다스러워졌다.

"이거 중간 맵기네요. 본디의 카레는 일반적인 중간 맵기보다 살짝 더 매운 것 같지 않나요? 아니면 향신료를 제대로 사용해서 맵게 느껴지는 걸까요? 그래도 채소의 단맛이 굉장해서 전혀 맵지가 않죠…… 이런, 저 지금 상당히 모순되는 말을 하고 있네요. 하지만 정말로 그런 맛이라서 어쩔 수 없어요. 그리고 이 밥 위에 올린 약간의 치즈가 또 매력 있죠. 카레에 진한 풍미를 더해줘요. 게다가 이 감자 두 알. 저는 한 개는 카레를 먹기 전에 버터를 듬뿍 발라서 먹고 두번째는 카레에 넣어 먹어요."

겐분 씨는 먹기도 전에 거기까지 말하더니 스푼을 들어 한 입 가득 카레를 넣었다. 그러더니 하아, 하고 숨을 뱉었다.

"……맛있다. 정말 맛있어요. 역시 일본 최고의 카레야."

그의 표정이 말 이상으로 그 느낌을 표현하고 있었다. 촉촉해진 눈동자가 반짝반짝 빛났다. 한입 먹을 때마다 한숨 같은 소리가 흘러나왔다.

"이렇게 맛있는 게 있다는 걸 잊고 있었어요."

그는 밥을 한 알 한 알 떠올리듯 정성스럽게 먹었다. 그리고 카레를 깔끔이 비우더니 "내일 꼭 다시 사 와서 갚겠습니다" 하고 고개 숙여 인사하고 돌아갔다.

"겐분이라니, 미키키랑 똑같네."

그가 책방 문을 닫았을 때 나는 무심코 그렇게 말했다.

"똑같다니, 저 사람이랑요?" 미키키가 얼굴을 찌푸렸다. "저의 어떤 점이요?"

"눈치 못 챘어?"

나도 모르게 말이 나왔다.

"이름 말이야. 겐분을 동방견문록東方見聞録의 견문見聞*으로 생각할 수도 있잖아. 그럼 미키키 이름과 같은 의미니까."

"네?"

"미키키도 겐분見聞도 보고 듣는다는 뜻이잖아."

* 견문(見聞)과 건문(健文)의 한자를 일본식으로 발음하면 둘 다 '겐분'이다.

"아, 네. 뭐."

미키키는 어깨를 으쓱거렸다.

"그래도 저런 사람과 똑같이 취급하진 말아주세요!"

하지만 그 말과 달리 미키키의 표정이 험악하지 않고 어딘가 즐거워 보인다는 걸 나는 눈치챘다.

제3화 『열일곱 살의 지도』

| 하시구치 조지

그리고 갓 튀긴 피로시키

나는 다카시마 헌책방에서 『거리의 헌책방 입문』을 읽으면서 가게를 보고 있었다.

이 책은 이웃 시오도메 서점의 누마타 씨가 빌려줬다.

책방 주인 산고 고모할머니는 외출중이다. 헌책을 취급하는 데 반드시 필요한 자격증인 고물상 허가증을 신청하러 경찰서에 갔기 때문이다.

산고 할머니는 헌책방을 상속받을 때 허가증을 재발급받아야 한다는 사실을 몰랐고, 월말에 장부를 확인하려고 세무사를 방문했다가 지적을 받고서야 비로소 알게 되었다. 다행히도 세무사가 신청서 작성을 도와준 덕분에 제출만 하면 된다고 한다. 그런데 정말 괜찮을까? 아까부터 머릿속으로 신경이 쓰인다.

처음 그 사실을 알았을 때 산고 할머니가 완전히 이성을 잃고 당황하는 모습을 보여 나까지 깜짝 놀랐다.

"미키키, 어쩌지? 어떡해!"

늦은 밤, 당황한 기색이 역력한 할머니가 전화를 걸어왔다.

"나, 법을 위반하고 있었던 거 같아."

할머니는 무엇보다도 법을 어겼다는 죄책감으로 혼란스러웠던 모양이다.

"체포되는 경우도 있대!"

나는 산고 할머니가 세무사에게 들은 대로 말해주는 듯한 얘기를 가만히 들으며 "그런데 헌책 매입을 대량으로 하지 않는 한 괜찮은 거잖아요?"라든가 "지금 당장 체포될 만한 일은 없잖아요"라든가 "장물 같은 걸 사지 않으면 괜찮은 거 아니에요?" 등등의 말로 안심시켰다.

그리고 얼떨결에 그만 "괜찮으시면 제가 허가증을 받을까요?" 하고 말해버렸다.

"어? 왜?"

할머니가 그렇게 되묻고서야 비로소 나도 당황했다.

왜 내가 고물상 허가증을 받으려는 거지?

"……어차피 ……가게에 허가증은 하나만 있으면 되잖아요? 그렇다면 제가 받아서…… 아니, 제가 받는 편이 빠르니까…… 여러 가지로."

어쩐지 횡설수설했다.

"그건 괜찮아. 세무사님이 신청서 쓰는 것도 도와준다고 했고."

아직 그 세무사를 만난 적은 없지만 작은할아버지의 유언장 작성부터 고물상 허가증 신청까지 뭐든 도와주는 모양이다.

그런 이유로 오늘은 내가 학교를 쉬고 오전 열한시부터 책방에 앉아 있다.

평일 오전에는 거의 손님이 없어서 때때로 졸음이 오기도 한다.

하지만 고맙게도 처음에는 옆집 북엔드 카페의 미나미 씨, 다음은 위층의 츠지도 사장님, 그리고 누마타 씨까지 이웃들이 차례차례 찾아와 말을 걸어줬다.

"고물상 허가증을 몰랐다고?!" 누마타 씨는 놀라더니 이 책을 읽어보는 게 좋겠다며 『거리의 헌책방 입문』을 가져왔다. "헌책방의 교과서라 할 고전적인 명작이라고" 하는 말과 함께.

하지만 점심때가 지나자 다시 사람의 발길이 뚝 끊기고

『거리의 헌책방 입문』도 대충 다 읽어서, 요즘 대학 도서관에서 대출해 정독중인 『사누키노스케 일기』를 읽기로 했다.

『사누키노스케 일기』는 호리카와 천황을 모시는 관리이자 애인이었던 사누키노스케가 쓴 일기로, 천황이 병에 걸려 승하하는 모습부터 그후 즉위한 도바 천황의 유모가 되어 그를 모시는 모습까지를 상세하게 묘사하고 있다.

학부 수업에서는 아주 일부만 접했는데 얼마 전 도서관에 갔을 때 눈에 띄기에 대강 한번 훑어보자는 가벼운 마음으로 책을 집었다. 그런데 호리카와 천황이 중병에 걸려 점점 병세가 악화되는 모습을 절박감 깃든 필치로 그려낸 것이 꽤 흥미로워 나도 모르게 빠져든다.

호마*는 너무나 과한 처사이옵니다 하고 아뢰자 천황께서 그 무슨 소리뇨, 이토록 중태가 되었거늘 하시어 이에 관백**이 노시***의 소매를 얼굴에 대고 물러나니.

【현대어】(호리카와 천황이 오늘밤에 호마 의식을 거행

* 나무를 태워 부처에게 기원하는 의식.

** 헤이안시대의 정무를 총괄하는 관직.

*** 옛 일본 남성 귀족의 평상복.

하라고 한 것을 듣고) 관백이 "아무리 그래도 호마를 거행하기에는 너무 이릅니다" 하고 말씀드리자, 천황께서 "무슨 말이냐, 이미 이 정도로 중태에 처했는데"라고 하시었다. 그 말에 관백은 옷소매를 얼굴에 대고 울면서 물러났다.

이 구절은 호리카와 천황이 병에 걸린 직후의 이야기다. 절에서 하는 호마 의식을 호리카와 천황의 아버지인 시라카와인에게 '부탁하고 싶다'는 것이 무슨 의미일까. 그후 시라카와인이 이 '호마'를 둘러싼 일련의 천황의 말을 장례에 대한 것으로 받아들이고 "이전부터 생각했었지만, 아직 황세자가 어려 지금껏 끌어왔던 것이다"라고 답한 것으로 보아, 죽을 때가 왔음을 깨달은 천황이 황세자에게 조금이라도 일찍 양위를 하고자 하는 것을 알 수 있다.

마치 나도 위중한 천황의 베개맡에 서 있는 듯한 기분이 들었다. '헤이세이平成'에서 '레이와令和'로의 양위 과정*도 생각났다. 보위에 대한 책임감은 예나 지금이나 다르지 않다는 묵직한 감정이 가슴을 채웠다.

---

* 일왕의 사후에 후계자가 즉위해 연호가 바뀌는 일반적인 방식과 달리, 아키히토 일왕이 고령의 이유로 아들에게 보위를 물려줌으로써 일본은 2019년 5월 1일 자로 연호가 바뀌었다.

한편, 이 죽음을 앞둔 자리에는 호리카와 천황의 본처인 중궁도 옆에 있었다. 천황이 총애했던 여인인 사누키노스케가 곁에서 시중드는 모습을 보는 본처의 기분이 어땠을지를 생각하지 않을 수 없다. 호리카와 천황, 중궁, 사누키노스케. 이 세 사람이 천황의 임종을 앞두고 있는 장면은 얼핏 보는 사람까지 긴장하게 했으나, 그것은 물론 나의 막장 드라마식 상상이다. 그후 사누키노스케는 천황이 중궁과 둘이서 긴 시간을 보낸 일을 두고 "용안이 어딘가 달라 보였다"며 천황의 안색이 좋아진 것을 기뻐했다. 사누키노스케는 중궁과 자신의 신분 차이를 명확히 분별할 줄 알았던 사람인 것 같다.

그리고 모두의 슬픔 속에 천황은 붕어하고 아들 도바 천황이 겨우 다섯 살의 나이에 즉위한다…… 나는 거기까지 읽고서 한숨을 크게 내쉰 뒤 새로 차를 내리려고 자리에서 일어났다.

좁은 백야드에서 작은할아버지가 애용했던 듯한 고이마리*의 소바 양념 종지에 녹차를 담는다. 왠지 중세에서 현대로 되돌아온 듯하면서도, 아직 절반은 중세에 있는 듯한 기분이 들었다.

---

* 일본 아리타를 중심으로 한 지역에서 생산된 자기를 가리켜 이마리야키라고 하며, 고이마리는 오래된 이마리야키를 뜻한다.

계산대 앞에 앉아 멍하니 차를 홀짝이는데 내 대각선 위쪽에 있는 액자에 끼워진 한 권의 책이 눈에 들어온다. 작은할아버지가 이 책방의 주인이었을 때, 아니 내가 여기 처음 왔을 때부터 걸려 있었고 쭉 그 자리에 있던 책이다.

재래식으로 제본한 잿빛 책으로(본래 검은색이었던 것이 세월의 흐름에 빛바래 흐려진 건지도 모른다) '다마노오구시玉能小櫛'라고 적혀 있다. 모토오리 노리나가*가 에도시대에 쓴 『다마노오구시』다.

그 책이 모토오리 노리나가가 『겐지 모노가타리』에 대해 저술한 주석서라는 것 정도는 나도 알고 있다. 이 책에서 그가 제창한 '모노노아와레'**는 잘 알려져 있다. 그런데 그게 왜 여기에 있는 걸까? 액자 속 책이 『다마노오구시』라는 것도 최근까지 알아차리지 못했다. 혹시 작은할아버지가 학생 시절에 모토오리 노리나가의 연구라도 했던 건가, 하고 생각했을 때쯤 차를 다 마셨다. 다시 읽던 책으로 돌아간다.

『사누키노스케 일기』 후편에서 사누키노스케는 겨우 다섯 살인 어린 도바 천황의 시중을 드는 여관으로서 다시 입궐하

* 18세기 최고의 일본 고전 연구자 겸 일본 4대 국학자 중 한 사람.
** 헤이안시대에 구축된 문학 및 미학의 이념으로, 사물과 현상에서 느껴지는 애상이나 비애의 감정을 뜻한다.

지만 죽은 호리카와 천황을 생각하며 눈물만 흘린다. 어느 날 도바 천황이 "날 안아서 장지문 위의 그림을 보여줘"라고 해 그를 안고 그림을 보여주는데 선황과 있었던 여러 가지 일들이 떠올라 그만 눈물을 흘리고 만다.

모두 아느니라, 하시는 것이 아닌가. 그 모습이 얼마나 황공한지 어찌 알고 계시나이까 하고 묻자, "호 자와 리 자를 생각하고 있지 아니한가"라고 하시는 것은……

【현대어】 눈물을 숨기려 애쓰던 그녀에게 도바 천황이 "다 알아"라고 말씀하시기에 "무엇을 아십니까" 하고 물으니 "호 자와 리 자가 들어간 분을 생각하고 있는 거지?" 하셨다.

어린 천황의 일화를 읽으니 나도 모르게 마음이 따뜻해졌다. '호 자와 리 자'는 물론 '호리카와 천황'을 말하는 것으로, 다섯 살의 도바 천황이 그녀를 위로하기 위해 직접적으로 이름을 언급하지 않은 것이다…… 허구가 아니라 사실을 기록한 일기에 이러한 어린 천황을 묘사한 구절이 있다는 얘기는 딱히 들어본 적이 없다. 역사적으로는 시라카와인에 가려져 존재감이 없던 도바 천황이 다정하고 타인의 마음을 헤아릴 줄 아는데다 교양까지 갖춘 현명한 아이로 내 눈앞에 나타났다.

그때 문 열리는 소리가 났다. 고개를 들자 사십대쯤 되는 호리호리한 남자가 들어왔다. 청바지에 운동복 상의, 그 위에 얇은 점퍼를 걸친 그 남자의 손에는 큼직한 종이가방이 들려 있었다. 조금 긴 머시룸커트랄까, 짧은 단발이랄까, 남자치고는 머리카락이 길고 마스크를 쓰고 있어서 이목구비가 잘 보이지 않는다.

"어서 오세요."

작은 목소리로 일단 인사를 해본다. 가게에 모르는 사람이 들어오니 역시 긴장된다. 가게가 원래 그런 곳이지만.

그는 인사를 못 들었는지 내 쪽을 보지도 않고 주머니에 손을 넣은 채 실내를 두리번두리번 둘러보고 있다.

손님이라면 책을 보는 게 당연한 일이니 뭐라고 할 순 없지만, 수상하다고도 아니라고도 할 수 없는, 딱 그 중간 정도의 분위기였다.

십 분 정도 실내를 어슬렁어슬렁 돌아본 그가 마침내 이쪽으로 걸어왔다. 가만히 지켜보고 있었다는 것을 알아채지 못하도록 나는 황급히 책 뒤로 얼굴을 숨겼다.

"저기요."

"아, 네."

손님이 온 걸 방금 알았다는 듯한 표정으로 고개를 들었다.

"이거 매입해주시겠어요?"

남자가 들고 있던 종이가방을 쿵 내려놓았다.

"네."

그러나 나는 망설였다. 우선 주인인 산고 할머니가 외출하고 없다. 게다가 그 산고 할머니조차 고물상 자격을 아직 갖추지 않았다. 더군다나 지금 우리 책방에는 줄곧 있었던 물건이 없다. 바로 '헌책 매입' 간판. 그 행방에 대한 수수께끼는 아직 산고 할머니에게 물어보지도 못했다.

이런 상황에서 매입을 해도 될까?

"저기……"

대강 그런 사정을 설명하려고 주뼛주뼛 종이가방을 연 순간, 나는 말문이 막혀버렸다.

"얼마에 매입해줄 수 있나요?"

남자가 답답하다는 듯 목소리를 높였다.

"아, 그게, 잠시만…… 잠시만 기다려주세요!"

나는 계산대에서 나와 잠시만요, 잠시만…… 하고 같은 말을 반복하며 뛰어나갔다. 그리고 책방을 나와서 옆집 시오도메 서점의 문을 드르륵 열었다.

"사장님! 시오도메 사장님! 죄송하지만 좀 와주세요!"

시오도메 서점은 철도 관련 서적만 취급한다. 사장인 누마타 씨와 나는 오늘 오전 그가 우리 책방에 잠시 들렀을 때 딱 한 번 인사한 게 다라 거의 초면에 가깝다. 하지만 지금 그걸 따질 때가 아니다. 왜냐면 그는 곤란한 일이 있으면 말하라고 했고! 나는 지금 굉장히 곤란하니까!

안에서 누마타 씨가 놀란 얼굴로 이쪽을 보고 있다.

"왜, 무슨 일이야?"

"잠시, 이쪽으로."

다행히 시오도메 서점에 손님은 없었다.

나는 누마타 씨의 손을 잡아끌고 우리 책방으로 데려갔다.

📖 📖 📖

관공서는 정말이지 진이 빠지는 곳이다. 어떠한 관공서든 간에.

경찰서까지 걸어가서 입구의 안내판을 올려다보며 대체 어디로 가야 하는지 확인하고, 창구로 가 기계에서 번호표를 뽑아 순서를 기다렸다가 창구에서 설명하고…… 그뿐이라 특별히 힘든 일도 없고 경찰관이든 구청 직원이든 무섭거나 불친절한 것도 아니다. 때로는 미소까지 지으며 친절하게 응대해주는데도, 일이 다 끝나면 "하아아" 하고 크고 긴 한숨이 나와버린다.

나는 희한하게 관공서에만 가면 목이 말라 어쩔 줄 모르겠다. 물론 경찰서에도 자판기나 정수기가 있어서 언제든 원하는 대로 목을 축일 수 있다. 하지만 이럴 때의 갈증은 그걸로 가시지 않는다.

'소바라도 먹고 가고 싶다. 라면이 아닌 소바.'

볼일을 마치고 경찰서에서 진보초까지 길을 걸으며 생각한다.

진한 맛간장 육수가 일품인 따뜻한 소바. 될 수 있으면 튀김 부스러기가 잔뜩 올라간 것으로. 튀김 소바가 아니어도 좋다. 그냥 튀김 부스러기만 있어도……

그렇게 생각하면서도 무의식적으로 발은 곧장 다카시마 헌책방 쪽으로 향한다.

오늘은 미키키한테 책방을 부탁했는데 잘하고 있으려나. 이웃의 미나미 씨와 누마타 씨에게도 말해두고 오긴 했지만……

나도 가끔은 간식을 사 가야지. 미키키는 항상 뭔가 맛있는 걸 사 온다. 그게 정말 고맙다. 백야드에서 맛있는 걸 먹고, 미키키가 나 대신 책방을 봐주는 동안 시시콜콜한 잡담을 나눈다. 무척 즐겁고 평온한 한때다.

자, 가볍게 식사하고 미키키가 먹을 음식을 사 갈까? 아님 뭔가를 사 가서 같이 먹을까…… 두리번두리번 주위를 둘러보며 진보초 거리를 걷는다.

실은 도쿄에 오기 전까지는 혼자서 외식을 한 일이 거의 없었다.

오비히로에도 맛있는 음식은 많다. 그야 홋카이도니까. 소와 돼지가 사람 수보다 많고 꽤 저렴하다. 희귀한 것은 수컷 젖소를 키워서 식용육으로 유통하는 소고기다. 내륙 지역으로는 별로 유통되지 않기 때문에 모르는 사람이 많을 것이다. 마블링이 화려한 유명 소고기와는 다르지만, 빠르게 굽거나 푹 끓여도 고기 자체의 맛이 확실해 아주 좋다. 그 밖에도 징기스칸*이나 돼지고기덮밥이 유명하고, 도카치항에서 신선한 생선도 들어온다. 밀가루, 우유, 달걀, 팥 같은 것도 풍부해서 케이크나 화과자도 품질이 좋다.

하지만 역시 부모님이 계실 때는 친구나 회사 사람과 만날

* 철판에 양고기와 채소를 함께 구워 먹는 홋카이도의 대표 요리.

일이 아니면 별로 외출하지 않았다. 간병을 맡고부터는 특히 더. 부모님이 모두 돌아가신 뒤에는 함께 요양보호 일을 하는 사람들이나 친구와 때때로 밥을 먹었다. 오비히로에서 밥을 먹으러 나갈 때는 기본적으로 차를 운전해서 가기 때문에 술을 마시면 대리운전을 불러야 한다. 밖에서 혼자 먹는 건 쇼핑센터 내 음식점 인디안의 카레 정도였으려나.

그 집 카레가 싸고 맛있었는데, 하고 갑자기 그리워졌다.

진보초의 본디처럼 깊고 진한 맛의 유럽풍 카레나 또다른 집인 에티오피아의 정통 인도 카레와는 다르지만, 500엔도 안 되는 가격에 부담 없이 먹을 수 있는 카레다. 그러면서도 집에서는 만들 수 없는 맛이었다. 또 먹고 싶네.

도쿄에 온 뒤로는 퇴근길에 가끔 외식을 한다.

처음에는 벌벌 떨었다. 프랜차이즈 소바집의 가격과 냄새에 이끌려 입구 근처를 어슬렁거리다 겨우 안으로 들어갔는데 식권 판매기 앞에서 우물쭈물하다 결국 그대로 나와버린 적도 있다.

하지만 용기를 내서 한번 해보니 별거 아니었다.

요즘은 퇴근길에 진보초의 라면집에 들러 라면을 먹으며 맥주를 마시는 것도, 고엔지에서 스파게티를 먹으며 와인을 마시는 것도 가능해졌다.

살짝 두렵기도 하고 쑥스럽기도 하지만 자리에 앉아 차분히 주위를 둘러보면 실은 혼자 온 손님이 많다는 걸 알 수 있다. 도쿄는 한 사람을 다정하게 품어주는 도시다.

왠지 늦은 봄이 온 것 같았다. 나는 농협에서 아르바이트를 한 적도 있고 요양보호사로도 일한 경험이 있으니 결코 세상 물정을 모르는 온실 속 화초일 리 없지만, 도회지에서 퇴근길에 혼자 밥을 먹고 술을 마시고 있으면 갑자기 아가씨가 된 기분이 든다. 이십대 신입사원, 아니, 이십대라고 하면 너무 뻔뻔하겠지. 오십대 정도의 신입사원은 될 수 있을 것 같은 기분이 들었다.

역시 오늘은 소바를 먹고 가야겠다 싶어 걷다보니 괜찮아 보이는 가게가 눈에 들어와 성큼 안으로 들어갔다.

"어서 오세요!"

사십대로 보이는 여자가 인사를 건네고 2인용 테이블로 안내해줬다. 점심 전이라서 그런지 손님은 드문드문 있었다.

가게에 들어가기 전에는 따뜻한 소바를 한 그릇 먹고 가야지 생각했는데, 막상 메뉴를 펼치니 생강 튀김 소바가 이 집의 명물인 모양이다. 차가운 소바라는 건 알지만 생강의 매력에 끌렸다. 마지막에 따뜻한 소바 면수를 마시면 몸이 따뜻해지겠지 싶어 기세 좋게 주문해버렸다.

주문을 마친 뒤 마음이 차분해졌을 때 다시 그 편지를 펼쳤다.

다카시마 산고 님께

이곳은 아직 봄의 시작을 알리는 조짐을 찾기가 어렵습니다만 도쿄는 슬슬 벚꽃의 계절이겠군요.

산고 씨는 건강히 잘 지내고 계시리라 생각합니다.

당신이 오비히로를 떠난 지도 한참이 지났습니다. 하지만 우리는 당신의 부재에 좀처럼 익숙해지지 않아서 지금도 "산고 씨는 어떻게 지내고 있을까?" 하는 얘기를 하곤 합니다.

실은 산고 씨가 오비히로 공항을 떠난 뒤 어쩌다보니 다 함께 밥이라도 먹고 가자는 분위기가 되어 각자의 차를 타고 오비히로로 돌아와 기타노야타이*에서 술을 마셨습니다. 스즈코 씨와 가즈코 씨도 오셔서 화기애애한 모임이었습니다.

저도 그날은 드물게 과음을 해서 대리운전을 불러 귀가했습니다. 나잇값도 못하고, 부끄럽네요. 물론 다른 분들도 모두 대리운전으로 귀가했습니다.

---

* 오비히로역 앞의 포장마차 거리.

거기 있던 사람들은 원래 모두 안면이 있었지만 지금껏 친근하게 대화를 나눠본 적이 없는 사람도 있었습니다. 그런데 누가 먼저였는지는 몰라도, 메신저 아이디라도 교환하자고 해서 그후로 몇 번 술자리를 가졌습니다. 덕분에 새로운 친구들이 생겼어요.

그것 말고는 그다지 다를 바 없는 나날을 보내고 있습니다.

매일 아침, 같은 시간에 일어나 산고 씨도 잘 아는 저의 반려견 치로와 함께 산책을 합니다. 불단에 향을 올리고 합장을 하고, 오후에는 차를 몰고 먹을 걸 사러 나가지요. 일주일에 몇 번 방문하는 가사도우미의 도움을 받아 집안일을 하고, 휴일에는 아들네 집에 가서 손주 얼굴을 보고 올 때도 있습니다. 그리고 일주일에 몇 번은 카페 시계에 가고요.

시계의 주인도 내 얼굴을 보면 "산고 씨는 어떻게 지낼까요?" 합니다. 참 그러고 보니, 그때 주인이 살지 말지 망설였던 원두 로스팅 기계 있죠? 그걸 드디어 카페에 들였어요. 요즘은 카페 전체에 좋은 향이 풍긴답니다. 산고 씨도 꼭 새 배전기로 볶은 원두로 커피를 마셔봤으면 좋겠네요.

그렇다고 해도 도쿄의 신세계를 맞이한 산고 씨와는 비교할 수도 없을 정도로 자극 없는 평화로운 날들입니다.

하지만 뭔가가 달라졌는지도 모르겠어요.

얼마 전에 시계의 아르바이트생인 미키코 씨가 "히가시야마 씨, 말수가 줄어들었네요" 하더군요.

산고 씨는 어떤 하루를 보내고 계실까요?

산고 씨라면 분명 좋은 새 이웃들과 함께 즐거운 나날을 보내지 않을까 상상하고 있습니다. 아니, 그렇게 지냈으면 좋겠다고 진심으로 바라고 있어요.

별 대단한 내용도 없이 생각난 것들을 주절주절 적었습니다.

두서 없음을 이해해주십시오.

모쪼록 건강하시길.

히가시야마 곤자부로

추신

혹시 산고 씨가 오비히로에 계실 때 제가 실례되는 일을 한 적이 있을까요? 그렇다면 부디 용서해주시길 바랍니다. 만일 저 때문에 산고 씨가 이곳으로 돌아오기 거북한 마음이 든다면 정말로 송구하고 괴로운 마음일 뿐입니다.

저는 신경쓰지 마시고 산고 씨가 하고 싶은 대로 해주시면 감사하겠습니다. 오비히로에 돌아오시더라도 저를 보고 싶지 않다면 완전히 무시하셔도 괜찮습니다. 산고 씨가 원한다면 다른 동네로 옮기는 것도 고려하겠습니다.

어쨌든 제 존재가 당신의 행동에 걸림돌이 된 건 아닌지 진심으로 걱정됩니다.

글을 다 읽었을 때 생강 튀김 소바가 나와서 나는 편지를 접어 가방에 넣었다. 가늘고 흰 사라시나소바*처럼 면발이 쫄깃하고 맛있다. 거기에 가늘게 썬 생강 튀김이 듬뿍 올라가 있다. 생강 튀김만 따로 먹으면 자극적이라 조금 놀랄 수 있지만 소바나 튀김 간장이랑 함께 먹으면 딱 알맞게 순해진다.

아주 맛있는 소바인데, 머릿속 절반은 히가시야마 씨의 편지글이 차지하고 있었다.

주절주절 적었다고 하지만 이 편지의 진짜 목적이 추신에 있다는 건 분명하다.

실례되는 일이라니.

히가시야마 씨는 내 마음속 단 하나의 보석이었다.

작지만 반짝반짝 아름답게 빛나는.

나는 히가시야마 씨 아내의 방문요양사로 그와 처음 만났다. 몇 번이나 그 집에 가서 그를 도와 부인을 보살폈고 상담

* 도정한 메밀의 뽀얀 가루만으로 반죽해 만든 면.

에도 응했다.

그 만남이 다른 형태였다면……

나는 당황해서 소바를 후루룩 입에 넣는다.

차가운 소바라는 걸 알고 주문했는데도 막상 먹으니 몸이 꽤 차가워졌다. 맨 처음 나온 메밀차를 마셔보지만 약간 식어서 냉랭해진 몸을 따뜻하게 해줄 것 같지 않다. 식후에 나오는 면수를 얼른 마셔야지…… 나는 서둘러 면발을 빨아들였다.

📖 📖 📖

"이야, 깜짝 놀랐네. 미키키 씨가 갑자기 우리 가게로 뛰어들어와선 아무 설명도 없이 내 손을 끌어당기길래 대체 무슨 일인가 했어."

아하하하, 누마타 씨는 웃었다.

참고로 시오도메 서점의 이름은 국유 철도의 시오도메 조차장에서 따온 것이라고 한다. 시오도메 서점의 주인 이름은 시오도메가 아니라 누마타 고조다.

"죄송해요. 어떻게 해야 할지를 몰라서."

경찰서에서 돌아온 산고 할머니도 함께 차를 마시며 얘기를 나누는 참이었다.

"큰 신세를 졌습니다."

산고 할머니가 깊이 고개를 숙인다.

"아니에요, 그런 건 아무래도 젊은 여성이 판단하기 어려우니 어쩔 수 없죠. 하지만 앞으로는 어떻게 할지 기준을 정해두는 편이 좋을 거예요. 그런 걸 취급할지 안 할지. 취급하지 않는다고 분명하게 정한 가게도 꽤 있으니까요."

그런 거, 라고 누마타 씨가 말한 건 이른바 '에로 서적'이다.

책방에 온 손님은 배우나 연예인, 유명인의 누드 사진집만 일고여덟 권을 들고 왔었다.

"아마 지로 씨도 거의 취급하지 않았을 거예요. 춘화는 취급했지만. 오늘 예고도 없이 왔던 사람은 이 동네를 잘 모르는 듯했으니 이곳에는 우연히 들어왔을 거예요. 혹시 미키키 씨가 젊은 여성이라 일부러 그런 걸 가져와 반응을 즐기는 변태 자식인가 했는데, 막상 얘기해보니 그런 느낌은 아니었어요."

책방에 와준 누마타 씨는 얼굴색 하나 안 변하고 익숙한 듯 책을 살펴보고는 그에게 일만 엔 조금 넘는 돈을 건넸다.

"그런 책은 시세가 분명해서 간단해요. 나 같은 문외한이라도 금방 가늠할 수 있어요."

"하지만 시오도메 서점에 진열할 순 없겠죠?"

"네. 다른 책방에 가져가도 되고 인터넷으로 팔아도 돼요. 확실히 용돈 벌이는 될 거예요."

"오, 그렇군요."

"옛날에는 진보초에도 이것만 취급하는 가게가 있었어요…… 저도 젊을 때는 한번 가볼까 했는데, 어느새 정신 차리고 보니 지금 같은 인터넷 시대가 된 거죠. 요즘은 어떠려나."

누마타 씨가 고개를 저은 뒤 진지한 얼굴로 물었다.

"이거, 정말 제가 가져가도 될까요?"

"네, 물론이죠. 상관없습니다."

산고 할머니와 나는 입을 모아 말했다.

"아 맞다, 이것만은 기억해두는 게 좋아요."

누마타 씨가 책 한 권을 꺼냈다.

지금은 국회의원의 아내가 된, 전 운동선수의 세미 누드집으로 노출은 적은 편이다. 그런데도 산고 할머니는 눈을 동그랗게 뜨고 입술을 꽉 다물었다.

"이건 솔직히 시장 가치가 그리 높지 않아요. 어느 정도 인기가 있었고 당시에는 화제가 되었지만, 미인도 아니고 노출 수위도 높지 않죠."

"그 사람 기억해요. 아마 동메달을 따고 무슨 말을 해서 유명해진 사람이죠?"

"그거 아니었나? '다시 태어나도 금메달보다 이 동메달이 좋습니다.' 그 인터뷰를 봤을 때 나도 덩달아 울었다니까."

그렇다. 그 선수는 비인기 종목에서 동메달을 딴 뒤 인터뷰에서 한 그 한 마디로 폭발적인 인기를 얻었고, 그후 무슨 착각을 했는지 가수로 데뷔했다. 결국 별다른 활약 없이 거의 대중에게 잊힌 상태로 지내다가 마지막에는 자포자기한 듯 세미 누드 사진집을 낸 것이다. 하지만 그 기사회생의 전략도 인기로는 이어지지 않았다. 그후 몇 년간 잠잠해진 줄 알았는데 어느 날 갑자기 도호쿠 지방의 한 국회의원의 아내가 되어 모습을 드러냈다.

"시장 가치는 상태가 좋아봤자 비싸도 몇 천 엔인데, 무슨 이유에선지 이 사진집은 인터넷에 올리면 수만 엔까지 가격이 올라가요."

"어째서요?"

"잘은 모르겠지만, 한 계정이 이것만 집중적으로 사들이고 있어요. 아무래도 그 사람의 관계자가 사들이는 게 아닐까 하고 우리끼리는 쑥덕거리죠."

"관계자? 가족분들일까요?"

"아마도요. 남편 사무실의 관계자일지도 모르죠. 원래 발행된 건 3000부 정도였고 증쇄는 안 했으니까 실질적으로 팔린 건 그 절반도 안 될 거예요. 대략 1500부라 치고, 버려지거나 없어진 것도 있을 테니 남은 건 1000부 조금 넘는 정도겠죠. 지금 시장에 나와 있는 전부를 사들이려고 하는 걸지도 모르겠어요."

"그것만 해도 최소 수백만 엔은 들겠네요."

"그럼에도 불구하고 매입하고 싶은 사람이 있는 거겠죠."

누마타 씨는 어깨를 으쓱거렸다.

"그러니까 누군가 책을 팔러 왔을 때 이것만이라도 사두면 약간의 용돈 벌이는 될 거예요."

그럼 이건 제가 가져갑니다, 하며 누마타 씨는 콧노래라도 흥얼거릴 듯한 뒷모습으로 나갔다.

"죄송해요, 할머니, 소란 피워서."

나는 누마타 씨의 모습이 보이지 않자 고개를 숙였다.

"무슨 그런 말을. 내가 있었더라도 분명 똑같은 행동을 했을 거야."

그러고는 둘이 동시에 하아, 하고 한숨을 쉬는 바람에 얼굴을 마주 보고 웃음을 터뜨렸다.

"난 외출해 있었으니 다행이다."

"너무해요, 할머니."

그리고 나는 웃으며 덧붙였다.

"이제 이 책방에서는 그런 책을 취급하지 않는다고 못박아 두는 게 좋겠어요. 누마타 씨도 말했듯 그렇게 정해놓은 곳도 있다고 하니까요."

"그렇지."

산고 할머니가 진지한 얼굴로 조용히 한숨을 쉬었다.

"이제 매입 자체를 하지 않는 편이 좋을지도 모르겠다고 생각하고 있어."

심장이 철렁했다.

지금까지 몇 번인가 산고 할머니에게 앞으로의 일을 물어보려 했지만 실패했었다.

할머니가 은근슬쩍 화제를 다른 데로 돌리거나 얘기가 흐지부지되었기 때문이다. 그런데 지금 태연하게 내뱉은 이 말이 그 답으로 이어지는 게 아닐까?

앞으로 이 책방을 어떻게 할지에 대한 것.

"매입 안 하실 거예요?"

해냈다! 줄곧 산고 할머니에게 묻고 싶었던, 아니 묻지 않으면 안 되었던 책방의 앞날에 대해 물었다. 이거라면 엄마 메이코를 만족시킬 만한 보고를 할 수 있을 것 같다.

"응."

산고 할머니는 어쩐지 시무룩한 듯 고개를 끄덕인다.

"여기도 그렇고 집에도…… 고엔지의 집 말이야. 엄청난 양의 책이 있어. 그걸 처분하는 데만도 몇 년은 걸리지 않을까 싶은데."

"……처분이라니. 그럼 이곳은 어떻게 하실 거예요?"

산고 할머니는 "교대해야지" 하고 작은 목소리로 말하고 나랑 자리를 바꿔 계산대 앞에 앉았다. 나는 접이식 의자를 펼쳐서 앉는다.

"나와 지로 오빠에게 의미가 깊다는 이유만으로 이곳을 남겨놓으면 미키키와 가족들에게 폐만 끼치는 거니까. 지금처럼 특별히 수익이 나는 것도 아니지만 빚도 없는 시점에서 닫는 게 나을까 생각중이야."

예상은 했지만 나는 조금 충격을 받아 말이 나오지 않았다.

그리고…… 이 가슴의 통증은 뭐지?

아까부터 뭔가가 가슴을 따끔따끔하게 찔러댄다.

"아직 확실하게 정한 건 아니야. 홋카이도에서 올 때도 일단 여기에 와서 책방의 상황을 알아야겠다는 생각만 하고 비행기를 탔거든. 그런데 이렇게 와서 보니 내가 오빠랑 똑같이 헌책방을 운영할 수 있을 것 같진 않고."

"아니에요, 처음 도쿄에서 생활하시는 것치고 굉장히 잘해내고 계세요! 해낸다는 표현은 좀 예의가 없었네요, 죄송해요. 하지만 이웃들과도 잘 어울리시고, 이제 금전출납기도 잘 다룰 수 있게 됐잖아요!"

"정말? 그렇게 보여? 그렇다면 기쁜걸."

산고 할머니가 드디어 미소를 지었다.

아픈 가슴이 조금 진정된 건 할머니의 미소를 볼 수 있어서일까, 헌책방의 명이 조금은 길어질 것 같아서일까.

"당장 매입은 아무래도 어려울지 모르지만, 허가증도 신청했으니 앞으로 조금씩 해가다보면……"

"하지만 자신이 없는걸…… 나는 지로 오빠처럼 책에 대해 잘 아는 것도 아니고 미키키처럼 문학을 공부한 것도 아니니까."

"무슨 말씀이세요. 저는 정말 아무것도 아니에요. 얼마 전에도 학회에 낼 논문에 오자가 지나치게 많다며 교수님한테 혼났는데."

헤죽헤죽 웃고는 있지만 아픈 가슴이 완전히 진정되지는 않는다.

"산고 할머니 책 많이 읽으시잖아요! 저보다도."

"그냥 어설프게 좋아하는 수준이라 손에 잡히는 대로 읽는 것뿐이고."

"얼마 전 제가 근현대 문학작품 중에서 『세설』이랑 『인간

실격』 말고 편식하는 아이를 다룬 소설이 있을지 물었을 때도 바로 오카모토 가노코의 『초밥』이 있다고 알려주셨잖아요."

"그건 어쩌다 우연히."

"만약에 그만두신다고 하더라도 여러 가지 방법이 있잖아요? 완전히 책방을 닫고 다른 세입자를 들인다는 건가요? 아니면 누군가에게 책방을 통째로 넘긴다든가? 다른 사람이 대신 운영하게 하는 방법도 있고……"

"그것도 그렇고 아직은 전혀 정해진 게 없어."

"책 처분도 이래저래 성가시다면 업자를 불러서 전부 떨이로 파는 방법도 있어요! 그럼 눈 깜짝할 사이에 마무리돼요. 편하기도 하고."

너무 충격을 받은 나머지 입에서 아무 말이 막 쏟아진다.

"그래도 그건…… 오비히로에 있을 때는 그런 것도 생각했었는데."

생각하셨었구나! 그랬던 거였어!

"그런데 이렇게 책을 한 권 한 권 보고 있으면 전부 오빠가 마음을 담아 골랐던 게 아닐까 하는 생각이 들더라고. 그래서 지금은 한번에 전부 팔고 싶진 않아."

아, 다행이다. 나는 가슴을 쓸어내린다.

"하지만 결국에는 그것도 고려해야겠지."

쿡, 쿡, 쿡…… 쿡쿡쿡쿡쿡쿡쿡……

가슴이 아파오는 걸 도저히 막을 방법이 없다.

📖 📖 📖

어쩌다보니 도중에 대화가 끊겨서 내가 미키키에게 말했다.

"미키키, 점심 먹었어?"

"아직이요."

"그럼 먹고 올래? 미안해, 내가 뭘 좀 사오려고 했는데 적당한 걸 못 찾아서."

"괜찮아요. 할머니는요?"

"가볍게 먹고 왔어."

"그럼…… 다녀오겠습니다."

미키키는 작은 손가방을 들고 나갔다.

뒷모습을 보니 왠지 기운이 없는 것 같았다.

나는 계산대 밑에서 헌책을 꺼내 어제 팔린 책을 대신해 꽂아넣는다. 오늘 아침 고엔지 집에서 가져온 책이다. 하는 김에 책들을 정리하고 먼지떨이로 살살 털었다.

뒤에서 슥 하는 소리와 함께 손님이 들어오는 기척이 나서 뒤를 돌아보았다. 사오십대쯤 되는 정장 차림의 남자였다. 들어오자마자 비즈니스용 서류가방을 자신의 발치에 놓고 책장을 바라본다.

“어서 오세요” 하고 말할 뻔하다가 입을 다물었다.

최근 들어서야 헌책방에서는 그런 인사를 하지 않아도 된다는 걸 알았다. 츠지도 사장이 주의를 준 덕에 알게 된 것이다.

“프랜차이즈 선술집도 아닌데 그렇게 씩씩하게 인사하면 헌책들이 깜짝 놀라요.”

하기야 그렇겠네요, 하고 웃고 말았다. 내 목소리에 흠칫 놀라 몸을 떠는 헌책의 모습이 떠올랐기 때문이다.

아무튼 인사는 관두기로 하고, 나는 조용히 계산대 쪽으로 돌아갔다.

손님은 여전히 책을 물끄러미 보고 있다. 아니, 책을 본다기보다 책장을 감상한다는 느낌이다. 베스트셀러와 실용서가 빼곡히 꽂혀 있는 입구 바로 옆의 책장을 가만히 보고 있다.

나는 최대한 손님을 신경쓰지 않도록 책을 읽기로 했다. 오늘은 이 책방의 장서에서 찾아낸 히라노 레미*의 『도 레미의 노래』라는 책을 읽고 있다. 레미 씨가 지금처럼 TV에 나오기 훨씬 전에 이 책을 읽고 ‘이렇게 개성 있고 밝고 멋진 사람이

* 일본의 요리 연구가.

다 있다니!' 하며 완전히 매료되고 말았다. 그후 레미 씨의 요리책도 주문해 거기에 실린 요리에도 흠뻑 빠졌었다. 그래서 그녀가 TV에 출연한 뒤에도 '그 책의 모습 그대로구나' 싶어 그리 놀라지 않았다.

책을 읽다가 문득 고개를 들자 남자는 아직 그 자리에 있었다. 줄곧 같은 곳을 보고 있다. 아까부터 전혀 움직임이 없다. 뒤쪽에서 비스듬히 본 모습뿐이지만 시선이 미동도 하지 않는 것 같았다.

괜찮은 건가?

오지랖이라는 걸 알면서도 걱정이 된다.

"웬만하면 말은 걸지 마세요. 헌책방의 손님은 다들 가만히 내버려두기를 원하는 사람들이니까."

츠지도 사장이 그렇게 귀띔해줘서 잘 알고는 있지만 그래도 신경쓰인다.

히라노 레미의 에세이를 한 꼭지 더 읽고 난 뒤에도 여전히 같은 상태라면 말을 걸어야지.

그렇게 생각하고 읽던 책으로 시선을 떨군다.

레미 씨의 아버지는 하루도 빠짐없이 꼼꼼하게 일기를 썼는데 바람을 피운 날은 프랑스어나 독일어로 그날의 일들을 적었다. 그 내용을 해독하기 위해 어머니가 아이들에게 학교를 쉬게 했다는 얘기를 읽고 무심코 웃음이 터졌다.

바람기 조사가 이렇게 우아하다니.

그리고 다시 고개를 들었는데…… 손님은 역시 같은 자리에 가만히 있었다. 이래저래 이십 분 가까이 되지 않았나?

나는 한 손에 먼지떨이를 들고 자리에서 일어섰다. 그런데 먼지떨이를 들고 있으면 '이제 그만 가세요' 하는 것처럼 보일까 싶어 도로 내려놓았다. 그저 책 정리를 하는 척하면서 슬그머니 다가갔다.

"손님."

"네!"

남자가 몸을 흠칫 떨더니 내 쪽을 돌아보았다.

"아, 죄송해요. 놀라게 해서 미안합니다. 혹시 뭐 찾으시는 게 있으면 말씀해주세요. 그럼 천천히 둘러보시고요."

그렇게 말하고 나는 계산대 앞으로 돌아왔다.

남자는 살짝 고개를 숙이고는 약간 마음이 불편한 듯 가방을 들더니 책방 전체를 천천히 돌기 시작했다.

기껏 열심히 보고 있는 사람에게 괜한 짓을 했구나, 반성하면서 나는 『도 레미의 노래』를 집어들고 아무 일 없었다는 듯 다시 읽기 시작했다.

그는 책방을 한 바퀴 돌더니 가볍게 고개를 숙여 인사하고는 나가려고 했다.

"저기요."

어떻게든 사과하고 싶은 마음에 다시 한번 그 뒷모습에 대고 말을 걸었다.

"미안해요."

남자의 등이 또 한번 흠칫 들썩인다. 잘 놀라는 사람이구나.

"절대 내쫓으려고 한 게 아니에요. 왠지 곤란한 상황이신 것 같아 그만 말을 걸었어요. 정말 미안해요."

"아닙니다."

그가 뒤를 돌아보았다.

"저야말로 너무 오래 있어서 죄송합니다."

"헌책방이라는 데가 원래 다들 오래 있다 가는 곳이잖아요. 정말 괜찮아요. 또 느긋한 마음으로 들러주세요."

그러자 그는 약간 망설이더니 서류가방을 앞쪽으로 고쳐 들고는 내 쪽으로 다가왔다. 계산대 앞에 이르러서는 고개를 살짝 숙였다.

"일 문제로 이런저런 사정이 있어서 책이라도 읽고 뭔가 배우면 좋겠다고 생각했어요."

죄송했습니다, 하고 다시 고개를 숙인다.

"그렇군요…… 그런데 우리 서점에는 비즈니스 관련 책이 별로 없어서요."

"아뇨, 그런 책을 찾는 게 아니에요. 배운다기보다 기분전환이 될 만한 거라도…… 있을까 싶었거든요."

"그런 책이라면 제가 도움을 드릴 수도 있겠네요."

"저, 그렇지만 제가, 돈이 없어요."

그 말을 하고서 그는 흠칫 놀라 숨을 삼켰다. 돈도 없으면서 책방에 왔다고 여길까봐 걱정한 것일 테다. 나는 그 소리는 못 들은 척했다.

"괜찮아요, 원하는 만큼 보세요."

그야 이 책방은 오빠의 것이고…… 책도 전부 오빠 것인걸, 하고 마음속으로 중얼거렸다. 원래는 나도 돈이라곤 한 푼도 없었다.

"요즘 들어 일은 잘 안 되고 가족과도 사이가 영…… 아들이 고등학생인데요, 무슨 얘기를 해야 좋을지 모르겠어요."

"고등학생이요? 그럼 열일곱 살쯤 되었을까요?"

"아, 네. 올해 고3이라 진로를 정할 나이인데요, 대화가 잘 되질 않네요…… 얼마 전에 잠깐 얘기를 나눴는데, 자기가 뭐가 되고 싶은지는 몰라도 아빠처럼 되고 싶지 않다는 것만은 알겠다고 하더라고요."

"그런 말을……"

"아차, 죄송합니다. 제가 쓸데없는 얘기를 했네요."

남자는 다시 발걸음을 돌려 나가려고 했다.

"아, 잠깐만요."

나는 자리에서 일어나 사진집 선반으로 가서 책 한 권을 꺼내 그에게 보여줬다.

"이 책 보신 적 있어요? 아, 저기, 구매하시지 않아도 되니까 괜찮으면 잠깐 보고 가세요."

나는 엉겁결에 접이식 의자와 테이블을 펼쳤다.

—『열일곱 살의 지도』, 하시구치 조지 지음.

옛날 레코드판 정도의 크고 묵직한 사진집이라 선 채로 보기는 좀 힘들 것이다.

"아, 감사합니다."

몹시 당황해하면서도 남자는 뭐 어쩔 수 없잖아, 하는 듯한 얼굴로 의자에 앉았다. 줄곧 서 있느라 지쳤던 것뿐일지도 모르지만.

"그 책은 말이죠, 1987년부터 1988년까지 열일곱 살들의 모습을 찍은 사진집이에요. 당시 평이 좋아서 속편도 나왔었는데."

그는 책장을 펼쳤다.

"흑백이지만…… 그 사람들 지금은 분명 손님과 비슷한 연배이지 않을까요?"

"정말 딱 들어맞네요…… 제가 1970년생인데……"

"어머, 그럼 쉰 살? 나이보다 젊어 보이시네요."

그 말에 그가 처음으로 웃었다.

"괜찮다면 보고 가세요. 보시고 싶은 만큼."

일단 책을 펼치고 나자 더이상 내가 말할 필요도 없었다. 그는 가만히 책을 뚫어지게 보기 시작하더니 사진과 그 옆에 있는 문장을 읽었다.

나도 더는 말을 걸지 않고 내 책을 읽었다.

그러다 갑자기 목소리를 애써 삼키는 듯한 소리가 들려왔다. 나는 놀라서 고개를 들었다.

남자가 사진집을 보면서 뚝뚝 눈물을 흘리고 있었다.

📖 📖 📖

왠지 피곤하네.

나는 멍하니 스즈란 거리를 걸었다. 근처라도 괜찮으니까 뭐든 얼른 먹어야겠다고 생각하던 찰나 러시아 요리 전문점을 발견했다.

아, 여기. 한번 들어가보고 싶었던 곳이다.

러시아 요리를 제대로 먹어본 적이 있었나? 하고 생각하며 나는 문을 열었다.

들어가서 보니 좁고 기다란 실내에 테이블 세 개가 늘어서 있다. 안에 있던 여자 점원에게 "한 명이요" 하고 손가락을 세우자 "이쪽으로 오세요" 하며 자리로 안내했다. 그 억양을 들을 것도 없이 외국인…… 아마 러시아인일 듯한 젊은 여성이었다.

자리에 앉아 런치 메뉴를 본다. 하얀 비프 스트로가노프*에도 마음이 끌렸지만, '세상에서 제일 맛있는 돼지고기 요리 구야시**'에 눈길이 빨려들어갔다.

구야시, 어떤 맛일지 전혀 상상이 안 된다.

아무 말도 하지 않았는데 보르시***와 두 종류의 빵, 양배추 샐러드가 바로 나왔다. 모든 런치 세트에 공통으로 포함되기 때문일 것이다.

나는 구야시 런치 세트에 추가로 피로시키****도 주문했다.

---

* 얇게 썰어서 볶은 소고기에 사워크림, 양파, 버섯 등을 곁들인 러시아 요리.

** 각종 고기와 채소를 넣어 만든 스튜.

*** 감자, 당근, 양파, 비트 등과 사워크림을 넣어 끓인 수프.

구야시가 나오기 전에 보르시를 먹어본다. 살짝 새콤한 맛이 나는 붉은색 스튜에는 감자와 양배추와 토마토 등의 채소와 얇게 썬 소고기가 들어 있고 사워크림이 곁들여져 있다. 부드럽게 푹 끓여져 먹기 좋다. 식초와 오일로 잘 버무린 양배추 샐러드는 사우어크라우트의 대체품일까? 이것도 무척 맛있었다. 러시아 요리를 먹으면 의외로 채소를 많이 섭취할 수 있구나 싶어 뿌듯했다.

그것들을 다 먹었을 때쯤 나온 구야시는 돼지고기와 토마토를 넣은 크림 스튜 비슷했는데, 그라탱처럼 뜨겁게 가열되어 있었다. 살짝 맛이 진해서 빵과 함께 먹으니 딱 좋다. 처음 먹는 요리인데도 어딘가 정겹고 익숙한 맛이었다.

제대로 된 피로시키도 처음 먹어본다. 포슬포슬한 다진 소고기 같은 내용물에 당면이 살짝 섞여 있는 게 이 집의 특색인 모양이다. 빵 껍질은 바삭하게 튀겨져 고소하다.

따끈따끈한 구야시와 피로시키를 먹었더니 왠지 좀 가라앉았던 기분이 어느새 평온해졌다.

'산고 할머니한테도 피로시키를 맛보게 하고 싶다. 갈 때 사 가야지.'

**** 각종 고기로 소를 만들어 넣은 러시아의 빵.

점원에게 포장으로 두 개를 주문했다. 한 개로는 좀 약소하고 혹시 남으면 집에 가져가도 되니까. 점원은 무표정하게 고개를 끄덕였다.

여기서 먹는 음식이나 산고 할머니에게 간식으로 사 가는 음식에 대한 비용은 엄마가 지불하는 것이 자연스러워졌다. 처음에 엄마가 매일이라도 좋으니 다카시마 헌책방을 살펴보고 오라고 지시했을 때 "작은 선물 정도는 제대로 챙겨서 들고 가야 해. 그건 엄마가 낼 테니까" 하고 말했던 것의 연장이었다.

피로시키가 나오자 나는 포장된 음식을 들고 밖으로 나갔다.

다카시마 헌책방의 문을 열자 안쪽에서 산고 할머니가 웬 남자의 어깨를 어루만지고 있는 모습이 보였다. 놀라운 건 그가 울고 있고 할머니가 건넨 것으로 보이는 분홍색 리넨 손수건을 눈가에 대고 있다는 사실이었다.

주춤거리며 다가가자 산고 할머니는 내가 온 걸 알아채고 고개를 들고는 살짝 가로저었다. "괜찮아"라는 뜻인지 "이쪽으로 오지 마"인지 "모르는 척해줘"인지 알 수 없었다.

그런데 남자가 마침 나를 알아채고 "죄송합니다" 하고 말하며 눈가를 힘주어 닦았다.

"괜찮아요. 이 아이는 제 친척이라."

"저야말로 죄송해요."

나는 황급히 고개를 숙였다.

"아닙니다…… 지금 이 사진집을 보는데 어쩐지 갑자기 마음이 울컥해져서."

"차라도 드릴까요?"

산고 할머니가 안으로 들어가려고 하기에 내가 하겠다고 나섰다.

"고마워. 그럼 미키키가 해줄래?"

"네. 저기…… 제가 피로시키를 사왔는데요. 갓 만든 거라 따끈따끈한데 좀 드시겠어요?"

나는 계산대 옆에 피로시키가 든 봉투를 놓으며 말했다.

"아뇨, 그럴 순 없죠."

"뭐 어때요, 같이 먹어요."

산고 할머니가 약간 들뜬 목소리로 말했다. 분명 그의 마음을 편하게 해주기 위함이리라.

내가 백야드에서 차를 끓이고 있는데 뒤쪽에서 말소리가 들려왔다.

"사진집 속 한 사람 한 사람의 얼굴을 보다가…… 옆에 실린 인터뷰를 읽는데 왠지 감정을 주체할 수 없었어요. 열일곱 살이란 꿈도 다양하고 두려운 것도 없던 시절이구나 싶어서."

"그렇죠."

산고 할머니가 느긋하게 대답한다.

"저도 그때는 꿈이 있었고 그 꿈을 못 이룬다는 건 생각도 안 했었는데, 지금 와서 보니 하나도 못 이뤘구나 싶네요. 그런 현실이 뼈아프기도 하지만, 아들이…… 아들은 꿈이 없대요. 매일 심드렁하게 학교에 가고 심드렁하게 돌아와요. 그런데 아이를 그렇게 만든 건 분명 제 탓이에요. 이런 제 모습을 보면 꿈도 희망도 없어질 테니까."

"그렇지 않을 거예요."

"아뇨, 그럴 거예요…… 실은 제가 이 불경기에 회사에서 잘렸거든요. 그래서 지금 구직중이에요."

"……그랬군요."

"매일같이 헬로워크*에 다니고는 있지만 이 나이가 되니 좀처럼 기회가…… 그래서 시간이 남아돌아요. 집에는 제가 있을 자리가 없고요. 오늘도 시간 때울 겸 이 동네에 온 거예요."

내가 차를 내자 그가 고개를 숙여 인사했다. 피로시키도 작

* 취업 활동을 지원하는 일본의 행정기관. 정식 명칭은 공공직업안정소.

은 접시에 담아 테이블에 놓는다.

"따뜻할 때 드세요."

"아닙니다."

거절은 하지만 아까보다 힘이 없다.

"그러지 말고 드세요." 산고 할머니가 그렇게 말하고는, "이런 시국이라* 손님 앞에 드린 건 손님이 드셔야만 해요" 하고 웃었다.

"할머니, 너무 부담주지 마세요."

"내가 그랬나?"

"할머니도 드세요."

나는 한 개를 더 접시에 담아냈다.

"어? 내가 먹어도 돼?"

"저는 방금 먹고 와서 배불러요."

나는 손잡이 없는 찻잔을 들고 할머니 뒤에 섰다.

"……그럼 염치없지만, 잘 먹겠습니다."

남자는 피로시키를 손에 들고 맛있게 먹었다. 말 한마디 없이 단숨에 다 먹고는 하아, 하고 한숨을 쉬었다.

뭐지? 보는 것만으로도 나까지 배가 부를 정도로 맛있게

---

* 코로나 팬데믹이 한창이던 시기.

먹어줬다.

"실은 제가 사정이 그렇다보니 점심값도 없었는데, 덕분에 살았습니다."

그가 작게 중얼거렸다.

"다행이네요. 책도 가져가요."

산고 할머니가 말했다.

"아닙니다, 그럴 순 없죠."

남자가 손을 휘휘 젓는다.

그 사진집은 그럭저럭 값이 나갈 것이다. 만 엔 정도는 하지 않을까? 그가 사양하는 마음도 이해된다.

"그럼 빌려드릴 테니 가져가세요. 아드님한테도 보여주고."

산고 할머니가 거듭 권했다.

"언젠가 반납하면 되잖아요."

"아닙니다."

그는 다시 한번 『열일곱 살의 지도』를 손에 들었다. 책장을 펼치더니 젊은 스모 선수가 이쪽을 응시하고 있는 사진을 가리켰다.

"다들 진지한 얼굴을 하고 있네요."

"네."

"지금도 활약하는 여배우와 다카라즈카* 배우도 이 책에 있네요…… 하지만 대부분은 지금 어디에 있는지 알 도리가 없겠죠. 이 남자도 지금은 어디서 어떻게 살고 있을지."

"검색하면 나올지도 모르죠. 그런데 여자들은 결혼해서 성이 바뀐 사람도 있을 테고…… 대부분은 어렵겠네요."

"다들 그런 거겠죠. 결국 평범한 사람이 되어가는…… 산다는 건 그런 걸까요."

그는 아쉽다는 듯 사진을 바라보며 책장을 덮었다.

"역시 이건 돌려드려야겠어요. 아들에게 보여주고 싶긴 하지만, 제가 살 수 있을 때가 되면 그때 꼭 다시 올게요."

돌아가는 그의 뒷모습을 보면서 나는 깨달았다.

내가 이곳 다카시마 헌책방을 얼마나 아끼는지를.

작은할아버지가 살아 계셨을 때도, 돌아가신 뒤에도, 앞으로 이곳이 어떻게 될지 생각해본 적은 없었다.

헌책방은 항상 여기 있었고, 지로 할아버지는 언제나 이 헌책방에 있었다.

하굣길에 문득 누군가와 대화하고 싶다는 생각이 들거나 진보초에 왔다가 다카시마 헌책방에 들렀다 갈까? 싶을 때면 언제든 올 수 있었다.

---

* 1913년에 창단해 오늘날 일본에서 가장 오래된 극단. 미혼 여성으로 구성된 것이 특징이다.

미닫이문을 열면 지로 할아버지가 있었고 "미키키, 잘 왔구나" 하고 말을 걸어줬다. 이곳에 있는 책은 뭐든 읽고 싶은 대로 읽을 수 있었고, 고가의 책도 잠깐 빌려달라고 하면 조심해서 보라는 말만 하실 뿐 무엇이든 빌려줬다.

빌려서 그대로 꿀꺽해버린 책도 실은 내 방에 여러 권 있다.

지로 할아버지는 다정하고 뭐든 모르는 게 없었다. 대학 교수들에게도 인정받는 자랑스러운 작은할아버지였다.

아, 이런 식으로 말하면 나와 지로 할아버지의 관계가 그만큼 가까웠다고 착각할지도 모르겠다.

꼭 그런 것도 아니다.

일 년 가까이 찾지 않은 적도 있었고, 진보초에 오더라도 귀찮아서 얼굴을 비치지 않은 적도 있었다. 하지만 아무리 시간의 공백이 있어도 지로 할아버지는 불평 한마디 하지 않았다. 언제든 나를 환영해줬다.

할아버지는 계산대 앞에서 책을 읽고 계실 때도 많았지만, 가장 선명하게 기억하는 건 책 정리를 하는 모습이다.

책장을 돌면서 손님이 꽂아놓은 책을 다시 반듯하게 정렬하거나 손가락 끝으로 책을 끄집어내 순서를 바꾸는 등, 할아버지는 언제나 사부작사부작 작은 소리를 내면서 책을 만지고 있었다.

그 모습을 가만히 보고 있던 나에게 할아버지는 이렇게 말한 적이 있다.

"미키키도 기억해두는 게 좋아. 책은 '만지면 팔린다'라는 말이 있어. 이렇게 책들을 정리하고 있으면 신기하게도 그후에 팔리거든."

그렇다. 작은할아버지가 그런 말을 해서 내가 기대하고 있었던 거다.

어쩌면, 작은할아버지한테 부탁하면, 이 책방을 내가 운영하게 해주지 않을까 하고.

온몸이 서늘해져 나는 자연스레 양팔로 몸을 감싸안았다.

부끄럽다.

어쩌면 그렇게 교만한 생각을 했을까?

하지만 지로 할아버지와 이어진 가족 중에서 내가 제일 젊고 문학을 공부하고 있는데다 책도 좋아했다. 친족 가운데 이곳을 물려받기에 가장 적합한 사람은 당연히 나였다고 생각한다.

대학원을 졸업하고 아무데도 취직하지 못하면 여기서 아르바이트를 하거나 일을 배워볼까? 하는 생각쯤은 무의식적으로 해본 적도 있다.

그렇게 하다보면 이곳에서 계속 일할 수 있게 해주지 않을까, 하고.

하지만 설령 작은할아버지가 살아 계셨더라도 딱히 책방을 친족에게 물려줄 필요는 없다. 헌책방을 운영하고 싶어하는 젊은 사람 중에 훨씬 더 어울리는 인물이 나타나도 이상할 게 없다.

그런데 나는 어딘가 얕보고 있었다. '요 정도의' '케케묵은' '작은' 가게, 내가 맡아줄 수도 있지, 하는 식으로.

이곳은 나의 마지막 보루나 다름없었다. 취직이 정 안 되면 이곳에서 일하지 않을까? 하고 막연하게 생각했던 것이다.

이 책방, 정확히는 이 건물과 지로 할아버지의 재산을 두고 엄마가 떠올렸던 다양한 '억측'을 비웃을 입장이 아니다. 아니, 내가 훨씬 더 뻔뻔하다.

그런 자신의 뻔뻔함을 어렴풋이 눈치채고 있었기에 더더욱 엄마한테 짜증이 났던 건지도 모른다.

부끄럽다. 바보 같다.

지로 할아버지의 유언장에 내 이름은 한 번도 나오지 않았다.

할아버지의 재산 중 십 분의 일 정도 되는 현금을 내 아버지에게 남겼을 뿐이었다. 숙부와 조카라는 입장에서 그 정도면 충분하다.

그런데도 나는 상처입었다.

그렇다, 사실 나는 '상처입었다'.

작은할아버지가 이 책방과 내 존재를 조금도 연결짓지 않았다는 사실에.

나와 작은할아버지의 관계가 공적인 어디에 그 무엇으로도 남아 있지 않다는 사실에.

"미키키, 왜 그래?"

산고 할머니가 뒤를 돌아보며 묻는다.

"아무것도 아니에요."

나는 스스로를 감싸고 있던 두 팔을 내리고 미소 지었다.

📖 📖 📖

저녁 무렵이 되자 하나무라 겐분 씨가 찾아왔다.

"지난번에는 감사했습니다."

그는 미키키도 와 있다는 걸 알고는 살짝 인상을 찡그렸다. 미키키는 말없이 고개를 숙였다.

그 일이 있고 나서 그는 본인이 말한 대로 다음날 똑같은 카레를 사 왔다. 그때도 대화를 조금 나눴는데 역시 솔직하고 상냥한 청년이었다.

"아니에요, 나야말로 고마워요."

한 손에 『극한의 민족』을 들고 있었다.

"그거 읽어봤어요?"

"네, 앉은자리에서 다 읽었어요."

"어땠어요?"

결코 내가 준 책이라서가 아니라, 같은 책을 읽은 사람으로서 생기는 호기심에 그렇게 물었다.

"재미있었어요!"

"그래요? 다행이네."

"산고 씨가 말씀하신 것처럼 가치관이 완전히 다른 세계가 정말로 존재한다는 걸 알게 되었어요."

"그렇죠?"

"북극권은 백야 같은 때도 많고, 하루종일 태양이 떠 있거나 반대로 아예 뜨지 않는 날도 있어 소위 말하는 아침이나 점심 같은 개념조차 없대요. '아침에 일어나서 어머니가 차려 주신 아침밥을 먹었습니다' 같은 문장의 의미가 전혀 통하지 않는 장소가 있다니, 뭔가 신기해요."

나는 기뻐서 그가 하는 말에 그저 고개를 끄덕일 뿐이었다.

"그리고 눈알! 바다표범의 눈알 같은 걸 먹더라고요!"

"하지만 일본인도 도미 통구이에서 눈알을 먹잖아요."

미키키가 쌀쌀맞게 말한다. 미키키는 그에게 지나치게 냉담한 것 같다.

"아니, 그래도 그건 굽거나 졸인 거잖아요? 소금이나 간장으로 간도 하고요. 이누이트는 날것으로 먹는다니까요. 그냥 눈알을 한가운데서부터 갈라서 접시에 담아서 먹는 거예요."

"흐음."

"이누이트에게 식사는 잡아온 야생동물의 고기를 창고에서 꺼내 와서 먹는 것뿐이라 요리라는 사고방식은 전혀 없고요……"

"저기."

나는 무심코 말을 꺼냈다.

"야키니쿠라도 먹으러 갈까?"

"네?"

젊은 두 사람이 동시에 놀랐다.

"내가 살게! 가보고 싶은 가게가 있거든. 겐분 씨의 얘기를 들었더니 갑자기 고기가 먹고 싶어졌네."

"방금 이 얘기에 고기가 먹고 싶어지다니. 할머니 좀 대단하신데요."

미키키가 웃었다.

"그래도 고기 좋을 것 같네요. 요즘엔 잘 안 먹기도 했고."

"저기, 겐분 씨도 같이 가요. 가보고 싶은 고깃집이 여기서 가까운데, 고깃집만은 혼자 가기 좀 그렇잖아요. 그래서 늘 고민했거든."

"정말 괜찮아요? 제가 같이 가도."

겐분 씨가 송구스럽다는 듯 물었다.

"물론이지, 갑시다."

그는 가방을 가져오겠다고 말하고 책방을 나갔다.

내가 두 젊은이를 데려간 가게는 저명인사들 중에도 단골이 여럿 있을 만큼 유명한 노포다. 간판이 살짝 기울어져 있다. 가게에 도착하자 곧장 안쪽 자리로 안내를 받았다.

"뭐가 좋으려나?"

나는 흥미진진하게 메뉴를 살폈다. 두 사람과도 의논해 고기를 고른다. 이 집의 간판 메뉴인 갈비와 로스구이 말고도 겐분 씨가 그 책을 읽었더니 먹고 싶어졌다고 해서 간, 혀, 안창살, 양, 염통 등을 주문했다.

"그래도 이건 어엿한 '요리'라는 행위예요." 그가 석쇠에 고기를 올리면서 말했다.

"그럴까요? 고기를 구워서 먹기만 하는 건데도?"

미키키가 묻는다.

"고기를 해체해서 그 부위에 맞게 자르고 굽고 양념장을 찍는다……라는 건 동물을 잡아서 죽이고 그대로 뜯어먹는 것과는 전혀 다르게 틀림없는 '요리'예요."

"일리 있네요."

"음식 말고도 남녀에 대한 인식, 특히 가정 내에서 남녀의 서열이 일본 사회와 완전히 다르다는 것도 흥미로웠어요."

그는 곧장 『극한의 민족』의 얘기를 꺼냈다. 책 얘기가 무척 하고 싶었던 모양이다.

"남녀의 서열?"

"네. 이건 제 편견이었지만, 이른바 원시세계…… 수렵과 채집의 시대, 요컨대 남자가 사냥을 하고 여자가 가정을 지키며 나무 열매 등을 채집해 오는 세계에서는 남자가 지금보다 훨씬 입지가 강할 거라고 생각했거든요. 남존여비 같은 사고방식은 그 시대에 만들어진 것이라고요…… 그런데 아니더라고요. 이누이트의 세계에서는 여성이 압도적으로 상위에 있어서 남자가 줄곧 아내에게 굽실거려요. 저자는 그들이 마치 '빌려 온 고양이'*처럼 집안에서 아내의 안색만 살핀다고 썼어요. 그에 비해 아내들은 대부분 주부다운 일은 하지 않아

* 새로운 환경에 처해 평소와 달리 얌전한 고양이의 모습을 빗댄 일본 속담.

요. 그렇다기보다 일이 없어요. 집안일이라고 할 게 거의 없어요. 다 같이 모여서 밥을 먹는다는 사고방식이 존재하지 않고 요리라 할 만한 게 없으니까 아이들도 잠이 깬 순서대로 밥을, 아니, 생고기를 먹는 거예요. 아내들은 하루 중 대부분을 집에서 제일 좋은 장소에서 편안하게 누워서 보내죠."

그가 오른손 주먹을 베개 삼아 드러눕는 시늉을 하는 게 재미있어서 하하하하, 하고 다 같이 한목소리로 웃었다.

"그래도 먹을 것을 조달해오는 건 남성인데 이누이트 여성의 강력한 권위는 대체 어디서 오는 걸까요?"

미키키가 입안 가득 간을 문 채 우물거리며 물었다.

"그건 아직 모르겠지만, 제 가설로는 그런 사회에선 아이를 낳는다는 것에 큰 가치가 있는 게 아닐까 싶어요. 오늘날의 현대인들이 생각하는 것 이상으로……"

두 사람이 열심히 얘기하는 것을 들으며 나는 히가시야마 씨를 생각하고 있었다.

그는 지금쯤 혼자서 밥을 먹고 있을까? 아니면 누군가와 함께일까?

어느 쪽이든 부디 외롭지 않기를 바란다. 부디 행복하기를.

오빠가 죽기 반년쯤 전에 히가시야마 씨의 아내가 세상을 떠났다.

몇 해 전에 치매 진단을 받은 뒤로 그가 줄곧 간병해온 부인이었다.

나는 방문요양사로서 다른 사람과 함께 그 생활을 지원해왔다……고 생각했다.

온화하고 배려심이 있는 멋진 사람이라고 줄곧 생각했다. 마음속으로만.

히가시야마 씨도 책을 즐겨 읽는 사람이라 가끔 그에게 부탁받은 책을 도서관에서 빌려 전달해주는 일도 있었다. 그래서 그가 어떤 책을 읽는지 알았다.

그는 시바 료타로나 시오노 나나미의 역사물이나 이케나미 쇼타로의 시대소설을 좋아했다.

내가 아내분을 돌보는 동안, 그가 밖으로 나가 책을 읽을 수 있도록 한 적도 몇 번인가 있었다.

나는 결코 아내분 앞에 얼굴을 들 수 없을 만한 일은 한 적이 없다고 생각한다. 그저 그가 빌렸던 책이나 소장한 책과 같은 책을 빌려 읽었을 뿐이었다.

아무도 그 사실을 알 리 없었다.

다만 딱 한 번, 히가시야마 씨의 장서 정리를 도왔을 때 그 일이 있긴 했다. 그가 한 권의 책을 건네면서 "이 책 재미있어요" 하고 나직이 말했다.

그러자 나는 "아, 그 책, 반전이 있어서 깜짝 놀랐어요" 하고 나도 모르게 말해버렸다.

그가 소장한 책을 확인하고 같은 책을 읽었으니까.

당연히 히가시야마 씨는 "산고 씨도 읽었어요?" 하고 물었다.

"네, 읽은 적 있어요" 하고 태연한 얼굴로 대답하면 되었을 텐데 순간적으로 얼굴이 붉어지고 말았다.

분명 히가시야마 씨도 눈치챘을 거라고 생각한다.

하지만 그후 서로 그 이상의 일은 아무것도 하지 않았다.

단지 그뿐인데, 아내분이 돌아가신 뒤…… 나는 어떻게 해야 좋을지 혼란스러웠다.

지금까지 준 도움에 감사인사를 하고 싶다며 딱 한 번 히가시야마 씨가 나를 불러내 함께 식사를 했다. 그때 "앞으로는 특별한 친구 사이로 알아가고 싶다"라고 분명하게 고백을 받았다.

기뻤다.

하지만 기뻐한 나 자신을 도저히 용서할 수 없었고, 결국 도망치듯 그 도시를 떠나왔다……

구운 고기를 가운데에 두고 즐겁게 대화하는 두 사람을 본다.

조금 전까지 통명스럽게 굴거나 인상을 찡그렸던 게 신기할 정도로 허물없는 대화가 한창이다.

둘 사이는 어떻게 되어갈까.

알 수 없다.

다만, 지금 나에게는 이들이 부러울 정도로 빛나 보인다.

호감이나 애정이나 사랑이라고 부르는 것을, 그런 식으로, 자신이 느낀 감정 그대로 드러낼 수 있는 건 인생의 아주 짧은 시간에 불과하다는 사실을 이 둘은 모를 것이다.

그래도 괜찮다.

지금의 나는 그저 다정한 할머니, 고기 사주는 고모할머니로 이곳에 있어야겠다.

제4화 『오토기조시』

그리고 따끈따끈 카레빵

그 사람이 왔을 때, 나는 상반신은 백야드에 들어가 있고 하반신은 책방 쪽으로 내밀고 있는 상태였다. 백야드와 책방을 구분짓는 건 포렴 한 장뿐이었다. 어느 기념품점에서 사 온 듯한…… 감색 바탕에 흰색으로 산이 그려져 있는 천이었는데 솔직히 촌스러웠다. 아마 지로 오빠도 누군가에게 선물로 받아 어쩔 수 없이 걸었던 것이 아닐지.

나는 포렴 너머에 놓인 가방에서 돋보기 안경을 꺼내려 하고 있었다. 엉덩이를 쭉 빼고 있어서 책방 쪽에서 본다면 곰돌이 푸가 꿀을 찾기 위해 구멍에 얼굴을 처박고 있는 모습과 비슷하게 보였을 것이다.

흠흠, 하고 작지만 확실하게 젠체하는 기침소리가 들린 것 같았지만 안경집을 좀처럼 찾지 못해 하던 걸 멈출 수 없었다.

그러자 흠, 흠 하고 헛기침 소리가 점점 커지더니 젠체하는 기색도 덩달아 커졌다. 나는 화들짝 놀라 뒤를 돌아보았다.

일부를 보라색으로 염색한 백발을 풍성하게 올려묶고 같은 보라색 안경을 쓴 여자가 서 있었다. 나이는 나와 비슷한 정도일까?

"안녕하세요."

머리와 안경과 가방, 심지어 마스크까지도 비싸 보였다.

"안, 녕, 하, 세, 요."

여자는 멍하니 서 있는 나를 향해 밉살스럽게 반복했다.

"안녕하세요…… 아니, 어서 오세요."

"당신, 점원?"

"네."

이 책방에서 내가 어떠한 입장이냐 하는 건 꽤나 어려운 문제다. 점원이냐고 물으면 당연히 점원이고, 점주라고 하면 또 점주이기도 하고, 오너냐고 물으면 오너이기도 하며, 전 점주의 여동생이냐고 물으면 그렇기도 하다. 그리고 외부인이라고 한다면, 뭐 그런 것도 같았다.

이 사람한테 본의 아니게 엉덩이(나이를 먹을수록 거대해

지고 있다는 사실을 인정하지 않을 수 없다)를 쭉 내밀고 있는 모습을 보였다고 생각하니 몹시 부끄러웠다. 처음 만났는데 가장 보이기 싫은 사람에게 흉한 모습을 보인 것만 같았다.

"뭐, 그건 됐고. 이 서점의 책임자 좀 불러줄래요?"

나는 더더욱 난처해졌다.

누가 책임자냐고 묻는다면, 내가 책임자인 것도 같다.

그런데 지금 이 사람의 "책임자 좀 불러줄래요?" 하는 말투는 그거다. "책임자 나오라고 해!" 하고 소리치고는 책임자가 나오면 클레임을 거는 사람이 쓰는 그런 말투.

책임자 좀 불러줄래요? 어머, 당신이 책임자예요? 세상에, 어쩌면 이렇게 훌륭해요? 이 책방의 책 고르는 센스며 상품이며, 최고예요, 기적이에요, 고맙다는 말을 하고 싶어서 불렀어요, 이렇게 근사한 책방을 만들어줘서 고마워요…… 하는 전개는 절대 있을 리 없다.

나는 은근슬쩍 주변을 둘러보았다. 당연하지만 나밖에 없다. 여기 미키키가 있다면 "이 사람이에요" 하고 가리키고 싶은 심정이다. 츠지도 사장이든 겐분 씨든, 여차하면 옆집 누마타 씨라도 여기 있다면 책임자 역할을 떠맡기고 나는 내빼고 싶다.

그 정도로 이 여자와 얽히면 성가시리라는 느낌이 왔다.

"저기요, 책임자를 불러달라고 말했잖아요."

여자가 책상을 주먹으로 탕탕 두드려서 나는 흠칫 놀라 떨었다. 하지만 언제까지 입을 다물고 있을 수도 없다.

"그 책임자가…… 저일지도 몰라요……"

뒤로 가서는 목소리가 아주 작아졌다.

"네?"

"저인 것 같아요."

"뭐라고요?"

"제가 책임자라고 할 수도 있을 것 같아요."

여자는 내 얼굴을 빤히 쳐다보았다.

나는 어떤 억지, 클레임, 트집……을 들어도 끄떡없도록 마음의 준비를 하고 이어질 말을 기다렸다.

그런데 전혀 생각지도 못하게 몹시 날카로운 목소리가 퍼부어졌다.

"대체 누구 허락받고 영업하는 거예요! 나한테 연락도 없이!"

그리고 여자는 한술 더 떠서 말했다.

"내가 여기 CEO의 아내예요."

CEO? 아내?

나는 다시 한번 여자의 얼굴을 찬찬히 뜯어보았다.

노년에 접어든 여성치고는 상당히 예쁜 분이다. 돈을 들인 차림새, 진하고 완벽한 화장, 장난인가 싶을 정도로 거친 말투…… 오빠가 선택할 법한 여자와 가장 거리가 먼 사람이 내 앞에 있었다. 그렇더라도 본인이 아내라고 딱 잘라 말하니 가능성이 아예 없다고도 할 수 없을 것 같았다.

그리고 중대한 사실도 깨달았다.

그렇다면 이 사람은 나의 올케인 건가?

말할 필요도 없을지 모르지만, 내가 아는 오빠는 굉장히 인기 있는 사람이었다.

초등학생 시절부터 쭉 그랬다.

그렇다고 오빠가 특별히 잘생긴 건 아니다.

지로 할아버지는 멋있고 근사한 분이었다는 둥, 백발이 잘 어울리는 꽃중년이었다는 둥 미키키는 열심히 주장했지만, 그건 나이를 먹고 난 뒤에야 그랬지 젊을 때는 어디에나 있을 법한 흔한 얼굴이었다. 나이를 먹으면 오히려 멋있는 얼굴이 되지 않을까? 하는 사람도 있었는데, 확실히 그 말대로 백발이 되고 머리숱이 줄어들자 더 차분하고 좋은 분위기가 감돌았다.

젊은 시절에는 평범한 키와 적당히 살이 붙은 몸집에 머리가 좋고 누구에게나 다정한, 하지만 그게 다인 사람이었다. 그런데 어째선지 이상한 여자들이 무턱대고 좋아했다.

특히 고등학생 때는 학년에서 가장 예뻤지만 묘하게 기가 센 여학생에게 호감을 사 그녀가 쫓아다니는 바람에 누구와도 사귈 수 없었다고 한다.

그런 의미에서 오빠는 좀 딱한 사람이기도 했다. 아무리 인기가 있다고 한들 자신이 정말로 좋아하는 사람에게 애정을 받지 못하면 의미가 없다.

그래서 나는 한물간 엔카 가수나 긴자의 수완 좋은 마담 같은 그 여자가 눈앞에 나타났을 때도 놀라기보다 '지로 오빠를 좋아할 법한 사람이군……' 하고 은근히 납득했다.

기가 세고 아름다운 사람은 무슨 이유에선지 지로 오빠가 눈앞에 나타나면 어떻게든 하고 싶어지는 모양이다. 그리고 자기가 생각한 대로 되지 않는 것에 애가 타고, 그러다 더 좋아지고 마는 것이다.

학년 최고의 미녀도 오빠를 따라다니다 교제를 거부당하자 남의 시선도 아랑곳하지 않고 울거나 소란을 피우곤 했다. 지로 오빠는 그 여학생의 친구들에겐 '저런 미인을 울린 사람'이라는 싸늘한 눈초리를 받고, 남자들에겐 선망과 체념의 시선을 받으며 지독한 고교 시절을 보냈다.

그 여학생은 혼자 헛돌기만 계속한 끝에 결국 학교에 나오지 않았다. 집에서도 슬픔에 빠져 울기만 하자 걱정스러워진 부모가 학교에 찾아가 상담을 하는 바람에 오빠는 불순한 이성 교제를 한 게 아니냐는 의심을 받았다.

지로 오빠가 고등학생일 때 나는 초등학생이었는데, 한번은 담임 선생님과 교장 선생님이 집에 찾아와 난리가 났었다. 여학생의 조부가 시의원이었다는 것도 그 성가신 일에 박차를 가했다.

엄마는 울고 아빠는 화를 냈다. 오빠는 자신이 잘못한 게 하나도 없는데도 야단을 맞은데다 아무도 자기 얘기를 들어주지 않자 부모님에게 마음의 문을 닫고 말았다.

결국 당시 홋카이도대학에 다니던 큰오빠가 집으로 와 지로 오빠를 설득해 사정을 들은 덕분에 겨우 무슨 일이 있었는지 알게 되었다. 큰오빠가 없었다면 대체 지로 오빠는 어떻게 되었을까?

지로 오빠가 고등학교를 졸업하자마자 도쿄로 가버린 건 성적이 우수하기도 했지만, 아마 그 여학생 때문에 겪은 일련의 소동도 그 이유 중 하나일 것이다.

그런 일들을 떠올리자 나는 점점 냉정함을 되찾았다.

애초에 오빠가 죽고 일 년 넘게 지났는데 이제 와서 아내라는 사람이 나타난 것도 이상하고, 유언장에는 확실히 아무런 언급도 없었다. 유언장은 세무사가 관리하는데다 나도 몇 번이나 훑어보았다.

"……장례식에는 오셨었나요?"

나는 최대한 조용히 물었다.

"네?"

"장례식에는 오셨었는지요?"

그곳에 이런 사람이 있었다면 모를 리 없겠지만 나도 그때는 울기만 했으니 미처 보지 못했을 가능성도 있다.

"……안 갔는데요? 몰랐으니까."

"그래요?"

단 한 마디이지만, 나는 여러 의미를 담아 그렇게 말했다.

아무리 그래도 아내라는 사람이 그걸 몰랐습니까? 아무도 가르쳐주지 않았나요? 병원에도 오지 않았죠? 호적에도 이름은 없는 거죠? 아니 애초에 어떤 관계인가요?

"그러니까, 우리는 소위 말하는 내연 관계였어요."

"그러세요?"

"지로 씨는 공공연하게 드러내고 싶어했고 결혼도 하고 싶어했지만, 나는 사업하는 사람이고 재산도 좀 있어서 쉽게 결혼할 순 없었어요. 아들과 딸이 하나씩 있는데 가족들도 재혼은 반대했으니까."

"그래요?"

"지로 씨는 내게 이 책방도 맡기고 싶다고 했어요. 그러니 사실상 내가 주인이나 다름없는 거죠."

"그래요?"

"지로 씨는 이 책방에 대한 일은 뭐든지 내게 의논했어요."

"그래요?"

내가 맞장구를 칠 때마다 여자는 조금씩 제정신을 되찾고 있는 듯했다.

"나라고 장례식에 안 가고 싶었겠어요? 몰랐으니까 어쩔 수 없잖아요."

그러고는 한동안 내 얼굴을 쳐다보더니 화들짝 놀라 숨을 삼키고 이렇게 말했다.

"당신, 그 사람이죠? 지로 씨한테 들러붙은, 애 딸린 불륜녀! 도고시에 사는!"

이 말에는 아무래도 "그래요?"라고 대꾸할 수 없었다.

📖 📖 📖

나는 토스트와 달걀프라이를 보고 있다.

각각 흰색과 연한 파란색 접시에 담겨 있다. 그 접시는 둘 다 어느 빵 회사의 '빵 축제'인지 '빵의 날'인지 하는 행사에서 받은 것이다. 그리고 두유에 탄 마일로*. 이건 원래 모로조프**의 푸딩컵이었던 유리잔에 담겨 있다. 빵에 바르는 딸기잼은 아주 작은 소스볼에 담겨 있는데, 그건 전에 연말 선물로 받았던 고급 반찬가게의 돼지고기 리예트***가 들어 있던 용기다.

요리는 전부 엄마가 해준 것으로 따뜻하고 맛있다. 딸기잼도 엄마가 직접 만든 것이니 그런대로 정성도 담겨 있다. 따라서 불만을 토로할 이유는 전혀 없다. 그러나 집에 있는 식기 중 절반 이상이 어느 기업의 행사 상품이거나 증정품 또는 재사용한 식품점의 용기라는 건 단적으로 말해서 촌스럽다.

이것이 엄마의 유일한 약점이었다.

세타가야구에 단독주택을 짓고 그럭저럭 세련된 가구를 갖춰놓은데다 아빠의 급여도 그리 나쁘지 않은데 엄마는 공짜로 받은 것, 특히 식기에 굉장히 약하다. 아니, 집착한다.

항상 어디선가 받은 쿠폰이나 스티커를 모으고, 빵집에서

* 코코아 파우더의 상품명.

** 고베에 본사를 둔 과자 브랜드. 푸딩 및 초콜릿 등의 디저트가 유명하다.

*** 돼지고기나 오리고기 등을 넣어 만든 프랑스식 스프레드.

할인 행사를 하는 매월 15일을 달력에 표시해놓는다. 같은 디저트라면 예쁜 용기에 들어 있는 것을 고른다.

작은 접시 하나를 받기 위해 몇백 엔짜리 빵을 필요 이상으로 잔뜩 사는 일도 일상다반사다.

매년 '봄날의 빵 축제'*가 시작되면 아빠와 나는 마음의 준비를 한다. 아침은 물론, 저녁에도 빵을 먹어야 하기 때문이다. 크림 스튜가 식탁에 오르는 빈도가 엄청 높아진다. 물론 비프 스튜나 그라탱도 빵과 잘 어울리지만, 소고기는 비싸고 그라탱은 오븐에서 굽는 일이 번거롭다. 가장 편하고 저렴하게 빵과 함께 먹을 수 있는 건 뭐니뭐니 해도 크림 스튜다.

"빵은 어차피 사는 거잖아? 조금 많이 사더라도 냉동할 수 있고." 이것이 엄마의 주장이다.

하지만 어머니, 조식용 접시는 더이상 필요하지 않습니다. 그건 이미 잔뜩 있고, 저녁식사는 (빵 축제 기간 이외에는) 일식일 때가 많아서 그 접시들을 거의 사용하지 않잖아요.

"이것 좀 봐. 올해 빵 축제의 접시야. 엄청 귀엽고 세련됐지?" 하고 나에게 광고 전단지나 홈페이지를 보여주는 것도 매년 있는 일이다.

---

* 야마자키 제빵회사에서 매년 봄철 벌이는 판촉 행사. 빵 봉투에 든 스티커를 기간 안에 일정량 모아 그릇으로 교환할 수 있다.

"심플한 접시는 몇 개가 있어도 좋고, 올해의 이 접시는 약간 깊어서 두루두루 쓰기에 좋겠어. 카레를 담아도 되고 스파게티를 담아도 되고. 올해는 이딸라*의 접시랑 아주 비슷하게 나왔는걸."

하지만 아빠와 나는 아무 말도 하지 않는다. 그저 가만히 인내할 뿐이다. 어차피 말로는 못 이기니까.

최근에는 이런 말까지 중얼거리는 걸 들었다.

"미키키가 결혼할 때 줄 수도 있고……"

헉. 절대 안 돼, 그것만은 제발.

엄마는 평소 나에게 결혼이나 취직을 강요하거나, 여자는 어때야 한다는 말을 절대 하지 않는 사람이다. 그런 점에서 나는 부모님을 신뢰한다.

그런 엄마를 열광하게 하는 그릇 이벤트라니. 진짜 대단하다.

엄마는 왜 이렇게 '공짜로 받을 수 있는 접시'에 집착할까? 아마 간사이 출신인 엄마의 부모님, 즉 나의 외조부모의 영향이라고 생각한다. 두 분 다 학생 시절에 이 지역으로 왔기 때문에 엄마는 도쿄에서 태어났다. 엄마를 포함해 세 사람 다

---

* 핀란드의 유명 식기 브랜드.

간사이 사투리는 거의 쓰지 않는다. 그래서 평소 엄마 쪽 식구가 간사이 출신이라는 것을 거의 느낄 수 없다.

그러나 피는 못 속인다고 해야 할지, 아니면 고향은 못 버린다고 해야 할지, 외할머니 집에도 이런 식기들이 잔뜩 있다. 게다가 할머니 집에 있는 건 연식이 다르다. 몇 십 년 전부터 모아온 것이라 훨씬 더 촌스럽다. 옛날에나 유행하던 캐릭터가 그려진 접시 같은 것도 당당하게 사용하신다.

할머니쯤 되면 최근 십 년 사이에 받은 건 '새 접시'로 친다.

"지금 쓰던 거 다 쓰고 나서 꺼내야지. 손님 오면 그때 개시할 거야"라며 새 접시를 쓰려는 시도조차 하지 않는다. 살아 계시는 동안 다 쓰지도 못할 것이다, 맹세코.

"엄마, 봄날의 빵 축제 스티커 몇 장만 줄래요? 약간 부족한데. 그리고 지난번 빵의 날에 그 소스볼은 받았어요? 우리 집에 하나 더 있는데 줄까요?"

평소에는 절대 쓰지 않는 간사이 말투로 엄마는 할머니와 그런 대화를 신나게 한다. 그 대화가 정겨워선지 두 사람의 목소리가 달콤하다.

그러면서도 "어머, 엄마는 할머니만큼 심하지 않아. 받은 식기는 바로 꺼내 쓰는데다 내 건 그렇게 촌스럽지도 않다고" 한다.

아니, 아니지. 그냥 그릇장에 진열해놓기만 하고 안 쓰는 것도 엄청 많잖아.

"엄마, 빵 스티커는 이제 그만 모으는 게 어때? 스티커만 모아서 인터넷으로 팔기도 하는데 거기서 사는 게 훨씬 싸."

몇 년 전에는 내가 중고품 거래 플랫폼에서 그 스티커를 파는 걸 보고 엄마에게 알려줬다.

"어머, 그런 게 있어?" 엄마는 내 스마트폰을 와락 움켜쥐었다.

접시 한 장을 받기 위해서는 스물여덟 장의 스티커가 필요하므로 최소한 2800엔어치의 빵을 사야 한다. 그렇다면 접시 두 장분인 쉰여섯 장의 스티커를 398엔에 사는 편이 훨씬 이득 아닌가?

그러나 엄마는 찬찬히 살펴본 뒤, "이건 부정한 방법이야" 하고는 나에게 스마트폰을 홱 돌려줬다.

"이러면 접시 두 장을 398엔에 사는 셈이잖아."

"그렇지. 근데 5000엔 넘게 빵을 사는 것보다 낫잖아."

실제로 이 시기에는 한 브랜드의 빵만 계속 먹어야 하는 지경에 이른다. 스티커가 부족할 때는 막판에 사재기를 해서 냉동실에 보관하기도 한다.

어처구니가 없다.

“아니야, 평소와 똑같이 소비하면서 접시를 받는 게 중요한 거거든.”

아니, 이미 평소처럼 소비하는 단계는 지났다고 생각한다. 매해.

늘 합리적이고 이성적으로 행동한다고 자타가 공인하는 엄마에게 이런 헐렁한 부분이 하나쯤 있어도 괜찮겠지만.

그런 미묘하게 저렴해 보이는 접시로 아침식사를 하고 있을 때 엄마의 신문이 시작됐다.

“그래서 산고 고모님은 언제까지 그 책방을 계속하실 생각이래?”

나는 대답하지 않고 달걀프라이의 노른자가 어느 정도 익었는지 확인하는 척하며 포크로 찌른다.

아무 소용 없는 저항이라는 걸 알지만 망설이는 중이다.

만약 여기서 “아무래도 산고 할머니는 헌책방을 계속할지 그만할지 망설이시는 모양이야”라고 대답한다면 엄마는 어떤 반응을 보일까?

놀랄까, 좋아할까, 아니면 싫어할까?

그 모습을 바로 앞에서 보는 것이 두렵다. 엄마가 뭔가 계획하는 것도 무섭고, 혹시라도 너무 수전노 같은 말이라도 한다면 슬플 것이다.

"글쎄."

엄마의 야심은 빵 접시를 하나라도 많이 받으려고 하는 정도가 딱 좋다.

"고모님한테 접근하는 사람은 없는 거지?"

"어?"

"미키키, 정신 차려. 할머니가 남한테 속아서 재산을 갈취당하거나 보이스피싱 같은 일에 걸려들지 않도록 네가 잘 지켜봐야 해."

"그런 일 없어요. 괜찮아요. 산고 할머니는 야무지시니까."

"아, 아니다."

엄마가 갑자기 깜짝 놀란다.

"이렇게 물으면 안 된대, 얼마 전에 주간지에서 읽었어."

"어?"

"요즘 친절하고 잘해주는 사람은 없어? 고모님만이 아니라 너한테도."

나는 순순히 대답했다.

"많죠. 진보초 사람들 모두가 친절해요. 츠지도 출판 사람들도 사장님을 비롯해 다들 잘 보살펴주시고, 또 옆집 누마타 씨와 미나미 씨도……"

"그거야, 그거!"

엄마가 손가락으로 내 얼굴을 가리켰다. 남에게 손가락질하면 안 된다고 가르쳐준 사람이 엄마 아니었던가……

"있잖아, 노인 대상 보이스피싱을 예방하기 위해선 시골에 계신 부모님에게 '요즘 이상한 일 없어요? 수상한 사람은 없어요?' 하고 물으면 안 된대. 다들 그런 사람 없다고, 있을 리 없다고 대답하니까. 대체로 사기꾼은 처음부터 수상한 얼굴을 하고 접근하지 않아. 다들 친절한 사람인 척하고 다가오니까. 그래서 '요즘 잘해주는 사람은 없어?' 하고 물어야 한대."

"뭘 그렇게까지." 나는 그렇게 대꾸하면서도 어느 정도 일리는 있다고 생각했다.

"그래서 친절한 사람, 잘 보살펴주는 사람을 더 주의해야 하는 거야! 정신 차려, 미키키. 친절한 사람이 나타나면 전부 보고, 연락, 상의해! 호렌소 정신*으로 말이야!"

여전히 무시무시한 엄마다.

📖 📖 📖

어찌어찌 여자를 돌려보낸 뒤 츠지도 사장을 불렀다.

---

* 호렌소(ホウレンソウ)는 일본어로 '시금치'라는 뜻이지만, '보고' '연락' '상의'의 앞 글자를 따서 만든 비즈니스용 조어로도 널리 쓰인다.

아니나 다를까, 그녀는 내가 다카시마 지로의 동생이라고 신원을 밝히며 건강보험증을 보여주자 단박에 얌전해졌다. “그럼, 또 올게요” 하고 입안에서 작게 중얼거리며 돌아갔다. 그 뒷모습을 보고 조금 딱한 마음이 들었던 것도 사실이다.

“그 사람은 산사나무라는 바의 마담이에요.”

츠지도 사장이 일러줬다.

산사나무라니, 역시 긴자의 바 이름답다. 나는 산사나무의 귀여운 흰 꽃을 떠올리고는 가게 이름과 오너의 분위기가 이렇게 다른 경우도 참 드문데, 하고 생각했다.

“그 사람은 바만 아니라 도쿄에서 음식점을 몇 군데나 운영하는 수완가예요. 부동산도 꽤 가지고 있을걸요. 가게를 장식하는 데 쓸 외국 도서를 사려고 이곳에 왔었어요. 그런 책이라면 기타자와 서점으로 가는 게 좋다고 지로 씨가 추천해줬는데도요.”

츠지도 사장은 한숨을 쉬었다.

“거기는 인테리어용 외국 도서도 많이 취급하니까요. 하지만 그 여자는 그래도 지로 씨가 좋다고, 지로 씨가 고른 책을 가게에 진열하고 싶다며 고집을 부리고…… 그런데 지로 씨도 참, 아무 마음이 없어도 누구에게나 친절하잖아요……”

나는 고개를 세차게 끄덕인다.

지로 오빠에게는 그런 면이 있다.

“마음을 품게 한다고 할까, 악의 없이 그런 마음을 먹게 하죠?”

“맞아요. 홋카이도에서도 그랬어요?”

“네.”

“이 동네에선 지로 씨를 타고난 호스트라고도 불렀어요.”

많이 늙은 호스트지만, 하며 츠지도 사장은 와하하하 웃는다.

웃을 일이 아니다. 나는 이번만은 그와 함께 웃을 수 없었다. 내 어두운 표정을 보고 사장도 진지한 얼굴이 되었다.

“그 여자, 지로 씨가 여러 가지 책을 준비해줘도 이게 좋네, 저게 좋네 하면서 고집을 부리거나, 다른 가게에도 책을 비치하고 싶다면서 이래저래 최근 몇 년을 줄곧 지로 씨에게 들러붙었을걸요. 또 뭐, 지로 씨도 확실하게 거절을 안 하니까……”

“그게 오빠의 나쁜 버릇이라니까요.”

“그러니까요. 결국 오늘처럼 자신이 지로 씨의 애인이라고 주변에 말을 퍼뜨리기 시작했죠.”

“저런.”

고등학교 시절의 재연이다. 왜 오빠는 자꾸 같은 일을 반복하는 걸까 싶어 한숨이 절로 나왔다.

"이 동네 사람들은 대충 사정을 아니까 곧이듣지 않았지만, 그 사람이 쓸데없이 사방에 얼굴을 들이밀어놔서 소문이 퍼졌어요."

나는 산사나무 마담의 얼굴이 동그란 부채처럼 옆으로 퍼지는 모습을 머릿속에 떠올렸다. 무척 바보 같은 장면이라 조금은 속이 후련했다.

"나도 지로 씨에게 거절할 거면 거절하고 사귈 거면 사귀기로 분명히 해두는 게 좋다고 한 번 주의를 드렸지만…… 워낙 사람이 착해서 확실하게 거절하지 못하더라고요. 이성으로선 전혀 관심 없다고 딱 잘라 말하면서도, '그분도 가여운 사람이에요. 게다가 저렇게나 큰 사업을 하는 사람이니 인간적으로는 매력도 있고. 항상 맛있는 것도 먹여주고' 하며 웃으시더라고요. 부동산이나 장사에 대해 서로 얘기가 통하는 것도 있지 않았을까요?"

"그래도 애인은 아닌 거죠?"

나는 그것만은 분명하게 하고 싶었다.

"그것만은 아니에요, 절대로."

츠지도 사장이 확언했다.

"내연 관계로 들인 아내도 아닌 거죠?"

"아니에요."

"아, 다행이다."

나는 가슴에 손을 대고 안도의 한숨을 내쉬었다.

"애초에 지로 씨는……"

사장은 뭔가를 말하려 했으나 내가 그의 눈을 가만히 쳐다보자 흠칫 놀라 말을 삼켰다. 시선을 피하는 모습이 어째선지 마음에 걸렸다.

"왜 그러세요?"

"아니에요…… 아무튼 지로 씨가 갑자기 돌아가신 건 마담에게 알리지 않았어요. 지로 씨도 그 여자가 장례식에 오면 마음이 편하지 않을 거고, 우리도 그녀를 견딜 재간이 없겠지 싶어서. 장례식에는 이 동네 사람만이 아니라 산고 씨 같은 일가친척도 오니까요. 그 여자가 큰 소란을 피워서 사람들을 놀라게 할 수도 있지 않겠어요? 뭐, 소식을 완벽히 차단할 순 없겠지만 최대한 알리지 말자고 다 같이 미리 짰어요. 그랬더니 정말로 오지 않더군요. 폐점한 뒤에야 어슬렁어슬렁 찾아와선 이 근처를 돌아다니며 사람들에게 물어보곤 했어요. '갑자기 돌아가셨다, 책방 문은 닫았다'라고 했더니 납득했던 것 같아요. 그로부터 일 년이 다 되도록 보이지 않길래 이제 더는 안 오겠지 했는데. 솔직히 우리도 그 여자를 거의 잊고 있었어요."

미안해요, 말 안 해줘서, 하고 사장은 자신의 머리를 쳤다.

"아니에요, 그건 괜찮은데…… 뭐 하나만 더 물어봐도 될까요?"

"뭔데요?"

"그 사람…… 산사나무 마담이 저한테 도고시에 사는 여자가 아니냐고 했거든요. 그건 뭘까요? 아무래도 그 사람과 착각한 것 같던데."

"아아."

"게다가 그 사람이 유부녀라고."

사장은 또 크게 한숨을 쉬었다.

"그 얘기도 들었군요."

"네."

"그건 또 별개의 얘기인데…… 도고시긴자를 말하는 거예요."

"도고시긴자……"

"키친 사쿠라의 여자요."

산사나무에 사쿠라에, 참 바쁜 사람이었네. 우리 오빠지만 어이가 없었다. 고엔지 집의 주방이 떠올랐다. 그럼 그 흰색 커플용 그릇의 주인이 그 사람인가?

"도고시긴자에 국문학 박물관인가가 있을 거예요."

"아, 국문학 연구 자료관 말씀이시군요."

오빠의 장부에서 그 이름이 몇 번 나왔던 것이 생각났다.

"거기 여자예요? 국문학 교수인가요?"

"아뇨, 그게 아니라. 자료관에 친하게 지내는 선생이 있는데…… 지로 씨의 대학 후배라나 뭐라나. 아마 그 사람이 책을 부탁하면 지로 씨가 찾아주거나 납품도 하고 그랬을 거예요. 그런 관계로 몇 번 왕래하는 동안 그 근처 도시락집인가 반찬가게인가의 여자랑 친해졌다고 들었어요. 돌아가시기 얼마 전까지도 가곤 했던 모양이에요."

"어머."

"그렇게 대단한 교제는 아니었어요. 그분이 결혼했다는 것도 지로 씨는 알고 있었고, 굳이 남편과 헤어지게 하면서까지 함께 살자고 할 열정은 없었어요. 산사나무의 마담이 지로 씨가 자기한테 넘어오지 않으니까 탐정을 고용해서 간신히 상대 여자분의 이름을 알아낸 모양이에요. 마담이 여기서 바람이네 어쩌네 하며 한바탕 난리를 쳐서 우리도 알았을 정도였죠."

사장은 그렇게 말했지만 나는 아무래도 그 '사쿠라의 여자'가 오빠의 상대가 아닐까 의심했다. 하얀 갓포기*와 삼각 두건을 두르고 도시락집 앞에 서 있는 여자가 머릿속에 떠올랐고, 그런 사람이라면 과연 오빠도 진심으로 좋아했을 것 같다는 느낌이 들었다.

"몇 번인가 지로 씨가 이 동네에서 산 것이 아닌 도시락을 먹고 있는 모습을 본 적이 있어요. 이 동네와는 가격대가 완전히 달라 거의 반값이라며 자랑하곤 했거든요."

그분이 장례식에 왔었는지 묻자 사장은 "글쎄요, 우리는 얼굴을 몰라서" 하고 답한다.

"나이는 조금 젊을지 몰라요. 대학생 정도 되는 아들이 있다고 했으니까요. 나도 마담이 싸우면서 한 말을 주워듣고 알았지만."

이층에 있는 사장이 들을 정도였다니, 대체 얼마나 굉장한 싸움이었던 걸까?

"아니, 아래층에 엄청난 여자가 왔다고 젊은 직원이 알려줘서 부랴부랴 내려갔더니 마담이 있더라고요. 싸움이라고 해도 마담이 일방적으로 소리 지르고 화내는 정도였지만."

사장은 그때의 일이 생각났는지 쓴웃음을 지었다.

다음날, 나는 미키키에게 책방을 맡기고 그 도고시긴자의

---

* 소매가 있는 일본식 전통 앞치마.

여자를 만나러 가기로 했다.

진보초에서 한조몬선 전철을 타고 시부야에 내려서 야마노테선으로 갈아탄 뒤 고탄다에 내려 다시 갈아탄다.

도고시에는 큰 상점가가 있고 엄청나게 북적거린다는 것 정도는 나 같은 시골뜨기라도 어렴풋이 알고 있다. 홋카이도에서도 정보 프로그램 같은 데서 본 적이 있었다.

키친 사쿠라는 상점가 한가운데 위치한 가게라 바로 알 수 있었다.

나는 태연하게 그 앞을 지나며 점포 앞을 관찰했다.

팩에 담긴 수많은 반찬이 진열되어 있고, 한쪽 구석에는 그 반찬으로 싼 도시락도 있었다. 균일가 390엔의 튀김 도시락과 균일가 490엔의 생선구이 도시락, 이렇게 두 종류다.

가격은 저렴하지만 주 요리 말고도 볶은 우엉과 조림류, 무친 채소가 빼곡하게 들어 있는 걸 보고 나는 더더욱 확신했다. 전부 오빠가 좋아하는 음식들이다. 여기서 도시락을 사 간 게 틀림없었다.

그러나 거기 있는 사람은 사장으로 보이는 육십대 여성과 아르바이트생 같은 비슷한 또래의 점원뿐이었다. 양쪽 다 오빠의 상대로는 보이지 않았다. 안쪽 조리실에는 사장의 남편으로 보이는 육칠십대와 아들 나이뻘로 보이는 삼사십대의 남자가 둘이서 일하고 있다.

오빠의 애인은 아직 오지 않은 것일지도 모른다.

하는 수 없이 나는 가게의 대각선 맞은편에 있는 프랜차이즈 카페에 들어가 커피를 주문했다. 그리고 창가의 높은 스툴에 앉아 가만히 그쪽을 지켜보았다.

그러나 아쉽게도 가게에서는 별다른 변화 없이 네 사람이 바쁘게 일할 뿐이었다. 다들 일이 익숙한 것이리라. 서로 거의 말을 나누지 않고 손님을 척척 응대하는 와중에 주방에서 새로운 반찬이 나오면 재빠르게 진열한다.

육십대의 두 여성을 가만히 관찰하며 혹시 그중 한쪽이 오빠의 상대가 아닐까 생각해봤지만 도저히 그렇게 보이지 않았다. 인상으로는 둘 다 좋은 사람 같았지만 대학생 아들이 있을 것 같지도 않다.

삼십 분쯤 관찰해서 알게 된 건 키친 사쿠라는 매우 장사가 잘되고 매출이 상당하겠구나 하는 사실뿐이었다. 손님이 끊임없이 들어왔고 때로는 줄을 설 때도 있었다. 다들 기분좋게 일해서 그 모습을 보고 있는 게 지겹지는 않았다.

그 모습을 보는 것만으로도 나는 이 가게가 꽤 좋아졌다.

📖 📖 📖

"내일, 책방 좀 부탁할 수 있을까?" 하고 어제 산고 할머니에게서 메시지가 왔다.

학교 수업은 1교시만 있어서 괜찮다고 답하자, "그럼 될 수 있는 한 일찍 와줘" 하고 답장이 왔다.

1교시 수업을 마치고 지도교수인 고토다 교수님과 석사논문에 관해 짧게 논의하고 오전 열한시 조금 넘어서 다카시마헌책방에 도착했다.

딱히 상관은 없지만 할머니는 외출하는 이유를 말하지 않았다.

내가 책방에 도착하자 할머니는 서둘러 코트를 입고 가방을 챙기더니 "다녀올게" 하고 짧게만 말하고 나갔다.

왜 이유를 알려주지 않는지 내가 의아해한다는 걸 할머니도 눈치채고 있었다. 할머니의 얼굴에 '어떡하지?' 하는 그림자가 순간 나타났다가 사라졌다. 하나, 둘, 셋, 하고 숫자를 셀 수 있을 정도의 긴 침묵이 우리 사이에 자리잡았다. 분명 부자연스럽다는 건 알았을 텐데.

산고 할머니는 양모 코트에 가죽 핸드백을 들고 있었다. 그렇다는 건 이 동네 밖으로 나간다는 뜻이다. 평소 잠시 근처에 외출할 때는 작은할아버지가 남긴 워크맨*의 작업복 같은 재킷을 걸치고 천 에코백을 든다. 분명 긴장할 수밖에 없는 상대를 만나는 것이다.

딱히 상관은 없지만, 하고 나는 다소 삐딱한 기분으로 생각한다. 산고 할머니에게는 할머니만의 세계가 있고, 도쿄에서 갈 곳이 여기 진보초와 집이 있는 고엔지뿐인 것도 아닐 테니까. 하지만 할머니가 도쿄에서 나에게 설명할 수 없는 외출을 하는 건 처음이라 어쩐지 아리송한 기분이 들었다.

"뭐, 지각 있는 나이의 여자들끼리 서로 일일이 신상을 보고하는 것도 좀 이상하긴 하지." 나는 혼잣말을 하며 책을 펼친다.

오늘 읽을 책은 메이지시대에 쓰인 국문학 역사서『국문학전사 헤이안시대편』으로, 지은이는 후지오카 사쿠타로 선생이다. 이 책방의 국문학 선반에 꽂혀 있던 두 권짜리 책이다.

솔직히 후지오카 선생에 대해서는 이름 정도만 알았다.

오히려 주석자인 아키야마 겐 선생의 이름에 끌려 책을 집었다. 아키야마 선생이『겐지 모노가타리』와 관련해 저술한 책들을 좋아하기 때문이다.

---

* 작업복 생산을 기반으로 하는 일본의 의류 브랜드.

서문을 읽는데 불현듯 흥미로운 내용이 나와서 피식 웃음이 났다.

후지오카 선생 왈, 러일전쟁에서 일본이 러시아에 승리한 이유가 나라 안팎에서 논의되고 있다. 일본인은 쌀을 주식으로 하기 때문이라느니, 물을 많이 마시기 때문이라느니, 매일 목욕을 하기 때문이라는 등의 말이 나오는 것이 우습다…… 라고 쓰여 있었다.

오늘날도 마찬가지다. 일본이 뭔가를 하면 유럽이나 미국에서 평하는 것도, 일본이 자국에 대해 평하는 것도 이런 식이다. 경제가 됐든 코로나가 됐든 럭비가 됐든 간에.

"백 년 전이나 지금이나 일본인도 매스컴도 서양인도 바뀐 게 없네."

나는 혼잣말을 하며 뒤표지를 보았다. 작은할아버지의 글씨로 '상하권 600엔'이라는 가격표가 붙어 있다. 참고로 1971년 복간 당시의 가격은 한 권에 1800엔이었다.

"너무 싸잖아!"

나도 모르게 중얼거리고 이건 내가 사야겠다고 생각했다.

그때 드르륵 소리가 들리고 밖에서 사람이 들어왔다.

힐끗 그쪽을 쳐다본 나는 엉겁결에 책으로 얼굴을 가렸다.

머리부터 발끝까지 검정색으로 맞춰 입은 젊은 남자였다.

하지만 무슨 옷을 입어야 좋을지 모르겠고 귀찮으니 일단 검은색으로 입었다는 느낌의 촌스러운 검정 일색이 아니다. 같은 검은색이라도 소재나 톤을 달리해 조합한 걸 보면 아마 패션에 꽤 신경쓰는 사람인 것 같다. 게다가 머리카락은 옅은 갈색이라 답답해 보이지 않는다. 유일하게 하얀색인 부직포 마스크가 얼굴을 거의 가리고 있지만 복장과 스타일과 눈매에서 꽃미남의 분위기가 풍긴다.

한류스타 같다. 이렇게 멋있는 사람이 왜 여길 왔지?

내가 그 사람을 의식하고 있다는 걸 들키지 않으려고 책에 집중하기로 했다. 옛 활자를 눈으로 좇고 있으니 점점 마음이 편안해진다. 애초에 꽃미남이 이곳에 왔다고 한들 나와는 관련이 없다.

우리는 무슨 복으로 이 태평성대를 만나 천고 미증유의 대전쟁을 목도하고 스스로 전승국의 백성이라 자랑할 일을 얻었는가. (중략) 구미 각국은 모두 눈이 휘둥그레져, 또는 경탄의 눈을 부릅뜨고, 또는 시기 어린 눈빛을 하며 극동의 신진국을 본다. 우리 스스로도 의외의 성공에, 그것이 천우인지 인력인지를 의심하지 않을 수 없음이다. (중략) 혹은 쌀을 주식으로 하기 때문인지 혹은 물을 많이 마시기 때문인지 혹은 빈번한 목욕 때문인지를 승전의 원인이라고 하는 자도 있겠으나 이것들은 천착이 지나쳐 골계에 빠지는 감이 없지 않도다.

다시 읽어봐도 정말 우스꽝스러운 발상이라는 생각에 헛웃음이 터진 순간, 별안간 머리 위에서 어떤 목소리가 들려왔다.

"뭐가 그렇게 재미있어요?"

"네?"

그 꽃미남이 책 바로 위에서 말을 걸어오고 있었다.

"지금 책 보면서 웃었잖아요? 왜 웃은 거예요? 뭐 읽고 있어요?"

그는 조금 안절부절한 목소리가 되었다.

아니, 그보다……

가깝다, 가까워, 거리가 너무 가깝다고. 그의 얼굴이 바로 내 위에 있다.

서로 마스크를 쓰고 있긴 하지만 이렇게 가까운 건 매너 위반 아닌가. 나는 순간 손을 뻗어 거리를 두며 그에게서 몸을 떨어뜨렸다.

그는 내가 도망간다고 생각했는지 『국문학전사』를 집으려고 손을 뻗었다.

"하지 마세요."

나는 놀라서 자리에서 일어나 그의 손이 닿지 않도록 책을 내 쪽으로 끌어당겼다.

그러자 그는 자신의 마스크를 아래로 살짝 내려 얼굴이 보이게 했다.

"제가 지금 재미있는 책을 찾고 있거든요."

으음, 나는 속으로 탄성을 질렀다. 그 말의 내용보다 그의 얼굴에.

예상했던 것보다 더 단정한 이목구비였다. 그리고 그걸 스스로도 잘 알고 있다. 자신의 얼굴을 보여주면 웬만한 일은 허용될 거라고 믿는 것이다.

나도 마스크를 쓰고 있어 정말 다행이라고 생각했다. 왜냐면 실제로 마음이 약간 풀어지긴 했으니까. 그 표정을 들키고 싶지 않았다.

"그러니까 좀 알려주세요. 그 책 뭐예요? 꽤 옛날 책 같아 보이는데 읽으시면서 무심결에 웃는 걸 봤어요."

그의 열의가 좀 무섭다. 그의 자신감도 불쾌하다.

하지만 어쩌겠는가, 책방의 손님이다. 일단은.

"『국문학전사』예요."

나는 그가 책등을 볼 수 있도록 각도를 살짝 틀었다.

"국문학전사?"

"저자는 후지오카 사쿠타로라는 국문학자예요. 초판은 메이지시대에 나왔는데……"

"메이지시대 책이에요? 그렇게 오래된 책이라니……"

이번에는 그가 제대로 팔을 내밀어 어쩔 수 없이 책을 건넸다. 그는 책을 펼쳐 판권을 확인한다.

"이건 1971년에 아키야마 겐 선생이 주석을 덧붙인 복간판이에요."

"오십년 전 책이에요?"

"그렇죠."

나는 방금 전 내가 웃었던 이유를 설명했다.

"흐음."

그는 고개를 끄덕였다.

나는 설명하는 동안 점점 자신이 없어져 마지막에는 목소리가 작아졌다. 그게 왜 재미있는지를 타인에게 설명하는 것만큼 애처로운 일은 없다.

"그런 거군요."

그는 형식적인 웃음조차 짓지 않고 고개를 끄덕였다.

"그게 다예요. 죄송해요, 괜히 기대하게 해서."

"아니에요."

그는 내 옆에 있던 접이식 의자를 허락도 구하지 않고 펼치더니 앉았다.

앉으라고 한 적 없는데.

"솔직히 그게 왜 재미있는지 잘 모르겠습니다."

그렇겠죠. 그래서 사과했잖아요.

"하지만 그런 사람이 좋을 것 같아요."

"네? 뭐가 좋다는 거죠?"

그게 뭔지는 잘 모르겠지만 그는 자기 멋대로 허락하고 있다.

"현재 제 고민을 해결해줄 수 있는 건 당신 같은 사람일지도 몰라요. 제가 전혀 재미를 느끼지 못하는 것에 웃는, 눈곱만큼도 웃기지 않은 것에 웃는 당신 같은 사람이요."

몇 번을 말하는 거야! 분하다.

"적어도 저한테 없는 걸 갖고 계신 건 확실한 것 같아요. 저는 그 센스를 절대 이해할 수 없겠지만."

그만해! 반복하지 말라고.

"그래서 용건이 뭔데요?"

나는 이해할 수 없다는 말을 반복해서 듣기가 괴로워 물었다.

"저한테 재미있는 책을 알려주시겠어요?"

"……좀 뻔뻔하다고 생각하지 않나요?"

나도 모르게 그런 말이 튀어나왔다.

"네?"

"사람을 이렇게까지 무시해놓고는 뭔가를 알려달라고 하는 건 너무 뻔뻔한 거 아닌가요?"

"저는 혼다 가나토라고 합니다."

그는 마치 자기 이름을 대면 모든 문제가 해결되기라도 한다는 듯 말했다.

"잘 모르실 수도 있지만."

그렇게 덧붙이는 말투 또한 무례하다.

실례지만, 잘 모르실 수도 있지만요…… 같은 겸손한 태도라고는 찾아볼 수 없다. 모르는 게 이상한 거 아냐?라고 말하는 듯하다.

"K 문학상의 최종후보에 오른 적이 있습니다."

K는 대형 출판사에서 나오는 문예지다. 그렇다 해도 그 이름을 내가 어떻게 알겠어. 수상자도 아닌데. 누가 최종후보자 이름까지 확인한다고.

"저는 모르겠는데요."

"네? 여기 책방이잖아요?"

"죄송합니다. 책방에서 모든 문예지를 읽는 건 아니라서요."

비아냥거리는 투이긴 했지만 어느새 나는 그에게 사과하고 있었다.

점점 더 분한 기분이 들었다. 스스로에게 쯧쯧 혀라도 차고 싶다.

📖 📖 📖

네 사람이 일하는 모습을 보고 있으니 대체 나는 뭘 하러 온 걸까 하는 기분이 들기 시작했다.

산사나무의 마담과 츠지도 사장의 얘기를 듣고 여기까지 오긴 했지만 오빠의 상대를 찾는다 한들 나는 뭘 어떻게 할 작정이었던 건가.

히가시야마 씨에게 보낼 답장은 아직 쓰지 않았다.

답장을 하지 않으면 그가 상처받거나 고민에 빠질 걸 알면서도 뭐라고 써야 할지 망설이고 있었다.

그래서 나는 오빠의 상대가 결혼한 사람이라는 얘기를 들었을 때, 그녀의 얼굴을 한번 보고 싶었던 걸까?

나에게 오빠는 동경하던 사람이고, 가족 중 누구보다 소중한 사람이었다.

그런 오빠 또한 부도덕한 사랑을 했을지도 모른다는 걸 알자, 그걸 확인하고 조금이라도 스스로를 위로하거나 죄책감을 덜고 싶었던 걸까?

그런 생각을 하는 사이, 점심 도시락을 사려는 사람들의 줄이 길어지기 시작했다.

그때 한 여성이 상점가를 종종걸음으로 달려왔다. 긴 줄을 아랑곳하지 않고 사장으로 보이는 사람에게 다가가 살짝 고개를 숙인 뒤 가게 안쪽으로 들어갔다. 누가 봐도 다른 손님과는 달랐다.

나는 흠칫 놀라 그 사람을 주시했다. 여자의 모습이 순간 사라졌다.

그러나 금세 다른 점원과 똑같이 갓포기와 삼각 두건을 두른 뒤 다시 가게로 나왔다. 나오는 도중에 마스크를 썼기 때문에 잠깐이지만 얼굴 전체를 볼 수 있었다.

눈에 띄는 미인이라고 할 순 없지만 살짝 밝은 다갈색 피부에 아담한 이목구비가 단아하다. 하나로 묶은 머리에 삼각 두건도 잘 어울렸다.

한눈에 '이 사람이구나' 하고 확신했다.

나는 눈이 시려올 정도로 그 사람을 응시했다.

나는 복잡한 기분으로 진보초역에 내렸다.

전철 안에서 메신저로 미키키에게 연락했더니 "책방은 잘 보고 있어요, 천천히 일 보고 오세요" 하고 답장이 왔다.

조금은 마음이 놓였고, 그러자 갑자기 공복 상태라는 걸 깨달았다.

뭘 좀 먹고 미키키에게도 간식으로 사 가자고 생각했다. 점심을 먹고 가도 되겠냐고 확인차 메시지를 보내자 "알겠습니다!" 하는 활기찬 곰 모양의 이모티콘이 돌아왔다.

자 어디로 갈까, 생각해보지만 머리가 돌아가질 않는다. 진보초에는 워낙 다양한 맛집이 있어 고민되기도 하고, 몸과 마음이 녹초가 돼 아무 생각도 할 수 없었기 때문이다.

이럴 때는 찔끔찔끔 나오는 코스 요리나 정식이 아니라 아무 생각도 하지 않고 후다닥 먹을 수 있는 단품 요리가 좋다. 뭐, 어차피 대낮부터 코스 요리를 먹을 수 있는 위장도 재력도 없지만. 그렇다면 카레나 라면이나 우동 혹은 소바인가……

카레는 좋지만 여기서 바로 갈 수 있는 카레 전문점인 본디나 가비알, 교에이도 같은 데는 이 시간에도 아직 붐빌 것이다. 가게 앞까지 갔는데 바로 못 들어간다면 더 지칠 것 같다. 지금은 사람들로 꽉 찬 데서 밥을 먹고 싶지 않다. 마음이 좀 차분해질 수 있는 곳으로 가자. 그렇게 생각하니 한 장소가 딱 떠올랐다. 전부터 가보고 싶던 곳이다.

서점 안에 있는 카페였다.

서점의 카페라면 흔히 대형 서점 안의 스타벅스나 도쿄도 쇼텐 안의 카페를 떠올리지만 그 밖에도 다양하다. 진보초 북센터 내의 카페도 근사하고, 산세이도 지하의 호신테이도 비슷한 분위기다.

북하우스 카페는 어린이책 전문 서점의 한가운데에 마련된 좌석에서 카레나 하이라이스, 케이크 같은 가벼운 식사를 할 수 있는 곳이다. 몇 번 그 앞을 지날 때마다 들여다보고 궁금했었다.

진보초역 사거리의 정장 매장 앞을 지나 헌책방과 출판사가 즐비한 도로를 걷는다. 걷다보면 멋들어진 석조 빌딩이 보인다. 같은 진보초 건물이라고 해도 우리 건물과는 차원이 다르다는 생각을 하면서 안으로 들어갔다.

안쪽 카운터에서 오븐구이 하이라이스와 커피를 주문하고 연두색 시트에 앉았다. 의자는 테이블 주위를 빙 둘러 놓여 있다. 테이블과 의자 바깥쪽에는 주로 그림책이 꽂힌 책장이 늘어서 있다. 책을 구경하며 음식을 기다리고 있자니 마음이 차분해졌다.

그러고 보니 여기가 츠지도 사장이 말했던 기타자와 서점의 빌딩 내부라는 게 문득 생각났다. 그가 했던 얘기가 머릿속에 남아서 오늘 내가 여기에 온 걸지도 모르겠다.

실내에 흐르는 켈트 음악도 마음에 포근하게 와닿는다. 높은 천장에 태양과 달 그림이 그려진 것도 재미있다. 어렸을 적 이곳에 왔더라면 분명 꿈 같은 장소라고 생각했을 것이다.

"오래 기다리셨습니다."

점원이 치즈가 듬뿍 올라간 그라탱 스타일의 하이라이스를 쟁반에 올려 가져다줬다.

잘 먹겠습니다, 하고 작게 속삭인 뒤 스푼을 집었다.

따끈따끈하고 소고기 덩어리는 스푼으로 잘릴 만큼 부드럽게 푹 익었다. 토마토의 풍미도 살짝 느껴지는 데미그라스 소스 맛이다. 지친 몸에 활력이 되살아난다.

식후 커피를 마실 즈음에는 기분이 완전히 평온해졌음을 알았다. 맛있는 식사와 더불어 어린이책에 둘러싸여 있다는 사실도 큰 도움이 된 듯하다.

멍하니 '그 사람'에 대해 생각한다.

그녀가 오고 나서 키친 사쿠라는 한층 더 활기를 띠었던 것 같다. 목소리를 크게 냈다거나 필요 이상으로 바쁘게 일하지도 않았는데 어쩐지 가게에 생기가 돌기 시작했다.

거기서 도시락을 사 왔어도 좋았을 테지만 왠지 그 사람에게 다가갈 수 없어서 허둥지둥 돌아오고 말았다. 왼손 약지에

반지라도 보인다면 어떻게 해야 좋을지 모르겠다.

반면 어느 정도 마음이 놓이기도 했다. 무척 청아해 보이고 근사한 사람이었으므로.

커피까지 다 마시고 쟁반째로 안쪽 카운터에 반납하는데 문득 메뉴 중에 카레빵이 있는 게 보였다. 점원에게 물어보니 가게에서 바로 구워준다고 했다.

그 즉시 '미키키에게 사다줘야겠다' 하는 생각이 들어 두 개를 주문했다.

따끈따끈한 빵이 든 봉투를 들고 카페를 나섰다.

다카시마 헌책방에 도착하자 미키키와 어느 젊은 남자가 계산대를 사이에 두고 서로를 노려보고 있었다.

📖 📖 📖

"사과할 것까진 없습니다. 대신 재미있는 책을 알려주세요. 내가 깜짝 놀랄 만한 책으로요."

이것은 결투다.

문학부 대학원 (열등)생 vs. 소설가 (지망생)의.

해변을 배경으로 그가 나를 뚫어지게 노려보면서 검을 꺼내 갑자기 내 쪽으로 돌진하는 모습이 머릿속에 그려졌다.

"아까 뭔가 고민이 있다고 했죠?"

나도 칼자루에 손을 댔다.

"제가 그런 말을 했었나요?"

그는 머리를 긁적이고 있지만 내 머릿속에 펼쳐지는 풍경은 다르다. 그는 오른손으로 쥐고 있던 칼에 왼손까지 올리고 있다. 언제든지 휘두를 준비가 된 자세다.

"기억 안 나는데."

조금 전에 고민이 있다고 했던 건 말실수였는지도 모른다. 지금 이 남자는 뭔가를 얼버무리려는 기색이다.

그 틈을 놓치지 않고 나도 칼을 뽑았다.

"그렇게 말했어요. 내가 고민을 해결해줄 수 있을지도 모른다고. 가르침을 요청하려면 적어도 숨기지 말고 뭐든 알려줘야지 안 그러면 답을 할 수 없죠. 애초에 내가 그쪽이 어떤 사람인지 모르는데, 어떤 책을 재미있어할지 어떻게 알겠어요?"

오른발을 아주 살짝 그가 있는 쪽으로 반걸음 정도 옮긴 듯한 기분이 든다.

"그 말은, 저라는 사람에게 어울리는 재미있는 책을 소개할 자신이 있다는 거네요?"

괜한 짓을 했다. 장벽만 높아졌다. 그래도 나로서는 발을 뺄 수도 없다. 답을 하지 않고 그를 마주 노려보았다.

"……그럼, 얘기할게요."

그는 한숨을 쉬었다.

"아까도 말했듯이 저는 소설가입니다만."

지망생이겠지, 하고 나는 속으로 덧붙였다.

"요즘은 뭘 읽어도 통 재미가 없어요."

"흐음."

"뭘 읽든 뭘 보든…… 드라마나 영화도요…… 아, 그건 이미 다 아는 거라고, 하는 기분이 드는 거예요. 출판사도 문제라고 생각해요. 띠지에 '완전히 새로운 미스터리'라느니 '전에 없던 결말!'이라는 문구를 넣어 부추겨놓잖아요. 잔뜩 기대하고 읽으면 어디선가 들어본 이야기들뿐인데. 그거랑 저거, 그 부분을 이어붙이고 살짝 바꿔 쓴 거 아닌가? 하고 바로 알겠던데요. 상상도 못한 결말이라는 마지막 장면이 단순히 서술 트릭인 경우도 많고요. 뭐, 소설을 별로 읽지 않는 사람이라면 놀랄지도 모르겠지만."

"그런가요?"

"소설의 스토리라는 게 이미 나올 건 다 나왔으니까요. 새로운 소재라는 게 어디에도 없는 것 같아요. 꼭 써야 하는 소설 같은 건 더이상 없는 건가 싶고."

"그런…… 그런 건가요?"

그렇죠, 라고 말할 뻔했는데, 그의 말에 납득한 꼴이 될 것 같아 황급히 수정한다.

그때 알아차렸다. 그의 뒤에서 산고 할머니가 조용히 이쪽을 보고 있다는 것을. 소리도 내지 않고 들어오셔서 몰랐다.

"아, 할머니, 다녀오셨어요."

내가 말을 걸자 산고 할머니는 미안하다는 듯 미소를 지었다.

"다녀왔어. 책방 봐줘서 고마워, 미키키."

"어? 혹시 이 책방의 사장님이세요? 이 사람은 그냥 아르바이트생인가요?"

혼다 가나토가 말했다.

"그냥 아르바이트생이면 안 되나요?"

"아뇨, 미키키는 이 책방에서 중요한 사람입니다."

산고 할머니가 인자하게 말했다.

할머니의 등장에 우리는 말 그대로 칼을 다시 칼집에 넣은 듯한 상황이 되었다.

"미안해요, 잠깐 실례."

할머니는 그렇게 말하고 그와 내 사이를 지나 안쪽의 백야드로 들어간 뒤 코트와 가방을 두고 손을 씻고 돌아왔다.

"왠지 두 사람이 너무 뜨겁게 열기를 내뿜고 있길래 말을 걸기가 미안해서."

"산고 할머니, 어디서부터 들었어요?"

"저분이 뭘 읽어도 재미가 없다고 하던 부분부터."

할머니는 그가 있는 쪽을 손으로 우아하게 가리켰다.

"그럼 얘기가 빠르겠네요. 이분이 재미있는 책을 소개해달라고 했어요. 혹시 할머니가 뭔가 소개해주시겠어요?"

"아니, 그건 좀……"

그가 끼어든다.

"저는 이 사람한테 부탁했어요."

산고 할머니도 얼굴 앞에서 손을 파닥파닥 저었다.

"난 안 돼. 젊은 사람들 취향을 모르니까."

"책에 나이가 어디 있어요?"

나는 그를 똑바로 바라본다.

"저보다 산고 할머니가 책에 대해 훨씬 더 잘 아시거든요."

"아니, 저는 오래된 책을 읽으며 웃는 그 알 수 없는 센스에 요청했거든요."

우리가 다시 칼자루에 손을 갖다대며 서로를 노려보는데, 산고 할머니가 조그만 목소리로 중얼거렸다.

"카레빵."

"네?"

우리는 할머니의 얼굴을 바라보았다.

"일단 카레빵을 먹고 생각하는 게 어때?"

"……카레빵이요? 그, 카레 들어 있는?"

"응. 간식으로 사 왔거든."

할머니가 봉투를 꺼내왔다.

"꽤 뜨거워. 지금 갓 구운 거라 탱탱하고 바삭바삭하고 따끈따끈해. 나중에 먹어도 되지만 이대로 두면 습기가 차서 금세 눅눅해질 것 같아. 점원도 봉투 입구를 열어서 주더라고."

봉투 안을 보니 노릇노릇한 카레빵이 붉은색 종이 포장지 밖으로 얼굴을 내밀고 있었다.

"얘기는 나중에 해도 되니까 우선 카레빵부터 먹을래요?"

"아뇨, 저는……"

"싫어하는 게 아니라면 하나 들어요. 나는 점심을 먹고 와서."

그는 의외로 순순히, 아니, 원래 뻔뻔한 성격이라선지 냉큼 "그럼 잘 먹겠습니다" 하더니 다시 의자에 앉았다.

건네받은 카레빵은 정말로 따끈따끈해서 종이 포장지가 없었다면 손에 들기도 어려울 정도였다. 포장지에 기름이 살짝 배어나왔다. 그것 또한 입맛을 돋웠다.

"할머니는 안 드셔도 돼요?"

"그럼, 어서 먹어."

둥글고 볼록한 카레빵은 바삭바삭을 넘어 파삭파삭이라고 할 만큼 식감이 좋았다. 안에 든 카레는 제대로 매운 맛이 났고 빵 전체에 고르게 들어 있다.

우리가 빵을 베어물자 산고 할머니는 따뜻한 우롱차를 끓여줬다. 이게 또 진한 풍미의 카레빵과 잘 어울린다.

나는 어쩔 수 없다는 듯 카레빵을 먹으면서 속으로는 꽤 안도했다.

이렇게 카레빵을 먹는 동안 한숨 돌리면서 그가 말하는 '재미있는 책'이 될 만한 것을 생각할 수 있다.

더욱이 산고 할머니는 우리가 빵을 먹는 동안 붙임성 있게 그에게 말을 걸어줬다.

그가 묻지도 않았는데 한 말에 따르면, 그는 대학 시절부터 틈틈이 소설 투고를 시작해 현재도 아르바이트를 하면서 소설을 계속 쓰고 있다고 한다. 첫 소설이 최종후보까지 올라갔기 때문에 곧 작가가 될 수 있을 거라고 생각했고, 또 주변 사람들도 그를 그런 식으로 대해서 왠지 그만두려야 그만둘 수도 없는 모양이다.

산고 할머니의 질문에 순순히 대답하는 모습을 보고 있으니 조금 전까지 보였던 자의식 과잉의 작가 지망생 청년은 사라지고, 조금씩 자신감을 상실해가는 길 잃은 어린양으로 보이기도 한다.

카레빵을 다 먹은 뒤 나는 안쪽 백야드에서 손을 씻고 책 한 권을 가지고 나왔다.

"이거요." 그에게 내민다.

"네?"

"아까 말한 재미있는 책이요. 소설."

"뭔데요?"

"……『오토기조시』예요."

"네?"

그는 책장을 팔랑팔랑 넘겼다.

"고전인가요……?"

살짝 실망한 기색이 느껴졌다.

"그 안에 다니자키 준이치로가 현대어로 번역한 「삼인법사」라는 이야기가 있어요. 그걸 읽어봤으면 좋겠어요."

"저는 새롭고 재미있는 이야기를 찾고 있거든요."

고전일 거라고는 생각도 못했네, 하고 그는 계속 중얼거렸다.

"고전이지만 중간에 상당히 놀라운 장면이 있어요. 저는 『애크로이드 살인 사건』을 읽었을 때보다 더 놀랐어요. 뭘 얘기해도 스포일러가 될 테니까 더이상은 말 안 할게요."

"오호."

드디어 관심이 생겼는지 그가 책을 들여다보았다.

"『오토기조시』는 읽어본 적 있어요?"

"다자이 오사무의 현대어역 버전으로요."

나는 그가 들고 있는 책 앞에 손을 펼쳤다.

"잠깐! 대충 중간에서부터 읽지 마세요. 「삼인법사」를 처음부터 제대로 읽었으면 해요. 중간에 한번 놀라고 마지막에 또 한번, 지금과는 전혀 다른 가치관에 놀라게 될 거예요."

그는 어쩔 수 없다는 듯 고개를 끄덕였다.

"알겠습니다, 이거 얼마예요?"

"300엔이요."

싸네요, 하고 말하며 그는 지갑에서 동전을 꺼냈다.

"놀라지 않으면 책값은 돌려드릴게요."

그가 마침내 씩 웃었다.

"자신 있다는 거네요?"

"『오토기조시』는 지금으로부터 700년에서 300년 전쯤 사이에 쓰였고, 누가 썼는지 작자도 확실하지 않은 이야기예요. 「삼인법사」도 아마 무로마치시대에는 이미 존재하던 이야기였을 거예요."

나는 그가 듣건 말건 계속 말했다.

"우리를 놀라게 할 만한 이야기는 이미 그 시절부터 존재했던 거죠. 그렇다면 새로운 소설이니 새로운 스토리니 새로운 미스터리니 하는 걸 찾아다니는 건 의미가 없다고 생각하지 않아요? 소설의 필요성은 새로운 것인지 오래된 것인지에 달린 게 아니라고 생각해요."

"네" 하고 그는 한숨을 쉬었다.

"이 책을 읽고 앞으로 소설 쓰기를 그만둘지, 아니면 다시 써나갈지는 본인에게 달렸어요. 어느 쪽이든 우리는 아무 상관 없으니까요. 하지만 새로운 이야기가 생각나지 않는다는 이유로 그만두는 건 아니라고 생각해요."

"맞는 말이네요."

그가 고개를 끄덕였다.

"우선 이 책을 읽고 생각해볼게요."

그리고 그는 산고 할머니에게 가볍게 인사를 하고 나갔다.

"……대단하네, 미키키."

할머니가 싱글벙글 웃으면서 나를 칭찬했다.

"아니에요, 별로……"

"나는 도저히 상대가 안 되었을 거야. 미키키가 있어서 다행이야."

산고 할머니는 그가 놓고 간 명함을 보면서 말했다. 거기에는 혼다 가나토라는 이름과 메일 주소만 적혀 있었다.

"……이 사람은 미키키나 겐분 씨와는 반대네."

"뭐가요?"

"이름 말이야. 미키키는 보고 듣는다는 의미잖아? 그런데 가나토奏人라는 이름은…… 그러니까 가나奏에는 악기를 연주한다는 뜻 말고 말한다는 의미도 있잖아. 그는 말하는 사람인 거지. 그러니까 너와는 반대일지도 몰라."

"글쎄요. 그냥 손님이잖아요."

산고 할머니는 그의 명함을 서랍 안에 넣었다.

"저기, 오늘은……"

나는 망설이면서 입을 열었다. 그러자 산고 할머니가 고개를 들고 내 쪽을 보았다.

"……오늘 갑자기 불러내서 미안해. 실은 나……"

산고 할머니는 자신에게 일어난 일을, 시간을 거슬러올라가 어제 시점부터 얘기하기 시작했다.

제5화 『마차를 사고 싶어!』

| 가시마 시게루

그리고 이케나미 쇼타로가 사랑한 야키소바

"만약 책을 매개로 하는 전염병이 생긴다면 어떨까 하는 생각을 했었어요."

얼마 전 갑자기 떠올랐지만 누구에게도 말한 적 없던 생각이 나도 모르게 입 밖으로 튀어나왔다.

눈앞의 유리잔을 들어 안에 든 오렌지 생과일 주스를 단숨에 들이켰다.

어느새 여름이었다.

상큼한 주스가 눅눅한 공기를 깨끗이 씻어주는 듯한 기분이 들었다.

"뭐 한 잔 더 마실래요?"

사장님이 상냥하게 물었다.

"그럼 같은 걸로 주세요."

"미키키 씨는 술 중에서는 뭘 좋아해요?"

겐분 씨가 물었다.

"……밖에서는 별로 안 마시지만, 보드카 토닉을 좋아하는 편이에요. 집에서는 아빠랑 위스키를 조금 마실 때도 있고요."

아빠는 아이리시 위스키를 좋아한다.

"술을 별로 안 좋아하나요?"

"못 마시는 건 아닌데 잘 취하는 편이라 되도록 민폐를 끼치지 않으려고요. 보드카 토닉은 무라카미 하루키의 책에 나와서 알았어요. 그 맛을 좋아하기도 하고요."

"아, 역시 그렇군요."

"어렸을 때 『노르웨이의 숲』을 읽고 난 뒤로 술 하면 보드카 토닉이…… 뭐 그런 얘기는 그만하죠."

나는 오렌지주스를 세 잔째 받아들며 말했다.

"책을 펼치면 거기서 바이러스가 확 퍼져나와서 인간을 감염시키는 질병인 거예요."

책을 펼치는 동작을 하면서 설명한다.

"그런 병이 유행한다면 어떨까? 하고 한참 생각했어요."

"그렇군요. 책에서 인간으로 전염되는 병이라…… 무섭네요."

"일단 '책병'이라고 부를까요? 책병은 불치병인 거예요. 증상은 감기와 비슷한데 젊은 사람은 비교적 가볍게 지나가지만 노인은 생명이 위험해질 수도 있고, 특효약도 백신도 없어요."

"어디선가 들어본 적 있는 증상……"

나는 말을 더 하려는 겐분 씨를 향해 손가락을 흔들어 입을 다물게 했다.

"사람들은 집에 있는 책을 앞다퉈 처분하고, 서점과 도서관은 줄줄이 문을 닫을 위기에 빠지죠. 헌책방은 물론이고요. 특히 헌책에 있는 균이 가장 위험하다고 할지도 몰라요."

"책이라는 물체에 기생하는 바이러스인가요? 아니면 활자에?"

"책이라고 할까요? 이를테면 책을 철한 부분에서 균이 나온다든가."

"그럼 전자책은 괜찮겠네요? 인터넷 상의 글도."

"네. 종이책만 문제인 거죠."

"그렇다면 큰 문제 없잖아요. 새 책은 전부 전자책으로 내면 되니까."

나는 무심코 고개를 저었다.

"아뇨, 전자책이 있더라도 아직까지는 종이책의 비중이 압도적이잖아요. 전자책만으로는 대부분의 작가들이 생활할 수 없어요. 거기다 서점이 일제히 문을 닫아버렸으니 아무리 전자책이 나와도 대부분은 인터넷 세계에서 침몰할 거예요."

"듣고 보니 심각한 문제겠네요."

겐분 씨는 그제야 사안의 중대함을 이해한 모양인지 한숨을 쉬었다.

"우리 회사도 없어질지 모르고."

"그렇죠. 연구서나 해외소설 같은 건 아직 대부분이 종이니까요…… 게다가 책이야말로 불요불급*품이라며 아무도 진지하게 다뤄주지 않을 것 같아요."

"일리 있네요. 어쩌면 오래된 책은 태워버리라고 하는 사람들이 나올지도요."

"그야말로 분서焚書죠. 대학은 장기 폐쇄에 들어갈 테고요. 도서관만이 아니라 사방에 책이 쌓여 있으니까요. 진보초는 일시적으로 봉쇄돼야 할 거예요. 결국 유령 도시로 변한다거나."

"하지만 공기를 매개로 하는 바이러스성 질병과 달리 미치

---

* '필요하지도 않고 급하지도 않다'는 뜻의 한자성어. 일본에서는 코로나 팬데믹 기간에 급하지 않거나 불필요한 외출을 자제하자는 의미로 많이 쓰였다.

는 영향이 극히 제한적이니 오히려 정부의 지원을 받기는 수월할지도 모르죠."

갑자기 가나토 씨가 입을 뗐다. 나와 겐분 씨는 그쪽으로 시선을 돌렸다. 4인용 테이블석의 창가 쪽에 나와 겐분 씨가 마주보고 앉았고, 가나토 씨는 누구의 옆자리도 아닌 이른바 상석에 앉아 있다.

"서점과 출판사에 집중적으로 돈을 풀면 돼요. 도서관은 대부분이 공립이고 애초에 영리를 목적으로 하는 게 아니니까."

의외로 냉정한 그의 판단에 나는 살짝 감탄했다.

"하기야 그런 면도 있겠네요."

나는 엉겁결에 수긍했다. 가나토 씨는 생각보다 더 실리적인 성격인지도 모른다.

그러자 겐분 씨가 흠흠, 헛기침을 했다.

"저기, 가나토 씨 시간 괜찮아요? 아까 월말에 마감이 있다고 하지 않았나?"

오늘은 겐분 씨가 전부터 얘기한 곳에 와 있다. "진보초의 문단 바에 가본 적 있어요? 헌책방 주인이 운영하는 데가 있거든요. 다른 책방 주인이나 출판사 편집자들과 안면을 틀 수도 있으니 같이 갈래요?" 하고 그가 제안했었다.

그런데 책방 문을 닫기 전에 때마침 들른 가나토 씨가 나와 겐분 씨의 얘기를 우연히 듣고 "저도 잠깐 동석하면 안 될까요? 이달 말에 마감이 있어 오래 있을 순 없지만 꼭 가보고 싶어요" 하며 따라왔다.

다른 가게에서 가볍게 식사를 하고 찾아온 장소가 바로 진보초의 문단 바 H다.

그리 넓지 않은 실내에 카운터석과 두 개의 테이블석이 있다. 구비된 집기류 하나하나에서 가게의 취향이 느껴지고, 편안함과 정겨움이 공존하는 그런 곳이다.

"괜찮습니다."

가나토 씨가 새침한 얼굴로 말했다.

"뭐, 마감이긴 한데, 신인 문학상 공모전이라 작품을 내고 안 내고는 저한테 달린 거라서."

"아, 그런 거였군요."

겐분 씨는 한숨을 쉬었다.

"……그러니 그렇게까지 영향이 있진 않을 거예요."

가나토 씨가 말을 이었다. 마감이 아니라 '책병'에 대한 말일 테다.

"아니, 그렇게 단순하게 볼 문제는 아니죠."

겐분 씨가 반격을 시작하는 듯한 태도로 대꾸했다.

"우선, 극히 일부 산업만이 피해를 입는 사태에 정부가 지금처럼 지원을 해줄지……"

"그럴 수도 있겠네요."

"예를 들어 예전에 광우병이 유행했을 때 고깃집 같은 곳이 많이 망했을 텐데, 그때 어땠죠? 저도 지금 확실하게 얘기할 순 없지만, 정책금융공고에서 나오는 통상적인 자금 이외의 융자가 마련됐었나요? 그때 프랜차이즈 소고기덮밥집도 주 메뉴를 중단했었어요. 어릴 때였지만 큰 소동이 있었던 걸 기억해요."

"저는 너무 어렸을 때라 거기까지는 기억이 잘 나지 않아요."

내가 그렇게 말하자 가나토 씨도 고개를 끄덕였다.

"게다가 '책병'의 경우 감염경로가 한정적이라 연구가 별로 진행되지 않을 가능성도 있어요. 적어도 지금만큼 연구하진 않겠죠. 서점과 도서관만 폐쇄하면 되니까요. 백신이나 특효약 개발이 그렇게 빨리 이뤄질 수 있을지……"

"그건 그렇네요."

나는 양쪽의 의견이 모두 지당하다고 생각하며 감탄했다. 겐분 씨가 다시 반박에 나섰다.

"아뇨, 저는 그러한 질병이기 때문에 더더욱 전 세계의 뛰어난 지성들이 모여 연구를 진행할 거라고 생각하고 싶은데요. 책은 문학만이 아니잖아요. 의학이기도 하고 물리학이기도 하고, 현재 연구자가 된 사람이라면 어린 시절부터 책과 가깝게 지내왔을 테니까요. 설령 연구비가 다소 부족하더라도 애써주지 않을까요?"

"어떤 고난도 불굴의 정신으로 이겨낼 수 있다는 근성론인가요? 그렇게 해서 잘 해결된다면 좋겠지만, 백신 개발에는 많은 돈이 들기 때문에 그렇게 낙관할 순 없어요."

두 사람이 서로를 가볍게 노려보는 모습을 보면서 내가 말했다.

"제일 두려운 건 그러는 사이에 다들 서서히 그 생활에 익숙해지는 거예요. 책과 책방이 없어지고 도서관이 문을 닫은 세상에. 물론 아까도 말했듯이 전자책이나 인터넷 자료는 활성화될지도 모르죠. 결국 다들 그 정도면 충분하다고 생각하면서 은근슬쩍 조금씩 책이 사라져갈 거예요."

두 사람은 마침내 눈싸움을 멈추고, 그럴 수도 있겠다는 듯 고개를 끄덕였다.

출판사 직원, 소설가 지망생, 문학부 대학원생. 취향과 정도의 차이는 있어도 매일 책에 의지하고 있는 사람들이다.

"……삭막하고 쓸쓸한 세상이 되겠네요."

나는 조용히 세상에서 책이 사라져가는 모습을 떠올렸다.

"문화는 분단될 거예요. '책병'을 전후로."

내 말에 겐분 씨가 다정하게 위로하듯 말했다.

"언젠가는 분명 특효약과 백신이 개발될 거예요."

"그렇겠죠, 하지만 그때는 이미……"

나는 목소리가 떨리는 걸 느꼈다.

"……사람들이 더이상 책을 원하지 않을지도 몰라요."

"그래도 이야기는 사라지지 않을 거예요. 인간이 살아가는 데는 이야기가 필요하니까요."

가나토 씨가 중얼거렸다.

"과연 그럴까?"

그러자 겐분 씨가 그에게 차갑게 내뱉었다.

"이야기를 발표하는 형식은 소설 말고도 다양해요. 연극이나 영화나 소리의 세계가 더욱 활성화될지도 모르죠. 넷플릭스나 아마존 프라임 같은 영상 서비스는 지금보다 더 늘어날 테고, 우리가 지금은 전혀 상상하지 못하는 표현방식이 생겨날 수도 있어요."

오늘밤의 겐분 씨는 양극단을 오가는 것 같다. 다정했다가 차가웠다가. 대체 왜 그러는 걸까?

"굳이 소설이 아니어도 되잖아요. 가나토 씨도 이야기를 창작할 수만 있다면, 그리고 그게 돈이 된다면 상관없다고 생각할지도 모르죠."

그래, 이 신랄함이다.

"글쎄요, 만약을 가정하는 얘기에 제가 뭐라고 해야 할지."

가나토 씨가 대꾸했다. 나는 가방 속을 이리저리 뒤져 손수건을 꺼낸다. 손수건을 쓰는 걸 보고서야 겐분 씨는 내가 울고 있다는 걸 알아차린 모양이다.

"이제 그런 얘기는 그만해요."

내가 말했다.

"미안해요. 그럴 생각은 아니었는데."

"괜찮아요. 애초에 말을 꺼낸 건 저니까."

눈물은 금방 그쳤지만 겐분 씨는 어쩔 줄 몰라했다.

"아, 이런. 자, 이제 울지 마세요…… 참, 그 의자, 도널드 킨* 선생도 앉았던 의자예요."

"어머!"

나는 엉겁결에 엉덩이 아래를 내려다보았다.

"정말요?"

깜짝 놀라 눈물이 쏙 들어갔다.

"그렇다니까요, 그렇죠, 사장님?"

---

* 일본 문학 및 문화 연구로 저명한 미국 출신의 문예평론가.

겐분 씨가 카운터 뒤에 있는 사장님에게 확인한다.

"……그렇답니다, 후후후."

"와, 그런 건 빨리 말해주셔야죠."

나는 의자 위에서 몸을 통통 튕겼다.

기분이 살짝 나아졌다.

📖 📖 📖

오빠에게 다카시마 헌책방을 물려받고 다시 문을 연 지도 벌써 반년이 넘었다. 미키키도 그 기간만큼 경험을 쌓은 셈이다.

그런데 미키키는 어떨지 몰라도 나는 아직도 헤매고 있고, 오빠의 장서는 여전히 방대해서 조금도 줄어든 것 같지 않아 난감하다.

도쿄의 여름은 무시무시하니까 조심하라며 사람들이 저마다 한마디씩 한다. 홋카이도에서도 다들 걱정 담긴 연락을 보내온다.

책방에 드나드는 사람들은 "물을 마셔라" "집에 있을 때는 에어컨을 켜라" "잘 때도 에어컨을 끄면 안 된다"라는 말을 인사 대신 한다. 덕분에 아직 열사병에 걸리진 않았지만, 8월이 시작되면 차원이 다른 더위가 찾아올 거라고들 해서 조심하고 있다.

모두의 분부대로 나는 고엔지 집으로 퇴근하면 우선 에어컨을 틀었다.

홋카이도는 에어컨을 안 써도 되겠다고 도쿄 사람들은 말하지만 그렇지는 않다. 오비히로도 이십 년 전쯤 말도 안 되게 더운 여름이 있었는데 그 무렵부터 일반 가정에도 에어컨이 놓였다. 그래도 당시에는 '냉방을 돌리다' 같은 표현을 쓰는 노인이 있을 만큼 에어컨에 익숙하지 않았지만, 요즘은 여름에 평균 30도를 넘는 해가 많아졌다. 예전에는 쨍하게 맑고 시원해서 지내기 좋은 날이 이어졌는데 이제 흐린 날도 많다.

미키키는 "하루종일 에어컨을 켜놔도 전기요금은 그리 큰 차이가 없대요. 저희 엄마는 그렇게 하고 있어요" 하고 말했지만, 집에 사람이 없을 때도 에어컨을 펑펑 틀어놓는 건 역시 옛날 사람인 나로서는 할 수 없다.

땀이 흠뻑 밴 옷을 벗고 가볍게 샤워로 땀을 씻어낸 뒤 간단히 저녁식사를 했다.

"식사 꼭 챙겨 드세요"라는 말 또한 사방에서 듣는다. 영양가 있는 음식을 제대로 먹지 않으면 도쿄의 여름에 대적할 수 없는 모양이다.

된장국을 끓이고 냉동밥을 해동하고 냉장고에서 누카즈케*를 꺼냈다.

누카즈케는 장마철에 담갔다. 팩에 들어 있어 그대로 냉장고에 넣어두기만 하면 완성할 수 있는 발효 쌀겨된장을 역 앞 마트의 점원이 추천해줬기 때문이다.

"이거 있잖아요, 큰 소리로 말하기가 좀 그런데."

그 말이 진심인지 점원은 잠시 주위를 둘러보고는 마치 국가 기밀이라도 털어놓는 것처럼 말했다.

"이 된장에 채소를 넣은 다음 거의 섞지 않은 채로 한동안 냉장고에 가만히 보관해두기만 하면 돼요."

과연, 청과 코너 점원이 큰 소리로 할 말은 아닌 것 같다.

"어? 누카즈케인데 섞지 않는다고요?"

사실 본가에서는 누카즈케를 담그지 않았다. 지역에 따라 다르지만 홋카이도는 기온이 낮아서 누카즈케를 만드는 집이 그리 많지 않았던 것 같다. 그래도 기초 상식으로 '쌀겨된장=매일 섞는다'라는 건 어렴풋이 알고 있었다. 그래서 몹시 손이 가는 일이라는 것도.

"첫해 여름에는 별로 안 섞어도 괜찮아요. 채소를 꺼낼 때

* 쌀겨된장에 다양한 채소를 넣어 절인 음식.

슬쩍 섞어주는 게 약간 산미도 나오고 맛도 잘 어우러지는 것 같아요. 어디까지나 제 취향이지만."

"오호, 그렇군요."

"처음에는 발효가 잘 안 돼서 뭔가 부족하게 느껴질 수도 있어요. 그렇다고 거기서 맛없다고 포기하면 안 돼요. 혹시 마음에 안 들어도 감칠맛 내는 조미료와 간장을 살짝 더하면 채소는 뭐든지 먹을 수 있으니까."

싱거운 결말에 나도 모르게 웃긴 했지만, 그 점원의 조언에 따라 누카즈케를 적당히 관리했더니 7월 들어서부터 제법 산미도 나고 맛있어지기 시작했다. 감칠맛 조미료도 필요 없다.

"고기랑 생선도 드세요." 이건 츠지도 사장의 조언이다. 소설가 우노 지요도 마루야 사이이치도 말년까지 고기를 잘 먹어서 건강했다고 한다. 하지만 저녁은 이 정도로 충분하다. 낮에는 책방 근처에서 사 먹거나 음식을 포장할 때마다 신경 써서 고기 요리를 고르고 있으니. 싹싹 그러넣듯 음식을 먹고 남은 된장국은 열을 식혀 내일 아침용으로 냉장고에 넣었다.

지금쯤 미키키와 젊은 친구들은 바에서 술을 마시고 있을 것이다. 겐분 씨가 며칠 전부터 미키키를 부추겼다.

내게도 같이 가자고 했지만 사양했다. 그가 미키키와 단둘이 얘기하고 싶어한다는 건 옆에서 봐도 훤히 알 수 있었다.

아무래도 겐분 씨는 미키키에게 호감을 품고 있는 듯한데, 당사자는 눈치를 못 채고 있다. 나는 옆에서 괜한 참견은 하지 않기로 했다. 잘되지 않으면 서로 불행한 일이니까.

그런데 서점을 막 나가려는 참에 소설가 지망생 가나토 씨가 나타나 같이 가고 싶다고 나서는 바람에 겐분 씨는 오만상을 한 얼굴로 나갔다. 어떻게 되었을까?

미키키는 룰루랄라 즐거운 표정, 겐분 씨는 희로애락이 뒤섞인 복잡한 얼굴, 가나토 씨는 무표정. 이렇게 삼인 삼색의 얼굴이 생각나 설거지를 하면서 웃음이 났다.

안 돼, 남의 연심을 가지고 웃다니. 문득 정신이 들어 웃음을 도로 거둔다.

간단히 정리한 뒤 나는 이층으로 올라가 지로 오빠가 사용했던 책상 앞에 앉아 히가시야마 씨에게 쓸 답장을 생각했다.

일단 장마 전에 간단한 답장을 한 번 보냈다. 일상적인 내용과 잘 지내고 있다는 요지를 전하고, 지금은 바빠서 마음이 차분하지 않으니 다시 제대로 답장하겠다는 양해의 말을 실어 부쳤다.

히가시야마 씨한테서 다이세쓰산*이 그려진 엽서에 간단한

* 홋카이도 중앙부에 위치한 화산군. 십여 개의 높은 봉우리가 이어져 있다.

답장이 왔고 그렇게 서간 왕복은 마무리되었다.

그후로 줄곧 그에게 보낼 답장을 쓰지 못하고 있다.

나는 산세이도 서점의 문구 코너에서 고른 편지지를 펴고 양볼에 손을 댄 채 한숨을 쉬었다.

겐분 씨를 보며 웃을 일이 아니다. 나는 편지 한 장 쓰지 못하면서.

하지만 오늘은 답장을 끝까지 써야 한다.

히가시야마 곤자부로 님

오랜만에 소식 전합니다.

잘 지내시나요?

저는 그럭저럭 도쿄에 적응했습니다.

이어받은 헌책방 일은 제 조카의 딸인 미키키라는 대학원생 아이가 도와주고 있습니다.

헌책방 위층에는 츠지도 출판사가 있어서 그곳의 사장님을 비롯해 다른 직원들에게도 여러모로 도움을 받고 있답니다.

이웃에는 우리와 비슷한 헌책방과 카페가 있는데, 이분들 또한 무슨 일이 생기면 흔쾌히 저를 도와주십니다.

어제까지 쓴 건 이 정도다. 이만큼을 쓰는 데도 일주일이나 걸렸다.

그후로 나의 펜은 묵묵부답이다.

누가 보면 내가 편지 쓰기를 귀찮아하는 경우 없는 사람 같겠지만 평소에는 그렇지 않다. 오히려 글 쓰는 걸 좋아해서 편지를 쓰는 것도 받는 것도 무척 좋아한다. 홋카이도에 있는 친구들과는 최근 들어 메일도 자주 이용하지만 소꿉친구인 가즈코나 직장 동료였던 스즈코 씨와는 수시로 편지를 주고받는다.

히가시야마 씨에게 보내는 편지를 쓸 때뿐이다, 이렇게 펜이 움직이지 않는 건…… 오늘은 어떻게든 쓰고 말겠다고 억지로 움직여본다.

뭐, 이상하면 나중에 지우면 되지. 이것을 초고라고 결론내리기로 했다.

책방에는 오빠가 남긴 책이 많고, 고엔지의 집에도 엄청난 양의 장서가 있습니다.

아무튼 지금은 이 책들을 책방 앞에 내놓고 조금이라도 정리하려고 노력중입니다. 하지만 하루에 팔리는 책은 극히 일부라 전혀 줄어든 것 같지 않습니다. 참 난감하네요.

난감하네요, 라고 쓰고 나서 문득 생각했다.

나는 정말로 난감해하고 있나?

홋카이도에서 도망이라도 치듯 급히 도쿄로 왔다. 처음에는 아무런 목표도 정하지 않은 채 그저 세상을 떠난 오빠를 대신해 책방 문을 열고 재고를 처분하려고 시작했다.

그런데 지금은?

아니야, 이런 생각에 빠지면 전혀 진전이 없잖아. 일단 마음 한구석에 밀어놓고 편지를 마저 쓰자.

그래도 역시 도쿄가 꽤 살기 좋은 도시라는 건 인정하지 않을 수 없네요. 특히 혼자 사는 사람에게는…… 맛있는 음식도 많고(물론 홋카이도도 그렇지만) 퇴근길에는 백화점에 들르거나 영화관에 가는 등 이런저런 재미가 있어요. 근처에 미술관도 많아서 부담 없이 들를 수도 있답니다. 동네 사람들이나 미키키의 제안으로 소극장에 연극을 보러 가기도 하고 라쿠고를 감상하러도 가고…… 어쩌면 저는 오랜만에…… 아니, 태어나서 처음으로 청춘을 보내고 있는 것 같기도 해요.

요즘은 진보초와 고엔지뿐 아니라 다른 동네에 가는 길도 익혔습니다. 특히 좋아하는 곳은 도고시라는 동네인데, 도쿄에서 그 규모로 일이 등을 다툴 만큼 큰 상점가가 있답니다. 이 상점가라는 게 또 도쿄다운 풍경인 것 같아요. 오밀조밀한 상점들이 수없이 이어져 있어 그 길을 아무리 걸어도 질리지 않습니다. 그곳에 가면 단돈 390엔에 도시락을 살 수 있는 반찬가게가 있는데 맛도 아주 좋아요. 걷다가 지치면 저는 그 앞의 카페에 들어가 멍하니 가게를 바라봅니다. 다들 활기차게 일해서 그 모습을 보는 것만으로도 마음이 편안해진답니다.

그 가게에는 다카코라는 분이 일하고 있습니다.

거기까지 쓰다가 화들짝 놀랐다.

내가 지금 뭘 쓰는 거지? 히가시야마 씨와는 아무 상관도 없는데. 나는 마지막 문장에 일단 두 줄을 그어 삭제했다.

하지만 잠시 생각하고는 다시 같은 문장을 옆에 적었다.

피할 수 없는 것이다.

왜냐면 오빠의 죽음, 히가시야마 씨와 히가시야마 씨의 아내, 그리고 다카코 씨, 나, 다카시마 헌책방, 홋카이도, 미키키…… 모두가 이어져 있으니까.

그 가게에는 다카코라는 분이 일하고 있습니다.

이름이 다카코라는 걸 어떻게 알았는가 하면, 제가 그 가게에 몇 번이나 갔었고 가게 직원이 그분을 그렇게 부르는 걸 들었기 때문이에요. 어떤 한자를 쓰는지는 아직 모릅니다. 다카코貴子인지 다카코孝子인지, 아니면 다카코多佳子인지……

어느 쪽이든 다카코 씨는 참 멋진 사람이에요. 나이는 쉰 살 정도인 것 같고요. 하지만 요즘 사람들은 다들 젊어 보이니 사십대로도 보입니다. 살짝 까무잡잡한 피부에 야무진 이목구비가 돋보이는 분입니다.

다카코 씨가 일을 끝마치는 시간은 저녁 여덟시예요. 자녀분이 이미 대학생이라 집에 일찍 가보지 않아도 된다고 해요.

이름만이 아니라 그런 것까지 어떻게 아느냐 하면, 다카코 씨의 일이 끝나는 걸 확인하고 조용히 뒤따라간 적이 있기 때문이에요. 마시던 커피를 내려놓고 말이죠.

그리고 같은 상점가 안의 청과물가게에서 스치듯 자연스럽게 인사를 했습니다. 이미 그때는 몇 번인가 반찬가게에서 음식을 사 간 적이 있었기에 다카코 씨도 저를 알아보는 듯한 얼굴로 인사했어요. 거기서 저는 미천한 연기력을 최대한 발휘해 그때 처음 알아봤다는 척을 했습니다.

"아, 키친 사쿠라 분이시죠? 맞네요. 어디선가 뵌 적이 있다 싶어 저도 모르게 인사를 해버렸네요."

저는 스스로를 비웃듯이 웃었어요. 아주 자연스러웠죠. 그렇게 그분을 미행한 저 자신에게 진심으로 기가 막혔으니까요.

"항상 저희 가게를 찾아주셔서 감사합니다."

누군가 그런 식으로 말을 걸어오는 일이 익숙한지 다카코 씨는 경계심 없이 싹싹하게 대답했어요.

"지금 퇴근하세요?"

"네. 방금 끝났어요."

참 친절하신 분이었습니다. 내가 의도를 갖고 접근한 것도 모르고……

"수고하셨어요. 이 시간에 가면 자녀분은 괜찮나요?"

"네. 이제 작은 아이도 대학생이라."

"그래요? 다행이군요."

그러고는 서로 "그럼 안녕히 가세요" 하고 인사를 나누고 헤어졌습니다. 실은 좀더 얘기하고 싶었지만 안면이 있는 점원과 나누는 대화는 그 정도가 최선이라고 생각했어요.

그래도 덕분에 저는 다카코 씨에게 이미 대학생쯤 되는 장성한 자녀가 두 명 이상 있다는 사실을 알게 되었습니다. 결혼반지는 끼고 있지 않았어요. 다카코 씨의 손가락은 트거나 거칠지 않았지만 울뚝불뚝한 모습이 지금껏 매우 열심히 일해온 손가락이었습니다.

여기서 나는 일단 펜을 멈추고 잠시 숨을 내쉰 뒤 마음을 가다듬었다.

그리고 용기를 내 다시 쓰기 시작했다.

대체 왜 제 집에서도 일터에서도 멀리 떨어진 작은 반찬가게의 아르바이트 직원 얘기를 이리 장황하게 들려주는지 궁금하시죠?

실은 그분이 죽은 제 오빠가 좋아했던 사람이 아닐까 생각하고 있습니다. 아니, 아마 그럴 거예요.

저는 뜻하지 않게 그 일을 알게 되었어요. 게다가 가정이 있는 분이라는 것도.

그분을 따라가다보면 답이 나오지 않을까 생각했습니다.

히가시야마 씨로부터 생각지도 못한 제안을 받아 저는 무척……

여기서부터 다시 손이 멈춰버려 한 시간 가까이 아무것도 쓰지 못했다.

결국 포기하고 만년필의 뚜껑을 닫았다. 눈가를 비빈다.

시계를 보니 자정이 지나 있었다. 헌책방 문을 아침 일찍 여는 것도 아니고, 나이를 먹어 잠이 별로 없어졌어도 이제는 자야 한다.

📖 📖 📖

오늘은 아침부터 고토다 교수님의 중고문학 강의가 있고, 그후 계속해서 세미나가 이어진다. 나는 작은 강의실에 들어가 제일 뒷좌석에 앉았다. 이 강의는 학부생과 대학원생이 공통으로 들을 수 있고 수강생은 열 명 정도다. 그렇더라도 학부생 중심이라 나 같은 대학원생은 구석에서 얌전히 묻어가는 분위기다.

강의 텍스트는 『쓰쓰미추나곤 모노가타리』*의 「연상」이었다.

내용은 수수한 편이라 『쓰쓰미추나곤 모노가타리』에 함께 실린 「벌레 좋아하는 아가씨」나 「그을음」과 비교하면 덜 유명하다. 하지만 교수님의 설명을 듣다보니 그런 밝은 이야기와는 다른 매력이 보이기 시작했다.

천황의 아내인 중궁(혹은 후궁)의 거처에 남동생인 중장이 찾아온다. 무료함을 한탄하는(요컨대 최근 천황의 마음이 멀어졌다는 푸념) 누나를 위로하기 위해 좋은 향이 나는 향단지

* 헤이안시대 후기에 쓰인 작가 미상의 이야기 모음집.

를 가져온 것이다. 그녀를 위해 향기를 피우고, 그 자리에 있던 이들 중 중장과 궁녀 두 사람은 할일이 없어 따분해하는 중궁을 위해 서로 이야기라도 들려주자는 분위기로 흘러가는데……

수업을 듣던 중 이 이야기의 구조가 가나토 씨에게 추천했던 「삼인법사」와 같다는 것을 깨달았다. 두 이야기 모두 한자리에 모인 세 사람이 각자의 이야기를 들려준다는 플롯이다.

고토다 교수님의 목소리를 들으며, 그러고 보니 그후로 가나토 씨가 추천받은 그 책에 대해 별로 언급하지 않았구나 싶어 살짝 불만스러운 생각이 든다.

딱히 상관은 없지만, 그래도 인사치레 정도는 할 수 있지 않나?

며칠 전에 갔던 바에서 '책병'에 대해 얘기했는데, 집에 갈 무렵 그가 "지금 한 이야기 제가 써도 될까요?" 하고 몹시 흥분한 듯 말했다.

"지금 한 이야기요?"

"책병이요. 제가 다음 소설에 써도 될까요?"

"상관은 없지만……"

"SF 스타일로 책병에 관한 이야기를 써보고 싶어요."

"전 괜찮은데 혹시 SF 써본 적 있어요?"

"없는데요."

"이것저것 확실히 조사할 게 많을 거예요."

"책병이 유행한 지 삼십 년 후, 마침내 유행이 종식되고 완전히 봉쇄했던 도서관을 개방하는 시점부터 시작하면 어떨까요. 아니면 보리스 비앙의 『세월의 거품』을 연상시키는 이야기는 어떠려나……"

그는 이미 내 쪽을 거의 보지 않고 있었다. 나에게 말하고 있다는 의식조차 저멀리 날아간 듯 가게를 나오더니 혼자 중얼거리며 제대로 인사도 하지 않고 돌아갔다.

"뭐지? 내가 무례한 말이라도 했나?"

중간까지 바래다준 겐분 씨가 마음에 걸리는 듯 말했지만, 나는 "그 사람은 전혀 배려해줄 필요가 없어요!" 하고 살짝 퉁명스럽게 대꾸해버렸다. 가나토 씨의 잘못일 뿐 겐분 씨는 아무 상관도 없는데 내가 실수했다.

아니지, 그날 밤의 기억을 가나토 씨 때문에 망칠 필요는 없다. 굉장히 즐거운 시간이었으니까.

도널드 킨 선생이 앉았던 의자에도 앉아보고.

카운터석에 앉아 있던 편집자들이 돌아가고 난 뒤에는 사장님이 "이쪽으로 옮길래요?" 하고 권해서 다 같이 더 많은 대화를 나눴다.

겐분 씨가 여러 가지를 물어봐준 덕에 사장님한테서 진보초에 대한 얘기를 들을 수 있었다.

"진보초의 카페라면 역시 미롱가와 라드리오죠."

"미롱가의 전신인 랭보에서는 수필가 다케다 유리코 씨가 미혼이던 시절에 아르바이트를 했다고 해요."

"그 시절에는 미시마 유키오와 엔도 슈사쿠, 요시유키 준노스케 같은 쟁쟁한 작가들이 드나들었죠."

"와."

"진보초의 문단 바는 현재 어떤 상황인가요?"

"인어의 비탄과 촛대라는 곳이 유명했는데요, 지금은 둘 다 폐점해서……"

그런 얘기를 두런두런 들을 수 있는 근사한 시간이었다.

문단 바에 대한 얘기는 나중에 다시 제대로 듣고 싶다.

카페나 바를 운영하는 건 참 멋진 일이구나. 나도 조금은 동경하는 삶이다. 다카시마 헌책방에서 손님에게 차를 대접하고 책 얘기를 나누는 건 굉장히 즐거운데, 뭔가 더 할 수 있는 게 없을까……

"……미키키, 미키키 학생!"

멍하니 그런 생각에 잠겨 있는데 고토다 교수님의 목소리가 들려 화들짝 고개를 들었다.

"네."

"「연상」은 세 명의 인물이 차례대로 이야기를 들려주는, 고전에 자주 등장하는 구조인데요. 마지막에 상황이 일변하죠. 이 전개에 대해 어떻게 생각하나요?"

"네?"

이 강의는 학부생 중심이라 대학원생이 지목되는 경우가 좀처럼 없다. 무엇보다 고토다 교수님은 학생을 지명해 질문하는 일이 거의 없다. 어젯밤에 대강 한번 텍스트를 훑어보긴 했지만 교수님이 말한 상황의 변화는 전혀 알아채지 못했다.

"아, 그게 그러니까…… 모르겠습니다."

실수로 건너뛰고 읽었는지도 모르겠다.

"죄송합니다."

조그만 목소리로 사과하자 교수님은 나를 보며 눈을 깜박인 뒤 한숨을 쉬었다. 나 말고는 거의 아무도 눈치채지 못할 정도로 아주 작은 한숨이었다.

"……마지막 한 문장이죠. 이 작품은 천황이 처소에 오지 않아 무료해진 중궁을 위로하기 위해 뭔가 재미있는 이야기를 하자는 취지로 시작하고 있어요. 맨 처음 중장이 들려주는 이야기는 그나마 밝은 미래를 예측하게 하는 한편, 다른 두 사람이 이어서 하는 이야기는 점점 울적해지고 숙연한 분위기가 감돌죠. 그러나 마지막에 '천황이 이리로 오신다'라는 문장이 나오고, 갑자기 처소에 천황이 방문합니다. 천황이 더이상 찾지 않는 중궁의 침소 내 우울한 상황이 점점 더 무거워지다 단 한 문장으로 모든 것이 싹 바뀌는 거예요. 현대 소설에서도 좀처럼 보기 드문 훌륭한 구조라 할 수 있겠습니다."

그후 세미나도 끝나고 강의실에서 나가려던 나를 교수님이 불러 세웠다.

"조금 전에는……"

무심코 사죄를 하려는데 교수님이 먼저 "아까는 실례했습니다" 하고 말했다.

"아닙니다……"

"미키키 학생이 플롯을 읽어내는 실력이 뛰어나니까 그 작품을 어떻게 느꼈는지 궁금해서 나도 모르게 그런 질문을 하고 말았네요."

나에게 창피를 주었다고 사과하는 것이다. 그 말에 스스로가 한심해져서 나는 절로 고개를 숙였다.

"그런데 요즘 수업에 집중을 못하고 있지 않나요?"

"아……"

"학교 내에서나 도서관에서도 잘 안 보이는 것 같고."

그건 그렇다. 수업이나 세미나가 끝나면 다카시마 헌책방으로 직행하고 있으니.

"작년에도 얘기했지만 석사 기간은 단 이 년입니다. 작년에 제출했던 『한밤중에 깸』* 레포트는 대단히 훌륭했는데, 그걸 능가하는 석사논문을 쓸 수 있겠습니까?"

교수님이 말하지 않아도 알고 있었다. 확실히 그간 연구 쪽을 소홀히했다.

"잘했다고 칭찬받았으니 거기에 좀더 보태서 석사논문을 완성하려는 생각은 아니겠죠?"

나는 정곡을 찔려서 대답할 수 없었다.

"물론 그렇게만 해도 석사 수료는 할 수 있을 겁니다. 하지만 대학원에서 보내는 소중한 이 년의 시간은 무엇을 위해서일까요?"

평소 온화해서 따끔한 질책은 하지 않는 교수님의 말에 나는 온몸에서 핏기가 가시는 걸 느꼈다.

내가 아무 말도 못하는 걸 보고 자신의 말이 너무 엄했다고 느꼈는지 교수님은 "작년에 너무 훌륭해서 기대가 컸는지 그만 심한 말을 하고 말았네요. 미안합니다" 하고 또 사과했다.

---

* 11세기에 쓰인 왕조물. 『겐지 모노가타리』의 아류작 중 하나다.

📖 📖 📖

바로 앞에서 책을 고르던 겐분 씨가 크게 한숨을 쉬고는 읽던 책을 탁 덮었다.

바로 앞이라고 해도 계산대와 책장 사이에 사람이 지나갈 만한 통로가 있으므로 계산대에 있는 나와 그의 사이에는 2미터 정도 거리가 있다. 그만큼 떨어져 있어도 들릴 만한 한숨이었다.

"산고 씨는 그 청년에 대해 어떻게 생각하세요?"

"응?"

나는 나대로 며칠 전 히가시야마 씨에게 쓴 편지를 생각하느라 그런 갑작스러운 질문에 놀랐다.

"그 청년?"

편지는 사흘 전에 우체통에 넣었다. 이미 그가 있는 곳에 도착했을 테다.

"그 청년 말이에요."

요즘 겐분 씨 또래는 '청년'이라는 말을 잘 안 쓰지 않나 싶어 이상했다. 소세키가 살던 시절 사람 같다.

"겐분 씨도 청년이잖아?"

"아, 실례했습니다. 저보다 어려서 청년이라고 했어요. 소년이라고는 할 수 없으니까."

"역시 가나토 씨 얘기겠지?"

겐분 씨는 책을 책장에 도로 꽂고 내 쪽으로 성큼성큼 걸어왔다. 그 기세가 대단해 책장의 책들이 그의 옷에 부딪혀 떨어지지 않을까 걱정될 정도였다.

"역시라는 건…… 산고 씨도 그 사람을 신경쓰고 계셨던 건가요?"

"아니, 신경쓰다니. 최근 우리 책방에 오기 시작한 젊은 사람이라면 그 친구뿐이니 그렇죠."

"얼마나 자주 와요?"

"글쎄, 일주일에 두세 번?"

"그럼 거의 하루걸러 온다는 뜻인가."

"이 근방의 출판사에 드나들기도 하고, 사보우루나 브라질 같은 카페에서 글을 쓰기도 하는 모양이던데요."

"사보우루는 그렇다 쳐도, 출판사에 간다는 건 좀 수상쩍은데요. 그 사람, 아직 소설가는 아니잖아요?"

사보우루와 브라질은 녀석의 손에 들어간 건가…… 내가 가장 좋아하는 트루아바그에 오면 용서하지 않겠어, 하고 겐분 씨는 중얼거린다.

전부 진보초에서 유명한 카페다.

"글쎄. 대학 동기가 있다나, 인터넷……의 뭔가로 알게 된 사람이 오라고 했다던가."

"흐음."

"인터넷에도 소설을 올리고 있대요."

"흐음."

"최종후보에 올랐던 소설을 그 편집자 밑에서 고치고 있는 모양이에요."

"그렇다면 아직 작가 지망생이라는 거네요. 뭐가 될지 종잡을 수 없는."

"어머나. 겐분 씨, 오늘따라 꽤 날이 서 있네."

나는 하하하 소리 내어 웃은 뒤 "점심은 먹었어요?" 하고 물었다.

"아뇨, 아직…… 아, 슬슬 가야겠네요."

그가 시계를 올려다보며 말했다. 내 머리 위의 시곗바늘은 열두시 이십분을 가리키고 있었다.

츠지도 출판의 점심시간은 열두시부터 한시까지이지만 그곳은 출판사다. 점심을 제대로 먹지 않으면 풍요로운 인간이 될 수 없다는 츠지도 사장의 방침하에 전후 삼십 분은 이르거나 늦어도 지적하지 않는다고 한다. 실질적으로 두 시간에 가까운 점심시간이 허용되는 셈이다. 상사에게 정식으로 양해를 구하면 열두시부터 두 시간도 허락되는 모양이다. 물론 작가와의 미팅을 겸한 점심이라면 시간 제한은 없다.

"그럼 내가 돈 낼 테니 내 점심도 같이 사다줄래요? 여기서 같이 먹어요."

"그래도 돼요?"

"그 중화요릿집…… 요스코사이칸의 상하이식 고기 야키소바를 사다줄 수 있어요? 지금 그걸 먹고 싶은 기분인데. 괜찮다면 겐분 씨도 같은 걸로……"

"그거죠? 역사소설가 이케나미 쇼타로가 좋아했던 야키소바! 먹어보고 싶었는데 좀 비싸서 아직 못 먹어봤거든요."

갑자기 그의 얼굴에 미소가 번진다. 역시 음식의 힘은 위대하다.

나는 서랍에서 지갑을 꺼내 그에게 3000엔을 건넸다.

"상하이식 볶음면은 꼬들꼬들한 면이랑 부드러운 면 중에 고를 수 있어요. 기본은 부드러운 면을 살짝 볶은 다음에 숙주랑 돼지고기 볶은 것을 올린 거예요. 꼬들꼬들한 면은 바삭하게 튀긴 야키소바 면에 똑같은 재료를 넣어 걸쭉하게 만든 소스를 올린 거고요."

"오호."

"난 부드러운 면에 소스 얹은 것을 좋아하니까 그렇게 주문해주겠어요?"

"그렇게도 할 수 있어요?"

"요청하면 해줘요. 메뉴판에 없는 요리랄까."

"그럼 저는 꼬들꼬들한 면으로 할게요."

조금 기운이 났는지 그의 뒷모습이 가벼웠다.

점심 먹기 전에 몸을 좀 움직이자 싶어 책 정리를 하고 있는데 책방의 전화가 울렸다. 무슨 일이지? 하고 수화기를 들어보니 방금 전에 나간 겐분 씨의 전화였다.

"산고 씨! 가게 점원이 그러는데, 포장일 경우에는 부드러운 면에 소스를 올릴 수 없대요. 질퍽해져서."

"저런."

"부드러운 면에 소스는 빼고 그냥 기본으로 할까요?"

"물론, 그래도 좋죠."

요스코사이칸은 인기 식당이라 포장도 다소 시간이 걸린다. 이십 분쯤 지나서야 겐분 씨가 돌아왔다.

"주문하신 대로가 아니라 죄송해요."

"괜찮아요. 내가 괜히 주문을 번거롭게 해서 신경쓰게 만들었네."

이왕 함께 먹는 거 접시에 반씩 덜어서 나눠 먹자고, 우리는 누가 먼저랄 것 없이 그렇게 의견을 냈다. 나는 백야드에서 앞접시를 꺼내 와 먹기 전에 음식을 나눴다.

요스코사이칸에서는 늘 매장에서 먹었기에 포장 주문을 한 건 처음이다. 포장을 하면 이런 면류는 동그란 플라스틱 용기에 담는 것이 일반적인 줄 알았는데 이곳은 전혀 다르다. 꼬들꼬들한 면은 과자처럼 비닐봉투에 들어 있어 소스를 뿌리기 전까지 바삭함이 유지된다. 궁리를 많이 했구나 싶어 감탄했다. 그 위에 뿌리는 걸쭉한 소스와 부드러운 볶음면은 포장지로 싼 네모난 종이상자에 담겨 있다. 노포답게 모든 것이 정성스럽고 조금 색달랐다.

우선은 부드러운 면부터 손을 댄다. 가볍게 볶은 가느다란 면 위에 돼지고기, 숙주, 양파 등의 채소 볶음이 올라가 있다. 간단해 보이는 요리지만 감칠맛과 풍미가 깊었다.

"맛있네요."

야키소바를 입안 가득 넣은 겐분 씨가 감탄을 금할 수 없다는 듯 중얼거렸다.

"정말 맛있네. 역시 미식가인 이케나미 선생이 좋아할 만하죠?"

"그렇네요."

"작가님이 책에 쓰셨던 가게는 몇 군데 갔었는데 전부 맛있었어요. 하나부사나 이세겐에는 가본 적 있어요?"

"아뇨."

"나도 아직 못 가봤어. 다음에 다 같이 가요."

나이를 먹으면 이성에게도 아무 거리낌없이 뭔가를 권할 수 있어 좋다. 그도 기쁘다는 듯 "꼭 가요" 하고 고개를 끄덕인다.

"저는 그거요. 『오니헤이 한카초』*에 나오는 한 가닥 우동, 그거 먹어보고 싶어요."

"사발에 굵고 기다란 우동 한 가닥이 들어 있는 거 말이죠?"

"네. 궁금해서 찾아봤더니 가게가 한번 문을 닫아서 역사가 중간에 끊겼더라고요. 그런데 다시 간사이 지역에서 부활한 모양이에요."

"가보고 싶네."

"그러려면 여행을 해야겠네요."

"문학 속 음식으로 말하자면 오카모토 가노코의 『초밥』이라는 작품이 있어요."

"오카모토 가노코? 오카모토 다로**의 어머니인가요? 죄송해요, 제가 이름밖에 몰라서."

---

* 이케나미 쇼타로의 역사소설. 에도시대를 배경으로 한 협객 수사물이다.

** 일본의 예술가. 1970년 일본 만국박람회에서 선보인 '태양의 탑'을 디자인했다.

"이름만 알아도 대단한 거예요. 그 『초밥』 속에 편식하는 아이가 나와요. 날생선을 못 먹는."

"오호, 그렇군요."

"나도 어릴 적에 생선회를 별로 좋아하지 않았거든. 그런데 학생 때 그 작품을 읽고는 문득 '초밥이 먹고 싶다'라고 생각했어요. 그러고 나서 날생선을 먹을 수 있게 되었죠."

그렇다. 그래서 미키키가 "편식하는 아이가 등장하는 근대문학, 가능하면 전쟁 전의 작품이 있을까요?" 하고 물어왔을 때 금방 대답할 수 있었다.

"소설이 산고 씨의 편식을 고쳐준 건가요?"

"그렇죠."

"굉장하네요."

"뭐, 때마침 그런 시기였는지도 모르죠. 신체도 미각도 성숙해져서 슬슬 초밥을 먹을 수 있게 된 시기에 때마침 그 이야기가 나에게 나타났던 것일지도."

그날의 일을 똑똑히 기억한다.

고등학교 3학년의 여름이었다.

학교 도서관에서 빌린 『초밥』을 내 방에서 읽고 있었다. 책 속에 나오는 초밥이 무척 맛있어 보였고, 고개를 들었더니 바로 앞 창문에는 반짝반짝 빛나는 여름 햇살이 비치고 있었다.

그 순간 '먹을 수 있다, 나는 초밥을 먹을 수 있어' 하는 생각이 자연스레 들었다.

"인생에 필요한 소설이나 책은 우리가 찾는 게 아니라 그쪽에서 찾아오는 걸지도 몰라요."

겐분 씨는 한숨을 쉬었다. 그것이 식사에 대한 만족감인지, 자신의 사랑에 대한 한숨인지는 알 수 없었다.

"어떻게든 될 거예요."

나도 모르게 그렇게 말했다.

"네?"

"겐분 씨의 연심."

"연심이라니, 너무 옛날 말 아닌가요." 그는 이렇게 말하면서 살짝 얼굴을 붉혔다. 쑥스러움을 감추려고 괜히 투덜대는 것일지도 모른다.

"될까요?"

"이런 일은 될 수밖에 없어요."

"미키키 씨가 무슨 생각을 하고 있는지 잘 모르겠어요."

"그렇군요."

"어떻게 생각하세요? 산고 씨는."

"글쎄."

나는 꼬들꼬들한 야키소바 쪽에 손을 뻗으며 생각한다.

"아마 지금 미키키는 그런 일에 전혀 별생각이 없을 것 같아요."

"그래요?"

"네. 지금은 자기 일로도 머리가 꽉 찼으니까. 진로 문제도 있고요."

"그런가…… 하지만 상대방의 사정을 생각해서 기다리다가 다른 사람한테 뺏길 수도 있잖아요."

그에게 이미 그런 경험이 있었는지도 모르겠다.

"……잘 먹었습니다. 안 그래도 요즘 지갑이 비상이었는데, 감사합니다."

"어머, 돈이 없는데 H바에 갔었던 거예요?"

"아뇨, 그때 돈을 써서 지금 없는 거예요. 가나토 씨의 몫까지 내느라."

"어머나 저런. 미키키의 몫도 겐분 씨가 내고? 그건 내가 대신 계산할게요."

"아닙니다."

그가 눈앞에서 손을 저었다.

"처음부터 미키키 씨 몫까지 제가 내려고 했어요. 아직 학생이니까. 다만 가나토 씨까지 따라올 거라곤 생각하지 못했던 것뿐이에요."

나는 지갑을 꺼냈지만 그는 끝까지 사양했다.

"그것만은 받을 수 없어요. 저도 좀 잘 보이고 싶어서 전부 내겠다고 한 거였으니까요. 이 야키소바만으로 충분합니다."

"정말? 왠지 미안하네."

이건 미키키에게도 주의를 줘야겠다고 생각하면서 문득 깨달았다.

"그럼, 잠깐만 기다려요."

나는 그 위치를 기억해내곤 책장에서 한 권의 책을 찾아 꺼내 왔다.

"뭔데요?"

"이걸 겐분 씨에게 증정하겠습니다."

살짝 익살을 부리며 표창장이라도 수여하듯 정중하게 건넸다.

"어? 『마차를 사고 싶어!』…… 가시마 시게루 지음?"

그도 가벼이 인사를 하고 받아든다.

"그 책은 발자크나 빅토르 위고 시절 청년들의 경제적 형편과 당시의 풍속을 그린 책이에요. 아주 재미있어요."

"오, 그렇군요."

"그 시절에는 마차가 없으면 여성을 유혹할 수도 없었어요. 상류층 여성에 국한된 경우지만요. 귀부인을 밖에서 걷게 할 순 없었겠죠. 그것도 이런 드레스를 입고서."

나는 겐분 씨에게 내 치마를 잔뜩 부풀려 보였다.

"도로 사정도 나빴겠죠? 파리의 거리는 늘 질퍽거리고 진흙탕인데다 쓰레기와 오물투성이였다고 하니까."

"아, 들어본 적 있어요. 다들 오물을 창밖으로 내던졌었다고. 하이힐은 옷자락을 더럽히지 않기 위해 생겨났다는 설도 있죠."

"맞아요. 그래서 지방에서 올라와 새로운 운명을 개척하려는 청년들이 마차를 조달하기 위해 눈물겨운 노력을 해요."

"일리 있네요."

그는 곧바로 책을 펼쳐 일러스트를 열심히 보았다.

"혹시 마차가 그걸까요? 현대로 말하자면 자동차나 자가용 같은. 예전에는 대학생들이 차를 사려고 고생했다고 들었어요."

"네, 그런데 마차는 훨씬 더 힘들었겠죠. 마차 자체도 비싼데 거기다 말과 마부까지 있어야 하니까."

"정말 그렇네요."

그는 웃었다.

"지금처럼 자동차나 전철이나 버스로 이동할 수 있는 건 복받은 일이네요. 자전거도 얼마나 편해요."

"맞아."

"좀 괜찮은 자전거나 오토바이를 사면 인기가 있을……지도 모르겠네요. 저희는 시대에 감사해야겠는걸요."

"바로 그 마음가짐!"

"그럼 저도 바에서 술값을 계산한 정도로 투덜대면 안 되겠는데요."

"아니, 그런 게 아니라…… 겐분 씨는 미키키에게 너무 물러요. 다음에는 같이 내도록 해요."

"하지만 저는 사회인이잖아요. 미키키 씨는 대학원생이니까."

"여기서 일하면서 아르바이트비 받고 있는걸."

다음에는 서로 그런 부담 없이 만나요, 하고 나는 말했다.

"결국 지방에서 올라온 청년들은 어떻게 해서 마차 살 돈을 마련했을까요? 발자크나 위고처럼 인기 있는 소설가가 돼서 한밑천 잡을 수밖에 없었나요?"

"글쎄, 어땠을지. 어쨌든 지금보다 훨씬 힘들었겠죠."

겐분 씨가 앉은 자리에서 책을 읽기 시작하자 책방은 다시 고요해졌고, 나는 싫어도 어쩔 수 없이 내가 쓴 편지를 떠올리게 되었다.

히가시야마 씨에게 생각지도 못한 제안을 받아 저는 무척 기뻤습니다.

하지만 그 제안은 도저히 받아들일 수 없는 것이었어요.

전부 솔직하게 말씀드릴게요. 저는 히가시야마 씨를 줄곧 사모했습니다. 아내분이 살아 계시던 무렵부터……

그런 제가 어떻게 이제 와서 뻔뻔하게 히가시야마 씨와 교제할 수 있겠어요.

책방 미닫이문이 열리는 소리가 나서 나는 입구 쪽을 쳐다보았다.

그리고 숨을 삼켰다.

"……참, 산고 씨. 그러고 보니 갑자기 생각났는데요, 세상에서 가장 짧은 편지가 뭔지 아세요? 그것도 아마 위고의 글인데 돈에 관한 내용이었어요. 물음표 하나만 출판사에 적어 보냈대요. 그에 대한 답장 역시 느낌표 하나였고요. 자, 이건 어떤 의미일까요?"

손님이 온 걸 알아차리지 못한 겐분 씨의 평온한 목소리가 책방에 울린다. 바에서 가나토 씨에게 당했다며 울적해하던 기분이 이제야 풀린 듯하다.

젊음이 좋다. 나는 벌써 몇 번째 그런 생각을 한다. 맛있는 것을 먹고 좋은 책을 읽는 것만으로도 어느 정도 마음이 회복된다.

설령 이번 사랑이 이뤄지지 않더라도, 아직 얼마든지 사랑은 찾아올 테니까.

"저기, 산고 씨……"

겐분 씨가 마침내 책방 안의 분위기가 달라진 것을 알아차리고는 고개를 들어 나와 손님의 얼굴을 번갈아 보았다.

"이런 뜻이겠죠. 빅토르 위고가 쓴 편지의 물음표는 '레 미제라블, 잘 팔립니까?' 그리고 답장의 느낌표는 '잘 팔리고 있습니다!'"

나를 대신해 손님이 대답했다.

"아, 맞아요……"

겐분 씨가 왠지 작아진 소리로 답했다.

"산고 씨, 오랜만입니다."

그가 겐분 씨에게서 시선을 돌리고는 나를 바라보며 나직이 인사했다.

"오랜만이네요."

나는 떨리는 목소리로 대꾸했다.

📖 📖 📖

고토다 교수님에게 지금껏 들어본 적 없는 따끔한 질책을 받은 뒤, 나는 어김없이 진보초역에 내려서 있었다.

목적지도 없이 어슬렁어슬렁 걷는다. 스즈란 거리로는 들어가지 않고 고분칸 서점 앞을 지나 메이린칸 서점, 잇세이도 서점, 사와구치 서점이 줄지어 있는 길을 돌았다. 신간과 헌책 할 것 없이 진보초의 과거와 현재가 뒤섞인 서점가를 거닐고 서점 앞 책장을 별 생각 없이 구경하며 배회했다.

마지막으로 산세이도 서점에 들어가 베스트셀러와 잡지 코너를 살펴본다. 평일인데도 사람이 많다.

신간 도서가 있는 서점에는 헌책방과는 또다른 차분함이 감돌았다.

마침내 마음이 평온해지자 나는 산세이도 서점 일층 뒷문을 통해 밖으로 나갔다. 뒷문이 스즈란 거리로 연결되어 있어 다카시마 헌책방까지 금방이다.

역시 가는 수밖에 없다. 내가 있을 곳인 다카시마 헌책방으로. 그곳에서 산고 할머니와 얘기를 나누고 손님과 대화하거나, 미나미 씨네 카페에 가서 커피를 마시다보면 진짜 내 감정을 알게 될지도 모르겠다.

교수님은 그걸 '도피'라고 할지도 모르겠지만.

"미키키 학생은 연구자로서는 아직 미숙합니다. 그렇다기보다, 연구자 일이 적성에 맞는지 잘 모르겠어요. 작년에 대학원에 진학하고 싶다고 했을 때 나는 굉장히 망설였습니다. 솔직히 고전을 치밀하게 조사하는 작업이나 연구에는 맞지 않다고 생각했거든요. 하지만 미키키 학생만 떠올릴 수 있는 번뜩이는 아이디어와 발상은 훌륭해요. 그리고 꾸준히 노력하는 것도 알고 있습니다. 어쩌면 그 자질들이 고전 학계에 새로운 바람을 불어넣지 않을까 해서……"

고토다 교수님의 마지막 말이 나를 계속해서 채찍질한다.

지금은 더이상 생각하고 싶지 않다.

어쨌든 다카시마 헌책방으로 가자.

나는 샛길을 돌아 책방 앞으로 갔다. 깊이 숨을 내쉬고 드르륵 문을 열었다.

웬일로 벌써 손님이 두 명 있었다. 한 사람은 겐분 씨다. 테이블 위에 접시가 놓여 있는 것으로 보아 오늘 여기서 밥을 먹은 모양이다.

그는 내 얼굴을 보더니 소리 없이 입을 뻐끔거렸다. 대체 무슨 일이지 싶어 다른 손님을 보았다.

키가 큰 할아버지였다. 뒤에서 보기엔 그것밖에 알 수 없었다. 오른손에 작은 보스턴백을 들고 있다. 그는 산고 할머니를 지그시 바라보는 듯했고, 할머니는 손을 앞으로 맞잡은 채 그런 그를 올려다보고 있었다.

"안녕하세요!"

나는 두 사람에게 들리게끔 크고 밝은 목소리를 냈다.

"……아, 미키키."

마침내 산고 할머니가 나를 알아차렸다.

그때 그 손님이 처음으로 뒤를 돌아 내 쪽을 보았다. 백발이 섞인 머리가 짧고 단정하다. 강하고 예리하면서도 다정한 눈빛을 가진 분으로 보였다. 살짝 기린을 닮은 것 같기도 하다.

홋카이도를 무대로 한 영화에 자주 나왔던 배우를 조금 닮았다. 이름이 뭐였더라……?

"제 조카의 딸 미키키예요. 미키키, 이쪽은 홋카이도에서 온 친구 히가시야마 씨."

산고 할머니는 간단하게 소개했을 뿐이지만 나는 어렴풋이 알 수 있었다.

굉장히 멋진 분이었다. 그가 산고 할머니를 보는 눈도, 할머니가 그를 보는 눈도 특별했다.

앞으로 다카시마 헌책방에 어떤 변화가 나타나리라는 예감이 확실하게 들었다.

최종화 ___________ 『빛나는 날의 궁』

| 마루야 사이이치

그리고 문호들이 사랑한 맥주

수업이 끝나고 와주기로 한 미키키를 기다리면서 나는 책방 청소를 하고 있었다.

미키키와 교대하고 나서 히가시야마 씨와 만나기로 했다.

"제가 서둘러 갈게요. 수업 끝나면 곧장 달려갈 테니까."

그렇게 말은 했지만 오전 수업이 끝나는 건 정오이니 열두 시 반은 되어야 올 것이다.

미키키는 얼핏 보고도 우리의 관계를 파악한 듯했지만, 어제 저녁 나는 집에 가서 다시 미키키에게 전화를 걸어 히가시야마 씨에 대해 설명했다.

"그분, 히가시야마 씨요, 엄청 멋지던데요! 책도 많이 읽으시는 것 같고 너무 멋있어요!"

전부터 약간 예상은 하고 있었다. 미키키는 연상의 남성에게 거부감이 없다. 아니 오히려 꽤 호감이 있는 듯하다. 츠지도 사장과는 늘 대화가 활기를 띠고, 얘기하는 내내 싱글벙글이다. 진보초의 아저씨들과도 금세 친해진다. 지로 오빠에게 경외와 동경의 마음을 가진 것도 분명하다. 〈NCIS〉라는 해외 드라마에 나오는 마크 하먼이라는 배우를 좋아한다고도 했었다. 사진을 보여준 적이 있는데, 칠십대 은발의 신사라 깜짝 놀랐다.

"그런 분이 있는데도 홋카이도를 떠나오시다니…… 할머니, 대단해요."

미키키는 묘한 부분에서 감탄하고 있다.

"아냐, 그 사람은 그냥 친구야."

"네에에에?"

미키키의 선부른 오해를 정정하면서 대체 어떻게 설명해야 좋을지 망설인다.

내 감정을 이해해줄 수 있을까…… 무엇보다 일종의 '부정한 행위'이기도 한 이 관계에 실망하진 않을까. 미키키한테 미움받고 싶지 않다.

엄청나게 망설이다가 결국 "정말로 그냥 친구야" 같은 말을 되풀이할 수밖에 없었다.

"흐음. 그냥 친구가 홋카이도에서 놀러왔다는 거예요?"

이해가 안 된다는 목소리다.

"그렇다니까. 내일은 함께 도쿄 나들이를 할까 하는데 책방 좀 봐줄 수 있어?"

"물론이죠!"

친구라는 말에 크게 반론하진 않았지만 "수업 끝나면 곧장 달려갈게요" 하고 대꾸한 것으로 보아 내 말을 전혀 믿지 않는 모양이었다.

히가시야마 씨에게는 미키키가 학교에서 돌아올 시간을 알려주고 그때쯤 여기서 만나기로 했다.

"진보초에 와보는 게 오랜 꿈이었어요. 젊었을 때 도쿄에 몇 번 왔었지만 당시에는 그렇게까지 관심이 없어서. 그러니 오전에는 진보초를 한 바퀴 돌게요. 혼자서도 충분히 즐길 수 있어요."

그가 이따가 여기로 온다고 생각하자 어쩐지 마음이 들뜬다.

어제 그가 책방 내부를 빙 둘러보았을 때도 조금 부끄러웠다.

책방 자체는 지로 오빠가 만든 것이고, 장서 또한 오빠의 취향과 선택이라 그건 부끄럽지 않다. 다만 책방 청소나 책상

위 정리정돈은 이제 내 책임이었다.

"……책방 좋네요."

히가시야마 씨는 감개무량한 듯 나직이 말했지만, 책장 구석에 먼지가 쌓여 있진 않은지, 책상 위에 정리되지 않은 영수증이 수북한 걸 보고 실망하진 않을지 하는 생각에 나는 안절부절못했다.

참, 이 주변도 청소해야지. 내가 늘 앉아 있는 자리 부근에 쌓인 먼지를 먼지떨이로 탁탁 떨었다. 의자에는 지로 오빠가 놓아둔, 누군가가 손수 떠준 뜨개 방석이 깔려 있다. 이제 여름이라 덥기도 하고, 때도 타고 납작해졌다.

"슬슬 교체해도 되지 않을까?"

지로 오빠가 남긴 물건을 차마 버릴 수 없어서 줄곧 그대로 두었는데, 어디 가서 좀더 세련된 쿠션이라도 사 와야겠다.

그리고 계산하는 곳 위쪽에 걸려 있는 액자……『다마노오구시』가 든 액자를 내려서 걸레로 깨끗이 닦았다. 부끄럽지만 이곳을 정성 들여 청소하는 건 처음이다.

유리 부분을 닦고 액자를 뒤집은 순간, 거기에 '다카시마 미키키 님에게'라고 적힌 것을 발견하고 "어머나" 하는 소리가 터져나왔다.

오빠의 글씨다. 오빠는 생전에 미키키에게 이걸 넘겨주려고 생각했던 건가? 언젠가 주려고 준비해둔 걸까……? 글씨는 유성펜으로 또박또박 적혀 있다.

미키키가 출근하면 알려줘야겠다 생각하며 나는 액자를 계산대 옆에 두었다.

그때 문이 드르륵 열리는 소리가 났다.

미키키인가 싶어 고개를 들자 히가시야마 씨가 들어왔다.

"아, 아직 미키키가 안 왔어요."

나는 두근거리는 마음으로 말했다.

"괜찮아요. 헌책방들을 구경했더니 궁금한 책이 많아 그만 이것저것 사버렸네요. 그래서 일단 여기에 책을 좀 놔둘까 하고."

히가시야마 씨는 다양한 책이 묵직하게 든 비닐봉투와 에코백을 계산대 위에 놓았다.

"어느 서점에 갔었어요?"

"큰길의 잇세이도 서점 쪽으로 늘어선 가게들을 일단 한 군데씩 죽 보고…… 게야키 서점에도 갔었어요."

"저는 아직 그쪽은 안 가봤는데."

"가게 안에 근현대문학을 중심으로 한 초판본이 빼곡하게 진열되어 있더라고요. 그 안에서 제대로 움직이기도 힘들 정도로. 보고 있으니 이런저런 기억이 되살아나더군요. 아, 이 책을 읽었을 때는 아직 삼십대였는데, 나도 젊었구나, 하는. 이케나미 선생의 사인본이 있어서 살까 말까 무척 망설이다가……"

"안 사셨어요?"

"네. 이걸 홋카이도로 가져가더라도, 이제 살 날이 얼마 안 남은 인생이잖아요. 값을 떠나서 그런 가치 있는 물건이 내가 죽은 뒤에 어떻게 될까 생각하니 엄두가 안 나더라고요."

그 마음은 몹시 이해되었다.

"저도 보고 싶네요."

"이따가 같이 가볼래요?"

"그러죠."

"그럼 저는 미키키 씨가 올 때까지 다른 책방을 좀더 둘러보고 오겠습니다. 이번에는 신간 도서가 있는 산세이도 서점 같은 곳에 가볼 생각이에요."

"산세이도에 가실 거라면 여기서 뒷문을 통해서 갈 수 있어요."

가는 길을 종이에 적어 알려주자 히가시야마 씨는 여러 권의 책을 남겨두고 다시 부리나케 나갔다.

그 모습이 아주 신나 보여 나까지 기분이 좋아진다. 접이식 테이블을 펼치고 그 위로 책을 옮겼다.

"아."

어쩌면 그가 이곳에 온 목적은 책과 진보초였는지도 모른다. 나를 만나러 온 거라고 생각한 건 내 어설픈 착각일 수도 있다.

갑자기 모든 게 창피했고 얼굴이 뜨거워졌다.

"나도 참."

그런 편지를 부치자마자 그가 왔기 때문에 나와 대화하기 위해 온 거라고 생각했다. 그래서 어젯밤부터 곤혹스러우면서도 마음이 두근거렸는데, 어쩌면 그의 진짜 목적은 그저 도쿄 나들이였던 걸지도.

"주책이다."

무심코 그런 혼잣말이 연달아 나왔다.

"안녕하세요."

우렁찬 목소리가 들려 고개를 들었다. 입구에 미키키가 서 있었다.

"무슨 일 있으세요? 멍하니 계셔서…… 아, 죄송해요, 제가 늦었나요?"

"아냐, 괜찮아. 곧장 와줘서 고마워. 히가시야마 씨 지금 막 나갔는데, 오는 길에 혹시 못 만났어?"

나는 허둥대며 대답했다.

"아뇨. 못 봤어요."

"그럼 히가시야마 씨한테 메시지 보낼게, 미키키 왔다고."

나는 그에게 "괜찮으시면 저도 산세이도로 갈게요. 거기서 만날까요?" 하고 메시지를 보냈다.

"미안해. 서두르게 해서."

내가 계산대에서 나가자 미키키가 교대로 들어왔다. 미키키의 시선이 테이블 위의 책을 향했다.

"이건 손님 거예요? 매입인가요?"

"아니, 히가시야마 씨가 산 책."

"정말 책을 좋아하시네요."

함부로 집어서 살피진 않았지만 미키키는 흥미롭다는 듯 그의 책을 바라보았다.

"아, 맞다! 미키키, 이거 알았어?"

나는 계산대 옆에 놓아둔 『다마노오구시』 액자를 보여줬다.

"뭐예요?"

"이 뒤에 미키키 이름이 적혀 있었어. 아마 지로 오빠가 너에게 주고 싶었던 게 아닐까? 언젠가……"

미키키는 물끄러미 액자 뒤를 응시했다.

"내 이름이……"

"혹시 자신에게 무슨 일이 생겼을 때를 대비해 미키키에게 전달되도록 써둔 걸지도 몰라."

그때 스마트폰에서 작게 알람이 울리고 히가시야마 씨에게서 답장이 왔다. "그럼 일층 잡지 코너 근처에서 만납시다."

"미안, 나 다녀올게. 무슨 일 있으면 전화해."

액자에 대해 미키키한테서 분명한 대답을 듣지 못했지만, 나는 히가시야마 씨에게 답장을 하느라 정신이 없어 그대로 책방을 나왔다.

미닫이문을 닫으며 뒤를 돌아보자, 여전히 액자 뒷면을 가만히 응시하고 있는 미키키가 보였다.

📖 📖 📖

다카시마 미키키 님에게

대체 무슨 의미일까?

작은할아버지가 살아 계실 때, 이 액자나 모토오리 노리나가에 대해 얘기한 적은 없었다. 심지어 『다마노오구시』에 대해서도.

『겐지 모노가타리』의 주석서라서 나에게 주는 것일 수도 있다. 하지만 그렇다면 내가 대학에 입학했을 때 주셨어도 되지 않나?

대학에 입학할 때 작은할아버지는 무척 기뻐하며 나를 긴자의 미키모토 매장에 데려가 베이비펄 진주 목걸이를 사주셨다.

"아니, 이렇게 비싼 걸."

엄마 아빠도 깜짝 놀라서 작은할아버지에게 거듭 감사인사를 했다. 그러자 할아버지는 "나는 자식도 손주도 없잖아. 우리 미키키에게 이 정도는 하게 해주게" 하며 웃었다.

그 목걸이는 여전히 내 보물이다. 지금은 여름이라 거의 하지 않지만 겨울에는 니트에 맞춰서 자주 착용한다. 엄마는 비싼 것이니 특별한 때만 하라고 하지만, 어떤 옷에도 잘 어울리고 모처럼 선물받은 고급 물건인데 사용하지 않으면 오히려 그게 더 아깝다.

그건 그렇고, 산고 할머니와 그 할아버지…… 히가시야마 씨라는 분은 어떤 관계일까? 산고 할머니는 '그냥 친구'라고 강조했지만 두 분이 서로 바라보는 모습을 보면, 지금은 연인이 아니더라도 특별한 상대라는 건 바로 알 수 있다.

산고 할머니가 그렇게까지 부정하는 걸 보면 거짓말은 아닐 것이다. 하지만 그렇다면 그분은 어째서 도쿄에 왔을까? 구경하고 놀러 다니기 위해? 어제 두 분이 대화하는 걸 들어

보니 관광에 큰 목적이 있는 것 같진 않았다. "어디 가고 싶은 곳 있어요?" 하고 산고 할머니가 묻자 "산고 씨가 추천하는 곳이라면 어디든 좋습니다" 하고 대답했으니까. 그건 보통 연인 사이의 대화가 아닌가?

그렇다면 분명 산고 할머니를 만나러 온 것일 테다. 이곳에 와 자신의 마음을 전하거나 상대방의 마음을 확인하려는 게 아닐까?

생각이 거기까지 이르자 걱정스러워졌다.

그분이 산고 할머니를 홋카이도로 데려가버리는 게 아닐까?

가볍게 몸이 떨렸다.

그럼 다카시마 헌책방은 어떻게 되는 거지?

책방을 정리하는 일정이 빨라질지도 모른다. 아니면 누군가에게 위탁하거나.

그렇게 되면 나는 이대로 아르바이트를 계속할 수 있을까?

건물을 통째로 판다는 선택지도 생각할 수 있다. 분명 비싼 가격에 팔릴 것이고, 그러면 산고 할머니와 그분의 노후는 걱정이 없으리라.

그럼 이제 여기서 일할 수 없는 건가? 다카시마 헌책방은 사라지는 건가?

한편, 나는 또다른 문제가 있다는 걸 깨닫고 머리를 싸매고 싫어졌다.

엄마에게 히가시야마 씨에 대한 일을 보고했어야 하는 것 아닌가!

이러한 사태야말로 엄마가 염려했던, 혹은 알고 싶어했던 일인데 내가 말하지 않았다는 걸 알면 분명히 화를 낼 것이다.

자칫하면 이곳에 올 때마다 쓴 점심 식비와 교통비 등 이제까지 엄마가 내준 돈을 돌려달라고 할지도 모른다. 아니, 반드시 그럴 것이다. 엄마는 무엇보다 그런 것에 엄격한 사람이니까.

하아, 엄마한테 뭐라고 말하지……

그런 생각을 하고 있는데 책방 문이 드르륵 열리고 누군가 들어왔다. 그쪽으로 시선을 돌린 나는 엉겁결에 자리에서 벌떡 일어났다.

"고토다 교수님!"

내 대학원 지도교수님이었다. 그는 나와 눈이 마주치자 소심하게 미소 지었다.

"교수님, 뭐 찾으시는 책 있어요?"

"아뇨."

교수님은 시선을 떨구고 고개를 저었다.

"그럼……"

"어제는 실례했습니다."

그가 정중하게 고개를 숙이는 바람에 깜짝 놀랐다.

"아니 뭐……"

거듭된 사과에 나는 할말을 잃었다.

"말이 좀 지나쳤다고 반성하고 있어요. 이제 와서 이런 말을 해봐야 소용없지만, 미키키 학생에 대한 기대가 커서 한 말이라고 생각해줬으면 좋겠어요."

"요즘 제가 연구나 수업에 집중하지 못했던 건 사실이에요. 오히려 제가 정말 죄송합니다."

서로 마주보며 고개를 숙였다.

"실은 어제, 미키키 학생에게 그런 말을 했다고 아내에게 얘기했다가 아주 호되게 야단 맞았어요. 그런 말을 할 자격이 어디 있냐고, 고전문학을 사랑하는 젊은 학생에게 어떻게 그런 심한 말을 하냐면서."

"네."

교수님의 애처가 전설은 세미나 수강생이나 대학원생들 사이에서도 유명하다. 워낙 아내와 사이가 좋아 휴가 때마다 함께 여행한 얘기를 들려준다. 학교나 일상에서 있었던 일도 전부 아내에게 얘기하는 모양이다.

"물론 그래서 사과를 하러 왔다는 것만은 아닙니다. 진심으로 기대를 품고 있기 때문에 그 마음을 전달해야겠다는 생각과 그리고……"

교수님은 다시 조금 주저한 뒤 말했다.

"미키키 학생의 향후 진로에 대해 역시 한번은 차분하게 대화를 하는 게 좋겠다고 생각해서 왔어요."

"……네."

이번에는 내가 시선을 떨구게 되었다.

"저도 아직 뭔가를 결정한 건 아니에요. 대학원생이 취직하기란 쉽지 않으니까요."

"그렇죠. 제일 많이들 선택하는 건 역시 교원이겠죠? 미키키 학생은 다행히 교원 자격증도 있고. 좁은 문이긴 하지만 학교 선생님도 잘 맞을 거라고 생각합니다."

"글쎄요."

실은 작년에 임시 강사로 몇몇 고등학교에 수업을 하러 간 적이 있었다. 귀중한 체험이었다.

하지만 아직 그 일이 천직이라는 생각은 들지 않았다. 교직은 역시 그 일을 진심으로 소망하는 사람이 임해야 하는 직업이다.

"그리고 우리 대학의 조교가 된다는 선택지도 있습니다. 지금 당장은 자리가 없지만 아르바이트를 하면서 기다려볼 수도 있고."

"그렇군요."

"물론 일반 회사에 취직할 수도 있겠죠."

"네."

"취직할 곳을 결코 쉽게 찾을 거라고 확신할 순 없지만, 우리 학교 취업센터는 매년 상당한 실적을 내고 있습니다. 분명 진심을 다해 찾아줄 거예요. 어쩌면 미키키 학생에게 맞는 일자리가 있을지 모르죠."

나도 모르게 한숨이 나왔다. 그럴 줄 알고 있었다는 듯 교수님은 말을 덧붙였다.

"학문과 연구는 어디로 도망가지 않습니다. 일반 회사에 취직해서 인생을 경험한 뒤, 다시 학교로 돌아오고 싶어지는 경우도 있을지 모르죠. 그렇지만……"

그러다 교수님은 입을 다문 채 나를 응시하며 단호하게 말했다.

"이 책방을 이어서 하는 건 생각해본 적 없나요?"

"네?"

"그렇게 하는 게 제일 좋을 것 같다고 말한다면, 미키키 학생에게 부담이 될까요?"

"아뇨."

"그럼 뭔가 문제라도 있나요?"

"실은 저도 그렇게 하고 싶어요."

나는 내 목소리를 들었다.

귓가에 내 목소리가 닿았지만, 그 말을 내가 했다고 믿을 수 없었다.

아마 처음이었다…… 헌책방을 하고 싶다고, 입 밖으로 선언한 것은.

"하지만 어려워요. 이 책방은 제 고모할머니인 산고 씨의 소유라서요. 이 건물을 상속받았으니 매각을 하든 타인에게 양도를 하든 결정할 수 있는 건 산고 할머니예요."

"산고 씨도 미키키 학생이 그렇게 해주기를 바라고 있는 건 아닐까요? 오빠분의 책방을 헛되게 하고 싶지 않다는 마음으로 홋카이도에서 오신 게 아닌가요?"

"……글쎄요. 그런 얘기는 한 번도 못 들었어요."

나는 어쩐지 고토다 교수님에게 모든 걸 얘기하고 싶어졌다.

"게다가 무엇보다도 작은할아버지가 그걸 바라시지 않을 거예요. 만약 조금이라도 그런 마음이 있었다면 저한테 한마디쯤 해줬어도 되잖아요. 아니면 유언장에 한마디만 써줬어도…… 물론 건물이나 책방은 산고 할머니에게 남기는 게 당연해요. 그래도 그와 별개로 책방 운영은 내가 해줬으면 좋겠다든가……"

"자신의 생업을 누군가가 이어주기를 바란다는 건, 입이 가벼운 사람일지라도 직접 말로 하기에 상당한 용기가 필요하죠. 자신이 너무 이기적인 건 아닌지, 상대방을 속박하는 건 아닌지 걱정되고, 무엇보다 지로 씨에게는 미키키 학생이 딸이나 손녀가 아니라 더 어려웠을 거예요…… 그리고 유언장은 유산 상속에 대한 공적 문서죠. 거기에 그런 내용은 안 쓰잖아요."

"그렇긴 하지만, 작은할아버지가 무슨 생각을 하셨는지 저는 몰라요."

우리 사이에 한동안 침묵이 흘렀다.

"이런 죄송합니다. 제가 차도 안 드리고."

어색해진 나는 허둥대는 척하며 고토다 교수님에게 접이식 테이블과 의자를 권했다.

"여기 앉으세요. 금방 차 드릴게요."

나는 테이블에 올려져 있던 히가시야마 씨의 책들을 들고 안쪽 백야드로 들어가 차를 준비했다.

작은 냉장고에 들어 있던 보리차를 꺼내고, 교수님과 내 몫으로 두 개의 작은 찻잔에 따른다.

"미키키 학생!"

그때 고토다 교수님의 외침이 들렸다.

"미키키 학생, 미키키 학생, 미키키 학생!"

어지간히 당황하셨는지 내 이름을 연달아 불렀다.

"왜 그러세요?"

나도 깜짝 놀라며 보리차를 올린 쟁반을 들고 책방 안으로 돌아왔다.

"이거, 이거 봤나요?"

교수님은 계산대 옆에 놓아둔 『다마노오구시』의 액자를 손에 들고 있었다. 아마 의자에 앉기 전에 액자가 평소와 다른 곳에 있다는 걸 알아차리고 집어들었을 것이다.

"아, 그거요."

"여기에 미키키 학생의 이름이 적혀 있어요!"

교수님이 액자 뒷면을 보여줬다.

"네. 산고 할머니가 청소하다가 마침 발견하셨어요."

나는 교수님이 왜 흥분하는지 모르고 어리둥절한 채 테이블 위에 보리차를 놓았다.

"이 의미를 모릅니까?"

"『다마노오구시』 잖아요, 모토오리 노리나가의."

"참, 그렇지."

교수님은 액자를 손에 든 채 의자에 앉아 보리차를 마셨다.

"내가 이 얘기는 한 적이 없었죠?"

나도 찻잔을 들고 교수님 앞에 앉았다.

"『다마노오구시』의 내용이요?"

"아니, 그것도 있지만, 나와 다카시마 지로 씨의 얘기를요. 지로 씨한테는 못 들었죠?"

"네."

작은할아버지에게 들은 거라고는 O여자대학의 교수가 "꽤 괜찮다"라는 정도였다.

"옛날에…… 내가 대학생이던 시절인데요, 그 무렵부터 여기에 자주 왔었어요."

교수님은 아득한 눈빛으로 얘기를 시작했다.

"점심식사는 어떻게 할까요?"

"점심, 아직이죠?"

산세이도 서점 일층에서 얼굴을 마주하자마자 누가 먼저랄 것도 없이 그렇게 말을 꺼내는 바람에 나와 히가시야마 씨는 서로를 보며 쑥스럽게 웃었다.

"그럼 식당을 찾아볼까요?"

그렇게 말하면서 산세이도 정문 출입구에서 밖으로 나와 진보초역 쪽을 향해 걷기 시작했다.

"날씨가 좋아 다행입니다."

"조금 덥긴 하지만요."

"우리 서로 무리하지 않기로 합시다. 쉬엄쉬엄 걸어요."

"네."

진보초 거리를 히가시야마 씨와 둘이서 걷고 있다는 낯선 기쁨에 몸이 붕 뜬 기분이었다. 그는 키가 커서 보폭이 넓지만 천천히 나에게 맞춰 걷는다. 이렇게 어깨를 나란히 하고 걷는 건 처음이지 않을까.

이 시간을 오래도록 기억하고 싶어졌다.

이제 두 번 다시 없을지도 모르니까.

"오전에는 이 주변을 둘러보셨죠?"

입을 다물고 있기도 어색해서 무난한 말을 건넨다.

"네. 서점들이 전부 재미있어서 나도 모르게 푹 빠져버렸네요. 가게 앞에 빼곡히 진열된 헌책만 봐도 갖고 싶은 게 자꾸 눈에 띄고, 안으로 들어가면 또 가게별로 특색이 있더군요."

"맞아요, 헌책방은 저마다 스타일이 가지각색이니까요."

"오래된 책을 늘어놓았다는 것이 유일한 공통점 아닐까요? 그것 말고는 모든 게 다 달라요. 가게의 규모, 책장의 진열 방식이나 조명에 따라 분위기도 다르고, 무엇보다 어떤 책을 선별했는지에 따라 헌책방의 얼굴이 완전히 달라요. 이를테면 약간 오래된 희소본을 다룬다는 의미에서 사와구치 서점의 이층과 게야키 서점을 같은 분야로 묶을 수도 있겠지만, 그 안으로 들어가보면 전혀 다르다는 걸 알 수 있죠."

"맞아요."

"예를 들어 근현대 작가의 소설과 에세이의 초판본을 진열하는 게야키 서점에서는……"

히가시야마 씨가 책에 대해 말하는 한 마디 한 마디가 귀중했다. 그의 목소리가 점점 더 열기를 띠어가는 걸 느끼고 나는 너무나도 기뻤다.

그가 말한 사와구치 서점 앞을 지나갈 때, 마침 서점에서 나오던 겐분 씨와 딱 마주쳤다.

"어머나 겐분 씨, 웬일이야. 책 사러 왔어요?"

그는 몹시 진지한 표정을 하고 있었으나 우리를 보더니 순식간에 웃는 얼굴이 되었다.

"아, 산고 씨."

그리고 히가시야마 씨에게도 가볍게 고개를 숙인다.

"두 분 함께 점심 드시는 거예요?"

"응, 이제부터 식당을 좀 찾아볼까 생각하고 있었어요. 겐분 씨는 찾는 헌책이라도 있어요? 웬일이래."

"자꾸 웬일이라고 하지 마세요. 저도 책 정도는 삽니다."

겐분 씨는 입술을 삐죽거리더니 몸을 살짝 비튼다.

"미안, 미안. 겐분 씨가 책을 안 읽다는 말이 아니야. 단골이라 우리 책방에만 온다고 생각했지."

그렇지만 예전에는 "책을 사는 건 비용 대비 효과가 적다. 도서관에서 빌려 읽는 것으로도 충분하고, 더구나 헌책이라니" 하던 그가 다른 헌책방에 있었던 것만으로도 기쁘다.

"저도 요즘은 이런 곳에서 책도 사고 그래요…… 그런데 실은 좀."

겐분 씨는 힐끗 히가시야마 씨의 얼굴을 보았다.

"무슨 일 있었어요?"

"아뇨, 바쁘신 것 같으니 다음에."

히가시야마 씨를 신경쓰고 있는 듯했다.

"저는 괜찮습니다. 책을 찾고 있나요?"

그때까지 침묵하고 있던 히가시야마 씨가 입을 열었다.

"네…… 그렇긴 한데요, 제 지식으로는 도저히 모르겠어서."

"어머, 무슨 책인데요?"

그가 찾는 책에 흥미가 생겨 나도 모르게 물었다. 책을 찾고 있다면 우리 책방에 와서 물어보거나 상의하면 되고, 실제로 겐분 씨는 지금까지 그렇게 해왔다. 그가 일부러 사와구치 서점까지 온 건 다른 의미나 목적 때문일까?

"말씀드려도 될까요…… 실은 전에 미키키 씨와 여기서 만난 적이 있어요."

"어머나, 미키키랑?"

"정확히는 이 가게 안에서요."

겐분 씨가 서점을 살짝 돌아보며 말했다.

"저는 상사의 부탁으로 이 서점에 책을 가지러 왔었어요. 영문학 책인데 여기에 재고가 있다는 걸 인터넷으로 확인해서…… 책을 수령하고 계산한 뒤 가게를 나가려던 참에 미키키 씨가 여기 이층에서 내려오더라고요."

"어머나."

"어쩐지 묘하게 생각에 잠긴 얼굴로…… 왜 그러는지 물었더니 갖고 싶은 책이 있는데 살지 말지 망설이고 있다고 하더라고요. 무슨 책이냐고 물어도 쑥스러워만 하고 말을 안 하는 거예요. 그래서 내가 선물해줘도 괜찮은지 물어봤는데."

"그랬더니?"

"딱히 꼭 갖고 싶은 건 아니래요. 이미 읽은 적이 있는 책인데, 단지 추억 때문에 갖고 싶었던 거라고."

"그렇군요."

내 옆에서 히가시야마 씨가 진지한 목소리로 맞장구를 쳤다.

"추억이요?"

"몇 주 전 일인데 갑자기 마음이 쓰이더라고요. 가능하면 몰래 사서 선물할까…… 하고 이층에 올라가서 봤는데 역시 미키키 씨가 갖고 싶은 책이 뭔지 도저히 모르겠어요."

역시 본인에게 물어보지 않으면 알 수 없겠네요, 하고 그는 머리를 긁적이며 중얼거린다.

"그 정도의 정보만으로는 어렵겠는걸."

히가시야마 씨와 나도 눈을 마주치며 고개를 끄덕인다.

"산고 씨도 모르세요? 혹시 미키키 씨한테 뭔가 들은 게 없을까 했는데."

"못 들었어요."

"그럼 다음에 혹시 기회가 있으면 슬쩍 물어봐주시겠어요? 서프라이즈 효과는 덜하겠지만."

겐분 씨는 쑥스러운 듯 웃었다.

"그건 어쩔 수 없죠."

"……괜찮다면, 도와드릴까요?"

히가시야마 씨가 말했다.

"함께 찾아보면 알 수 있을지도 모르죠. 셋이 모이면 문수보살의 지혜가 나온다는 속담도 있잖아요."

“아니에요, 그럴 순 없죠. 두 분 다 바쁘시잖아요. 게다가 히가시야마 씨는 홋카이도에서 모처럼 오셨는데.”

“실은 나도 아까 전에 와서 이 서점의 이층을 둘러봤거든요. 그때 좀 궁금했던 게 있어서.”

어쩌면 도움이 될지도 몰라요, 하고 히가시야마 씨가 말했다.

“그럼 잠깐 올라가볼까요? 어차피 우리도 이 근처를 어슬렁거리다가 밥이라도 먹을까 하던 참이라.”

내가 그렇게 권유하자 겐분 씨는 망설이면서 “네……” 하고 대답했다.

소란스럽게 굴면 민폐이니 다른 손님이 있으면 그만두자고 얘기하면서 이층으로 올라갔다. 다행히 이층에는 젊은 여자 점원뿐이었다.

사와구치 서점의 이층은 약 15제곱미터 크기의 그리 넓지 않은 공간이다. 그 공간 한가운데와 사면의 벽에 책장이 설치되어 있다. 나쓰메 소세키의 『마음』이라든가, 다케히사 유메지*가 표지를 그린 메이지·다이쇼 시대의 희귀 고서라든가, 에도시대의 판화, 군사 관련 자료 등이 즐비하다. 모두 애호

* 일본의 다이쇼 로망을 대표하는 화가이자 시인. 다수의 미인화를 남겼으며, 그 서정적인 작품은 '유메지식 미인'이라 불렸다.

가들이 좋아할 만한 것들이다. 구경하는 것만으로도 즐겁고, 박물관에 있을 법한 물건을 실제로 손에 쥐어볼 수 있다. 뭐, 살 마음도 없으면서 만지작대는 건 실례지만.

"아까 내부를 대강 한번 살펴봤어요."

히가시야마 씨가 목소리를 낮춰 나와 겐분 씨에게 말했다.

"그때 좀 궁금한 책이 있었는데…… 겐분 씨의 얘기를 들으니 이게 아닌가 하고."

그가 책장에서 한 권의 책을 꺼내 나에게 보였다.

"아, 네."

나는 무심코 미소를 지었다.

"그럴 법하네요."

"그렇죠? 이거일지도 모르겠어요."

우리는 서로 눈을 마주치고 고개를 끄덕인다.

"실은 아까 나도 여기서 봤을 때, 산고 씨에게 선물하고 싶다는 생각을 잠시 했을 정도거든요. 산고 씨가 젊었다면 분명히 샀을 것 같아요. 아니, 물론 지금도 충분히 젊고 멋지시지만."

"아니에요, 저도 알아요. 굳이 그러지 않으셔도 돼요. 이 책은 역시 미키키 또래의 여자아이에게 어울리죠."

옆에서 조용히 듣고 있던 겐분 씨가 더는 못 참겠다는 듯 말했다.

"대체 그게 뭔데요? 저한테도 알려주세요. 두 분만 신나셔서."

"아이고, 미안합니다." 히가시야마 씨가 그렇게 말하고 그에게 책을 건넸다.

"『이삭 줍기』? 고야마 기요시?"

"……이 소설에 헌책방 소녀가 나와요."

"아."

"이른바 헌책방의 바이블이랄까…… 헌책방 여주인이라면 다들 조금은 알고 있는 책이랍니다."

"그렇군요."

"초판본은 아닌 듯하지만 『이삭 줍기』가 1953년에 발간되었는데 이 책도 1953년 판이니 아마 장정은 같을 거예요. 그래서 미키키가 이걸 갖고 싶어했는지도 몰라요."

책 표지에는 황녹색과 파란색의 중간처럼 연한 에메랄드그린 바탕에 초록색과 갈색의 나뭇잎 같은 것이 그려져 있다.

"표지도 근사하네요…… 소장하고 싶은 기분을 알겠어요."

"물론 이 책이 전혀 아닐 수도 있지만요."

히가시야마 씨가 그에게 양해를 구했다.

"하지만 원하던 것과 완전히 다르더라도 선물 받으면 기쁜

책이긴 하겠어요. 꼭 책방 주인이 아니더라도 헌책방에서 일하고 있다면……"

"사겠습니다!"

겐분 씨가 강하게 말했다. 책을 뒤집었더니 5000엔이라는 가격표가 붙어 있었다.

"어머, 그런데 돈 아껴야 하잖아요?"

"저도 저축해둔 건 있습니다. 파이어족이 되려고 했던 남자가 가진 저축의 힘을 무시하지 마세요!"

주먹을 쥐고 선언하는 겐분 씨의 모습에 우리는 무심코 한목소리로 웃고 말았다.

히가시야마 씨와 이렇게 함께 웃을 수 있다니…… 나는 진심으로 겐분 씨에게 감사하지 않을 수 없었다.

📖 📖 📖

"내가 아직 학생이던 시절입니다……"

고토다 교수님이 천천히 얘기를 시작했다.

"때는 버블 경제가 붕괴되고 난 직후였어요. 취직은 하늘의 별 따기라는 둥 취업 빙하기라는 말이 있을 때였죠. 부모님도 저한테 태평하게 대학원에서 연구나 하다간 일자리를 놓칠 거라며 당장 어디든 취직하는 게 좋지 않겠느냐고 말씀하셨죠."

하기야 교수님은 우리 부모님과 같은 세대다.

"당시 나는 『이즈미 시키부 일기』를 연구하고 있었기에 주석서를 찾으러 이곳에 왔어요. 담당 교수인 도이 교수님의 소개로."

"도이 교수님 소개라……"

도이 교수님은 역시 『이즈미 시키부 일기』의 권위 있는 연구자로 이미 타계하신 분이었다. 나도 그분의 저서를 몇 권인가 읽은 적이 있다.

"그 이후로 고서를 찾을 때는 일단 이곳에 와서 지로 씨에게 상의하게 되었죠. 지로 씨도 대학에서 국문학을 전공하셨기에 고전문학에 해박하고, 그러다보니 자연스레 저한테는 뭐든 얘기할 수 있는 형 같은 존재가 되었습니다. 그 관계는 지로 씨가 돌아가실 때까지 계속됐어요. 정말로 감사한 인연이었습니다."

젊은 날의 교수님…… 교수님이 이십대였던 시절은 상상도 안 되지만, 나는 그런 교수님이 이 책방에 드나드는 모습을 떠올려보았다.

"그래서 취직과 장래에 대해 지로 씨에게 상의하는 것도 자연스러운 흐름이었어요."

"그러셨군요."

"나는 건방지게 이런 말을 했어요. 요즘은 고전을 공부하거나 연구하는 의미를 모르겠다고. 부모님도 이런저런 말씀을 하시고, 시대적으로도 버블 붕괴 이후라 세상이 아주 혼란스러웠어요. 큰 회사가 어느 날 갑자기 도산하기도 하고. 고전에서 가치를 찾아내는 일이 어려워진 상태였어요. 취직하려는 나 자신에 대한 변명이었는지도 모르지만."

아니, 어쩌면 지로 씨에게 응석을 부리고 싶었던 건지도 모르죠, 하고 교수님은 웃었다. "그때 지로 씨는 저기에, 그야말로 딱 저 자리에 서 있었어요."

교수님은 지로 할아버지가 계산대에 서 있는 것처럼 눈길을 주었다.

"그리고 이 액자를 내리고는 말씀하셨죠. 자신도 방황한 적이 있다고. 대체 어떤 일을 해야 좋을지 모르던 때 내 담당 교수인 도이 선생을 만났다고. 지로 씨는 당시 아시아를 여행하고 돌아와 취직도 하지 않고 이 동네 헌책방에서 보조라고 할까, 아르바이트 비슷한 일을 하고 있었대요. 그러던 중에 도이 교수님을 만났고, 자신이 하는 일을 밝혔더니 모토오리 노리나가 선생님의 얘기를 들려줬다고 합니다."

모토오리 노리나가 선생님이라는 말이 묘하게 친근하게 느껴졌다. 역사적, 문학사적으로만 존재하는 학자가 아니라, 가까이에서 가르침을 받은 한 명의 스승을 대하는 것처럼.

"모토오리 선생님이 없었다면 『겐지 모노가타리』는 이 세상에 남아 있지 않았을 거라고 하셨대요. 지로 씨는 그런 일은 생각해본 적도 없었기에 어안이 벙벙해졌죠. 하지만 도이 교수님의 설명을 듣고 납득했대요. 에도시대에 그가 연구를 거듭하고 수많은 서적을 남겼기에 『겐지 모노가타리』가 그때까지 받지 못했던 각광을 받았고 현재까지 남아 있는 거죠."

"'모노노아와레' 말씀이시죠?"

내가 말하자 고토다 교수님은 고개를 끄덕였다.

"헤이안시대에는 『겐지 모노가타리』 외에도 다양한 이야기가 있었다는 기록이 있지만 그 대부분이 남아 있지 않아요. 또한 기록조차 남지 않은 이야기와 작자도 분명 있을 겁니다. 그러니 현재 여기에 남아 있는 것을 오래오래 보존해야 해요. 우리 연구자들은 그 길고 긴 사슬을 잇는 여러 작은 사슬 중의 하나면 되지 않을까요? 자신의 이름을 남기겠다느니, 자신의 연구로 세상과 학회를 깜짝 놀라게 하겠다느니 하는 생각은 하지 않아도 됩니다. 다만 자신이 그것을 후세에 남기는 작은 고리가 될 수 있다면 충분합니다."

"고리……요?"

"지금 당신의 일도 그렇지 않느냐고, 도이 교수님이 지로 씨에게 물었다고 해요. 헌책방 주인은 우리 같은 학자와 마찬가지로 책과 이야기라는 문화를 후세에 남기는 그러한 고리라고요. 따라서 그분들을 존경하고 동지로서 신뢰한다고…… 지로 씨는 도이 교수님에게 그 말을 듣고 헌책방 주인으로 살아갈 결심을 했다고 해요."

"작은할아버지에게도 그런 일이……"

"그후 지로 씨의 헌책방이 문을 열었을 때, 도이 교수님이 이 오래된 『다마노오구시』 한 권을 선물했다고 해요. 그래서 액자에 넣어 장식해둔 거예요. 지로 씨는 이 일화를 들려주며 저를 격려했어요. 저 또한 그 작은 사슬, 작은 고리의 하나가 되자고 결심했습니다."

고대로부터 이어지는, 작고 가느다란 사슬, 고리…… 그것이 이 헌책방에도 이어져 있는 건가? 나는 액자를 물끄러미 보았다.

"여기, 『다마노오구시』 액자 뒷면에 미키키 학생의 이름이 들어가 있다는 건 분명 지로 씨의 마음일 거예요. 이보다 더 분명한 표현도 없죠. 하지만 지로 씨는 미키키 학생에게 도망칠 수 있는 여지도 제대로 남겨놓고 갔어요. 이걸 알아차리지 못했거나 거부하더라도 부담을 느끼지 않도록, 아주 작은 자신의 마음을 여기 남겼네요."

눈시울이 뜨거워지려 했지만 교수님에게 우는 얼굴을 보이는 건 부끄러워 꾹 참았다.

"미키키 학생, 연구자가 되지 않아도 괜찮아요. 하지만 당신에게는 이 길이 있습니다. 이 책방은 훌륭한 곳이에요. 한번 고모할머님께 진심을 담아 부탁해보면 좋지 않을까요? 미키키 학생이 우리의 동지가 되어주면 좋겠습니다."

"감사합니다."

나는 교수님께 고개를 숙였다.

"저도 생각해볼게요."

"그리고 할 얘기가 한 가지 더 있습니다."

"네?"

"……실은 내가 내년부터 우리 대학의 도서관장직을 맡게 되었어요."

"와! 세상에."

교수님이 이번에는 확실하게 웃었다.

"출세라고 해도 될까요? 축하드립니다."

"고마워요."

"그럼 교직 일도 하면서 도서관장도 하시는 거예요?"

"네, 그렇죠. 그러니 미키키 학생이 이곳을 이어가준다면 기쁠 거예요. 제 부탁이기도 하고요. 이 책방을 이어서 제 일을 도와주지 않겠습니까?"

"말씀은 감사합니다만, 교수님, 혹시……"

여기까지 장황하게 감동적인 얘기를 하신 건……

"교수님의 일을 돕게 할 계획이셨던 거군요!"

"하하하. 실은 그래요. 꿍꿍이라고 할까, 간사한 속내가 있었네요."

"이럴 수가."

아까 눈물을 흘린 게 억울하다는 생각을 하면서도, 뭔가 개운하고도 후련한 감정이 가슴속에 퍼졌다.

"그래서 이 책을 가져왔습니다."

고토다 교수님은 가죽 가방에서 책 한 권을 꺼냈다. 마루야 사이이치의 『빛나는 날의 궁』이었다.

"이건……"

"이 책은 아직 안 읽었겠죠?"

"네. 그런데 그건 읽으면 안 되는 책 아니었나요?"

"맞아요, 내가 읽지 말라고 했으니까."

나는 『빛나는 날의 궁』을 받아들고 고개를 끄덕였다.

아직 학부 1학년이던 무렵이다. 지금 생각해도 조금 부끄럽다.

나는 『겐지 모노가타리』 레포트에 작가 다나베 세이코의 에세이 중 한 문장을 인용하고 참고도서로 기재했다. 그때 고토다 교수님이 지었던 난감한 표정을 잊을 수 없다.

"……미키키 학생, 이렇게 소설가가 쓴 작품은 연구서와 다릅니다. 참고도서가 될 수 없어요. 고전을 소재로 한 소설과 만화 읽기를 잠시 중단하고 연구서를 읽는 쪽이 좋을 것 같네요."

교수님은 그렇게 충고했었다.

"그후 줄곧 그런 소설을 읽지 않았어요."

"그랬군요. 연구서는 아니지만 이 작품은 문학으로서도 소설로서도 아주 훌륭합니다. 여성 연구자가 주인공이기도 하고요."

"네."

"『겐지 모노가타리』에 「빛나는 날의 궁」이라는 장이 있다는 설정이에요. 솔직히 연구자 입장에서 보면 황당무계한 내용입니다. 하지만 픽션으로 즐기는 것도 좋고, 미키키 학생이 연구를 계속하지 않을 거라면 어떤 책이든 즐기면서 읽으세요. 그리고 여러 사람에게 고전과 소설 읽기의 즐거움을 알려주세요."

"이건 교수님의 책인가요?"

"아뇨, 아까 게야키 서점에 들러서 초판본을 샀어요. 미키키 학생의 새출발을 기념하는 한 권이 되기를 바라며."

나는 감사한 마음으로 고이 그 책을 받았다.

📖 📖 📖

우리는 결국 사와구치 서점 맞은편의 런천이라는 비어 레스토랑에서 점심을 먹기로 했다.

함께 메뉴를 들여다보며 필스너 우르켈이라는 생맥주를 마시기로 한다.

오늘은 미키키가 온종일 책방을 봐주기로 했으니 낮부터 마셔도 괜찮겠지.

그런 다음 혀 소금구이, 런천풍 감자 요리, 아스파라거스, 멘치가스…… 등 저마다 눈에 띈 메뉴를 연달아 주문했다.

생맥주가 나오자 "건배" 하고 잔을 부딪쳤다. 한 모금 마셨을 때 내가 순간 "아" 하는 소리를 냈다.

"왜 그러세요? 맥주에 문제라도 있나요?"

히가시야마 씨가 걱정스러운 듯 묻는다.

"아뇨."

나는 크게 고개를 저었다.

"맥주는 괜찮아요. 그냥 갑자기 생각나서요. 『이삭 줍기』는 무명……이라고 해야 하나, 아직 등단작이 전부인 소설가와 헌책방을 운영하는 여자가 교류하는 내용이었죠……"

"네, 그렇습니다만. 그게 왜요?"

알쏭달쏭한 듯 고개를 갸우뚱하는 히가시야마 씨에게 나는 미키키를 향한 겐분 씨의 연심과 라이벌인 가나토 씨의 직업을 설명했다.

"그러니 겐분 씨가 자신을 작중 상황에 대입해보고 의기소침하지 않을까 싶어서……"

"아, 그렇다면 안타까운데."

히가시야마 씨도 손을 머리에 댔다.

"그런데 산고 씨가 보기엔 어떻습니까? 미키키 씨는 겐분과 가나토라는 친구 중 어느 쪽에 마음이 있는 것 같아요?"

"글쎄요."

나는 맥주를 한 모금 꿀꺽 들이켰다.

"솔직히 말하면, 둘 중 누구에게도 손님이나 친구, 혹은 의논 상대 이상의 감정은 없다고 생각해요. 지금 단계에서는 말이죠."

"그렇군요."

"미키키는 지금 자신의 문제로 머릿속이 꽉 찼을 거예요. 대학원의 석사논문도 써야 하고 진로 문제도 있으니까."

"어라. 저는 미키키 씨가 그대로 이 헌책방을 이을 거라고 생각했어요."

나는 고개를 저었다.

"그렇다면 저도 고맙고 지로 오빠도 기뻐할 거라고 생각하지만 도저히 미안해서 그런 말은 못하죠. 그렇게 낡은 가게를 맡아달라고는…… 미키키에게는 앞으로 빛나는 미래가 있으니까요. 그 가게는 제 선에서 제대로 매듭을 지어야겠죠."

히가시야마 씨는 내 말을 이해했는지 말없이 고개를 끄덕였다.

런천의 요리는 하나도 빠짐없이 맛있었다. 혀 소금구이는 부드러워서 맥주에 제격이었고, 런천식 감자 요리는 뭔가 했더니 포토푀*처럼 한 그릇에 담겨 나오는 요리였다. 막연하게 독일식 감자 요리를 상상했기에 예상과 달랐지만 자극적이지 않아 그 나름대로 아주 맛있었다.

"런천은 작가와 저명인사들이 사랑했던 가게예요. 요시다 겐이치와 마루야 사이이치도 왔었다고 들었어요."

---

* 소고기와 채소 등을 장시간 끓여낸 프랑스식 스튜.

"정말로 전부 다 맛이 좋네요."

점원이 가져다준 멘치가스에 나이프를 넣자 안에서 육즙이 흘러나왔다. 그것을 둘이서 나눠 먹는 건 큰 기쁨이었다.

나는 고기와 육즙으로 꽉 찬 멘치가스를 한입씩 꼭꼭 씹으며 그 맛과 이 모든 순간을 기억 속에 봉인해두고 싶었다.

아마도 마지막일 나의 사랑. 분명 이런 일은 나에게 두 번 다시 없을 것이다.

"……지난번에 보내주신 편지 말인데요."

히가시야마 씨가 멘치가스를 꿀꺽 삼키고는 결심했다는 듯 말했다.

"아, 그건……"

꿈꾸는 기분으로 맥주를 마시고 있던 나는 머리부터 발끝까지 온몸이 뜨거워졌고, 당황해서 손을 파닥파닥 저었다. 알코올 탓만은 아니다.

"그 얘기는 하지 않으면 좋겠어요. 이렇게 만나서 얼마나 기쁜지 몰라요. 그러니 이 시간을 좀더 즐기게 해주세요."

"아뇨."

"더이상 말하지 마요. 그런 편지를 쓰고 제가 얼마나 창피했는데요."

"아뇨, 산고 씨, 그럴 수 없습니다."

"이렇게 얼굴을 마주하면 쥐구멍에라도 들어가고 싶은 심정이라고요."

당신을 사모했다느니 하는 말을 썼다니. 진심이었어도 그런 말은 쓰지 말걸 그랬다……

"그 얘기는 나중에 들을 테니까. 지금은……"

"아뇨, 산고 씨. 들어보세요. 이 말은 꼭 들어주셔야 합니다."

그가 단호히 말했다.

"그러니까 제 말은, 우리 얘기를 하자는 게 아니고요. 산고 씨의 오빠에 대한 겁니다."

"네?"

나는 놀라서 고개를 들었다.

"다카시마 지로 씨에 대한 얘기입니다."

"……지로 오빠가 왜요? 제가 오빠에 대해서도 썼던가요?"

도무지 무슨 말인지 감이 안 와 고개를 갸웃거렸다.

"지로 씨가 어느 반찬가게의 여성분과…… 그런 얘기가 있었잖아요."

"아, 네…… 다카코 씨 말씀이군요."

나는 혼자 열을 올리다가 갑자기 허를 찔린 것처럼 순간 어리둥절해졌다.

"그 얘기를 좀더 자세히 해주시겠어요?"

도저히 모르겠다. 히가시야마 씨가 왜 갑자기 지로 오빠에 대해서 알고 싶어하는 걸까.

"네. 웬 이상한 여자가 다카시마 헌책방에 찾아온…… 아니, 정확히는 작정하고 따지러 온 것이 시작이었어요."

나는 그의 요청대로 당시의 일을 자세히 얘기했다.

츠지도 사장에게 물었더니 도고시긴자의 여성에 대해 설명해준 일, 그래서 그 가게까지 가서 확인한 일……

"츠지도 사장에게는 어떻게 물었어요? 처음부터 도고시의 여자가 누구냐고 물었나요?"

"그렇죠. 그랬더니 키친 사쿠라에서 일하는 여자라고 하더라고요."

"그랬군요."

히가시야마 씨는 가만히 생각에 잠겼다. 그리고 이번에는 키친 사쿠라에 대해 물었다. 이번에도 역시 그의 질문에 순순히 대답했다. 중노년의 부부로 보이는 두 사람이 다카코 씨와 또 한 명의 아르바이트생 여성과 함께 가게를 꾸려가고 있다는 것, 아들로 보이는 사람이 일을 돕고 있으며 아버지와 함께 주방에 들어가 있다는 것……

"역시 그렇군요."

그는 한번 더 그렇게 말하고, 그 남편과 아들이 몇 살 정도로 보이는지와 인상이 어떤지도 물었다.

솔직히 그 두 사람을 그다지 자세히 본 적이 없어서 정확히 대답할 수 없었다.

"제 기억으론 육칠십대쯤 되시는 분과 삼사십대로 보이는 분이었어요. 얼굴은……"

눈이 두 개, 코와 입은 하나씩 달려 있습니다. 내가 말할 수 있는 건 이뿐이었다.

"……히가시야마 씨, 대체 왜 그런 걸 물으세요?"

"산고 씨, 괜찮으시면 지금 저랑 가보실래요?"

"어디요?"

"그 동네…… 도고시긴자와 키친 사쿠라에요."

"저야 괜찮지만, 대체 왜요?"

"어쩌면 그곳에 가보면 여러 문제에 대한 답이 나올지도 몰라요……"

거기까지 말하고 그가 맥주를 마셨기에 마지막에 읊조린 말도 함께 삼켜졌다.

내가 잘못 들은 게 아니라면 "우리의 일도"라고 한 듯한 기분이 들었다.

우리는 함께 전철을 타고 도고시긴자로 향했다.

이렇게 전철을 타고 나란히 앉는 것도 처음이네, 하고 생각했다.

가게 앞에 도착하자 평소와 마찬가지로 건너편의 프랜차이즈 카페에 들어가 입구에서 가장 가까운 자리에 앉아 키친 사쿠라를 관찰했다. 평상시와 다른 건 내가 혼자가 아니라는 점이다.

가게는 오후에도 붐볐다. 사람들이 끊임없이 들어와 다카코 씨와 여사장이 내내 손님 응대를 하고 있었다.

"저기 주방에 있는 두 사람도 손님 응대를 할 때가 있나요?" 히가시야마 씨는 키친 사쿠라에 시선을 고정한 채 물었다.

"네. 가끔요. 교대로 휴게 시간을 갖거나 가게가 혼잡해지면 그런 경우도 있어요. 특히 아드님이."

그는 말없이 고개를 끄덕였다.

오후 세시가 가까워지자 다카코 씨와 아르바이트생이 안으로 들어가고 여사장만 남았다. 사람들이 가게 앞에 줄을 서기 시작하자 안쪽 주방에 있던 아들이 자연스레 밖으로 나왔다.

"좋아." 히가시야마 씨가 말했다. "잠깐만 기다리세요."

그는 자리에서 일어나더니 내가 뭐라고 대답할 틈도 없이 카페를 나갔다.

나는 아이스 커피의 빨대를 입에 문 채 그의 뒷모습을 지켜볼 수밖에 없었다.

자동문으로 나간 히가시야마 씨는 주저 없이 키친 사쿠라로 향했고, 아들 앞의 대기 줄이 없어지자 그에게 다가갔다. 그리고 대담하게도 먼저 말을 걸었다. 히가시야마 씨가 두세 마디를 속삭이자 아들이 놀란 얼굴로 살짝 고개를 끄덕였다.

그때 나는 처음으로 그의 얼굴을 제대로 보았다. 피부가 희고 갸름한 얼굴에 가부키 배우처럼 이목구비가 예쁘장하다.

와, 저렇게 잘생긴 청년이었나? 나는 엉뚱한 부분에서 감탄했다. 의외로 괜찮은 남자네.

히가시야마 씨가 뭐라고 몇 마디 더 하자 그는 잠시 생각하더니 이번에는 크게 고개를 끄덕였다. 그러고선 뭐라고 빠르게 속삭였다. 히가시야마 씨는 가볍게 고개를 숙여 인사하고는 이쪽으로 돌아왔다.

"어떻게 된 거예요?"

나는 카페로 돌아온 히가시야마 씨에게 물었다. 그가 하는 모든 행동을 이해할 수가 없다. 영문을 모르겠다.

"역시 그게 맞았어요."

아무리 히가시야마 씨여도 조금은 긴장했는지 뺨이 붉게 물들어 있다. 그는 두고 갔던 아이스 커피 잔을 움켜쥐더니 벌컥벌컥 들이켰다.

"제가 생각한 대로였습니다."

"그러니까 그게 뭔데요?"

"그건 저 남자의 입으로 직접 듣는 편이 나을 거예요."

그리고 나를 재촉해 카페 밖으로 데리고 나갔다.

📖 📖 📖

고토다 교수님이 돌아가고 난 뒤 『다마노오구시』의 액자를 원래 자리로 돌려놓고 있는데 겐분 씨가 가게로 찾아왔다. 손에는 출퇴근 가방을 들고 있다.

"오늘은 일찍 퇴근하시네요. 조퇴라도 한 거예요?"

"아뇨, 외근이 있어서 나가려고요. 거기서 곧장 퇴근할 거라 그전에 들렀어요."

겐분 씨는 가방을 주섬주섬 뒤져 "자, 이거" 하고 갈색 비닐봉투를 내밀었다. 사와구치 서점의 봉투였다.

"조금이라도 빨리 주고 싶어서요."

"아…… 이게 뭔데요?"

나는 당황하며 봉투를 받는다.

"아니, 제대로 포장을 할까도 생각했지만 오히려 미키키 씨에게 부담이 될 듯해서요……"

봉투를 열자 고야마 기요시의 책 『이삭 줍기』가 들어 있었다. 1953년 발행 당시의 장정으로……

"이거, 어떻게 샀어요? 비싸잖아요?"

오늘은 아무래도 책을 받는 날인가보다.

사람들이 마구 책을 선물한다. 내가 헌책방 일을 한다는데.

"지난번 사와구치 서점에서 나오면서 마주쳤을 때 갖고 싶은 책이 있다고 했잖아요?"

"네."

"혹시 이 책이 아닐까 싶어서요."

"겐분 씨가 찾은 거예요?"

"네……라고 하고 싶지만 유감스럽게도 그건 아니에요."

그는 쑥스러운 듯 웃었다.

"실은 산고 씨와 히가시야마 씨에게 부탁해서 찾았어요. 히가시야마 씨가 혹시 이 책이 아니겠냐고 하셔서. 만약 이게 아니더라도 헌책방에서 일하는 여성이라면 분명 갖고 싶은 책일 거라고 하시더라고요."

"역시 히가시야마 씨. 잘 알고 계시네요."

나는 『이삭 줍기』를 펼쳤다. 초판은 아니지만 1953년에 출간된 2쇄다. 그런데도 표지의 모서리가 살짝 해졌을 뿐 무척 깨끗했다.

"기뻐요."

"이게 맞아요? 미키키 씨가 갖고 싶었던 책이?"

그가 진지한 얼굴로 묻는다.

어떡하지…… 무척 좋아하는 소설이고, 겐분 씨가 애써서 찾아준 것이지만……

"아니요. 죄송해요."

나는 고개를 숙였다.

"아, 이런. 아니었군요."

겐분 씨는 실망하면서도 어딘가 유쾌해 보였다. 어째서지?

"아니었구나, 역시 아니었어."

그는 기분좋은 듯한 소리를 내며 혼자 웃었다.

"이건 제가 엄청 좋아하는 소설이에요. 짧지만 사랑스러운 이야기라. 하지만 갖고 싶었던 책은 이게 아니에요."

"헌책방에 오는 남자의 심정을 대변하고 있더군요. 누군가를 찾아가는 일에 서툴러도 언제나 열려 있는 책방이라면 마음 편히 들를 수 있다고…… 그 마음 너무 잘 알거든요. 저도 그런 면이 있으니까."

"그렇죠? 근사한 이야기예요. 그런데 미안해요. 이 책은 아니었어요. 제가 갖고 싶었던 건 사실……"

내가 갖고 싶었던 책의 제목을 말하려 하자 겐분 씨가 손을 앞으로 뻗더니 제지하는 듯한 동작을 했다.

"잠깐만요. 이왕 이렇게 된 거 제가 찾게 해주세요. 앞으로 종종 그 서점에서 책을 찾아 선물할게요."

"그럴 순 없어요. 이런 비싼 책을 몇 번이고 받으면 제가 곤란하죠."

"몇 달에 한 번 정도로 할게요."

"그럼 뭐, 괜찮지만요."

나는 『이삭 줍기』의 책장을 팔랑팔랑 넘겼다.

"책 고마워요. 갖고 싶었던 책은 아니지만 오늘 이걸 받은 것도 인연이라고 생각해요."

"인연이요?"

알쏭달쏭하다는 듯 고개를 갸웃거리는 겐분 씨에게 나는 말했다.

"저, 결심했거든요."

"결심? 뭘요?"

"'저는 제 주장이 강해서 직장 생활에는 맞지 않아요.'"

아마 오늘 『이삭 줍기』를 막 읽은 그라면 무슨 말인지 이해했으리라. 웃음이 커졌다.

"그러니까…… 그렇게 하기로 한 건가요?"

"네."

"마음을 먹었군요."

"아직 산고 할머니에게는 말하지 않았지만요."

"분명 좋아하실 거예요."

"과연 그러실까요…… 저는 책의 파수꾼이 되고 싶어요."

겐분 씨가 나를 향해 크게 고개를 끄덕여줬다.

"다행이에요. 그게 제일 좋은 선택일 거라고 생각했거든요. 저도 이 서점에 드나들게 된 이후로 인생이 즐거워졌으니까."

어쩐지 처음으로 나를 이해해주는 사람이 생긴 것만 같은 기분이 들었다.

📖 📖 📖

"오래 기다리셨죠."

카페에서 기다리고 있으니 얼마 안 있어 그가 나타났다.

그가 만날 장소로 정한 곳은 반찬가게가 있는 쪽과는 반대인 역 앞이었다. 역시 프랜차이즈이지만 커피가 한 잔에 800엔이나 하는 고급 카페다. 조금 전까지 있던 곳과는 테이블 사이의 간격이 전혀 다르다. 게다가 히가시야마 씨가 안쪽 자리를 골라서 주위에는 아무도 없었다.

"사쿠라이 다이가라고 합니다. 처음 뵙겠습니다."

따뜻한 커피를 주문한 뒤 그는 새초롬한 눈매를 이쪽으로 향했다.

"이분이 산고 씨이시군요. 지로 씨한테 말씀 많이 들었습니다." 그가 작게 고개를 숙였다.

눈의 흰자가 푸르게 보일 만큼 맑았다. 아주 젊은 사람이구나, 나는 그렇게 생각했다.

그는 가게에 있던 차림 그대로 흰색 셔츠에 파란색 넥타이를 매고 그 위에 흰색 가운을 걸치고 있었다. 인사를 하고는 가운을 벗어 단정하게 접은 뒤 자신의 옆자리에 놓았다.

이곳에 오기 전에 히가시야마 씨에게 대략적인 얘기를 들었다. 내가 그를 만나서 놀라거나 평정심을 잃지 않도록.

지로 오빠의 상대는…… 다카코 씨가 아니라 키친 사쿠라의 주방에 있는 아들일 거라고 했다. 지로 오빠가 여자에게 관심이 없다는 게 고향에서는 비교적 유명한 얘기였다는 것, 하지만 지금까지 아무도 가족에게는 그 사실을 말하지 않았으리라는 것도……

히가시야마 씨는 단어를 골라가며 조심스레 설명해줬다.

"저도 산고 씨에게 이 얘기를 하면 안 될지도 몰라요. 하지만 지로 씨가 불륜 관계에 있었던 게 아닌지 의심할 바에야

차라리 진실을 아는 게 마음이 편하겠다고 생각했어요."

놀랐다. 물론 깜짝 놀랐다.

그런데 제일 놀라운 건 바로 나 자신의 반응이었다. 놀라우면서도 한편으로는 전혀 놀랍지 않다는 이상한 감정이 솟구쳤다.

듣고 보니 지금까지 있었던 다양한 일들…… 어린 시절의 일, 언제부턴가 지로 오빠가 집에 도통 오지 않게 된 것, 언제나 나에게 할말이 있어 보였던 것…… 모든 것이 앞뒤가 딱 맞는다.

나는 어안이 벙벙하다가 갑자기 맹렬하게 화가 나기 시작했다.

왜 말해주지 않았을까? 내가 읽고 있는 책을 보면 그 정도 일로 충격받거나 오빠를 싫어하게 되진 않을 거라는 걸 알았을 텐데. 요즘은 남자 간의 사랑을 다룬 장르도 엄청 좋아하는데.

"산고 씨, 본래 남자는 가족에게 자신의 성적 지향 같은 건 말하고 싶지 않은 법이거든요. 하물며 여동생에게라니요."

"하기야 그렇겠지만."

오빠는 나를 얕본 것이다. 함께 미시마 유키오의 작품을 읽을 때 얘기해줬으면 좋았을 텐데.

"아아."

나도 모르게 작은 소리가 터져나왔다.

미시마 유키오의 『금색』*도 『가면의 고백』**도 오빠가 추천한 책이었다. 그때 실은 오빠가 나에게 뭔가를 표현하려고 했던 걸까? 그런데도 내가 너무나 천진하게 아무것도 알아차리지 못하니 고백을 포기해버린 것일지도……

"아아아아."

이번에는 크게 신음하며 테이블 위에 풀썩 엎드렸다.

"……산고 씨는 보고 있으면 심심하지가 않네요."

고개를 들자 히가시야마 씨가 웃음을 참고 있었다.

"아아, 하는 신음 하나도 변주가 참 다채로워요."

"왜 그걸 알아채지 못했을까 싶어서요."

"이제 말할 생각이었던 건 아닐까요? 그렇게 생각하고 있는데 그만……"

돌아가셨다, 라는 말을 히가시야마 씨는 삼켰다.

"지로 씨는…… 저와 학교를 함께 다닌 적은 없지만 유명

---

* 외모는 늙고 추하지만 강한 정신을 지닌 노작가와 정신은 빈약하지만 아름답고 완벽한 육체를 지닌 청년 간의 광기 어린 사랑과 악마적 에너지, 예술과 성애 등을 파격적으로 묘사했다.

** 미시마 유키오의 첫 장편소설로, 작가 자신의 내밀한 동성애적 성향을 고백하듯 성장 과정을 고스란히 담아내며 일본 문단에 신선한 충격을 주었다.

인이었으니까요. 뭐, 당시 그 동네에서 도쿄대에 간 사람이 드물기도 했고."

그런 얘기를 하던 참에 키친 사쿠라의 사쿠라이 씨가 도착한 것이다.

"저도 다카시마 헌책방에 한번쯤 가보고 싶다고 생각했었어요. 하지만 지로 씨가 가족에게는 전혀 알리지 않았다고 하셨으니 놀라게 해드릴 수도 없고 해서요."

지로 씨, 라고 말할 때 순간 뭔가를 확인하기라도 하듯 그가 내 얼굴을 보았다. 거기서 그의 다정함과 배려심, 섬세함을 느꼈다.

"그때는 얼마나 상심이 크셨습니까."

이번에는 그가 깊이 고개를 숙였다.

분명 그는 나와 같은, 어쩌면 나보다 더 큰 충격을 받았음에도 정식으로 그런 인사를 할 수 있는 사람이었다.

역시, 지로 오빠가 사랑한 사람답다고 생각했다.

"장례식에는 오셨었나요?"

"네. 가깝게 지내는 사람들끼리 만든 그룹 채팅방이 있어요. 그중 진보초에 계시는 분이 알려주셔서……"

"그랬군요. 미처 챙기지 못해서 죄송합니다."

"그날은 하루종일 연락이 안 돼서 이상하다 싶었어요. 지금까지 한 번도 그런 적이 없었기 때문에…… 다음날도 연락이 없으면 가게에 가보려고 한 참이었습니다."

처음에는 어색했지만 얘기하다보니 점점 서로에게 익숙해졌다.

역시나 처음에는 지로 오빠가 이 근처의 국문학 연구 자료관에 드나드는 것을 계기로 만났다고 한다. 다카코 씨와 오빠가 서로 알고 지낸 것도 자녀의 대학 입시 때 상의할 만한 사람이 있을지 다카코 씨가 물어서 사쿠라이 씨가 오빠를 소개한 것이라고 한다.

"저는 가족과 주변 사람들에게 커밍아웃을 했어요. 아버지는 별로 달가운 얼굴은 안 하시지만…… 특히 지로 씨는 아버지보다도 연상이었기에 여러모로 혼란스러워하셨어요."

지로 오빠와는 휴가 때마다 외국에 갔다고 한다.

"저를 남들이 잘 모르는 전 세계의 멋진 곳에 데려가주셨어요. 지로 씨에게는 정말로 많은 것을 배웠습니다. 책에 대해서나, 음식에 대해서나, 그리고 외국에 대해서도."

지금도 감사한 마음입니다, 하고 그는 고개를 숙였다. 그 말에 다양한 의미가 담겨 있다는 기분이 들었다.

더 많은 얘기를 나누고 싶었지만, 아쉽게도 가게의 쉬는 시간이 삼십 분간이라 그는 곧장 돌아가야 했다.

"저기, 괜찮으면 우리 책방에도 한번 와요. 같이 점심이라도 먹어요. 아니, 그냥 와서 잠깐 얘기만 해줘도 좋아요, 오빠 얘기…… 내가 몰랐던 오빠의 모습에 대해서."

나는 책방 명함을 건네며 말했다.

"그리고 고엔지 집의 세트 밥공기랑 젓가락 있잖아요? 혹시…… 그거 사쿠라이 씨 건가요?"

"네, 그렇습니다."

그 순간, 그의 눈가가 촉촉하게 붉어진 것 같았다.

"괜찮으시면 돌려드릴까요?"

"그래도 될까요? 종종 집에 가서 밥을 해 먹었기 때문에 추억이 배어 있어서…… 주신다면 기쁠 것 같아요. 이미 버려졌을 줄 알았거든요."

"집에도 놀러와요."

"……지로 씨가 그러셨어요. 본인이 이렇게 도쿄에서 편안하게 놀며 지낼 수 있는 것도 전부 여동생 덕분이라고. 그러니 동생은 반드시 자신이 행복하게 해줘야 한다고."

그는 울다 웃다 하는 표정이 되었다.

"제가 산고 씨에게 좀 질투가 날 정도로."

"그런데 이런 할머니라 실망했어요?"

"아니요. 만나 뵙게 돼서 정말 기뻐요. 이왕이면 지로 씨가 살아 계실 때 만났으면 더 좋았겠지만."

그러고서 그는 정말로 시간이 없어 죄송하다고 사과하고는 가게로 돌아갔다.

"왠지 좀 흔한 말이지만요."

카페를 나가는 그의 뒷모습을 지켜보며 히가시야마 씨가 중얼거렸다.

"사랑의 형태라는 건 참 다양하다고 생각하지 않습니까?"

"맞아요."

나는 고개를 끄덕였다.

"사랑의 형태는 다양해서 무엇이 옳고 무엇이 그르다고 쉽게 말할 수 없는 거겠죠. 타인에게 상처를 주는 형태는 안 되겠지만."

"네."

"하지만 때로는 그런 일도 있을 수 있겠죠. 그럴 때일지라도 될 수 있는 한 상대에게 최선을 다해야 하고요."

"네."

"……우리도 스스로를 좀더 허용해줘도 괜찮지 않을까요?"

나는 그 말에는 즉각 대꾸할 수 없었다. 마음속에 이미 대답은 있었지만.

📖 📖 📖

"하아, 피곤하다. 미키키, 고마워."

산고 할머니가 돌아온 건 폐점 시간인 저녁 여덟시가 거의 다 되어서였다.

"다녀오셨어요. 차 한 잔 드릴까요?"

나는 백야드로 들어가면서 말했다.

"내가 할게."

"괜찮아요. 할머니는 그냥 앉아 계세요."

이제부터 중요하게 드릴 말씀이 있어서, 라는 말은 삼켰다.

"늦게까지 혼자서 책방 보느라 고생했어, 고마워. 미키키 배고플 것 같아서 오는 길에 런천에 들러 돈가스 샌드위치를 사 왔으니까 배고프면 먹어. 집에 가져가서 먹어도 되고."

"와, 감사합니다."

의자에 앉아 있는 산고 할머니에게 보리차를 냈다.

"히가시야마 씨는요?"

"호텔로 갔지."

"그럼 내일도 만나세요? 저는 괜찮아요. 책방은 제가 볼게요."

"아니야, 아마 히가시야마 씨는 내일 오전 비행기로 돌아갈 거야. 이미 호텔 앞에서 작별인사를 하고 왔어. 책은 택배로 보내주기로 했고."

"네?"

나는 놀라서 산고 할머니의 얼굴을 보았다.

"벌써 가신 거예요?"

"그 사람도 그쪽에서의 생활이 있잖아, 미키키."

"그렇죠…… 하지만 두 분 굉장히 잘 어울리셨어요. 대화도 잘 통하는 것 같고, 소설이나 책에 대해서도 잘 아시고. 그렇게 멋진 분은 좀처럼 없어요."

그러자 산고 할머니는 아주 살짝 얼굴을 붉히며 뭔가 하고 싶은 말이 있는 것처럼 머뭇거렸다.

"있잖아…… 미키키."

"네, 왜 그러세요?"

"……실은 말이지, 나랑 히가시야마 씨가…… 교제…… 그, 뭐랄까."

나는 답답해서 그 말을 기다리고 있을 수 없었다.

"사귀기로 하신 거예요?"

산고 할머니는 부끄러운 듯하면서도 크게 고개를 끄덕였다.

"이제 와서 이 나이에 사귀네 어쩌네 뭐 그런 건 아니지만."

"와, 멋져요. 히가시야마 씨 다정하고 멋있고…… 아, 그런데 그 말은."

여러 가지 가능성이 머릿속을 스치며 가슴이 두근거렸다.

"저기, 그러면, 그…… 이 책방은 어떻게 하실 건가요?"

"응?"

산고 할머니는 내가 그 질문을 할 거라고 생각하지 않았던 모양이다.

"책방은 당분간 이대로지. 히가시야마 씨가 언젠가는 함께 살고 싶다고 했지만, 나는 아직 여기에 있고 싶다고 대답했거든. 책방도 제대로 운영해야 하고."

"아…… 다행이다."

나는 진심으로 안도해 그 자리에 그대로 주저앉아버릴 뻔했다.

"다행이에요. 할머니가 혹시 책방을 접고 홋카이도로 돌아가시진 않을까 걱정했어요."

"어머, 그런 생각을 했었어?"

산고 할머니는 왠지 기쁘다는 듯 웃었다.

"……잠시 드릴 말씀이 있는데, 해도 될까요?"

"그럼."

나도 보리차를 잔에 담아 산고 할머니 옆에 앉았다. 지금 하지 않으면 안 된다. 아무리 꺼내기 어려운 말이더라도.

"언젠가…… 그 언제가 되더라도 정말로 괜찮은데요, 이 책방을 제가 운영하게 해주시면 안 될까요?"

"어?"

예상한 대로 산고 할머니는 놀란 얼굴로 나를 보았다.

"들어보세요, 그게……"

나는 『다마노오구시』 액자를 보여주며 오늘 고토다 교수님이 해준 얘기까지 포함해 할머니에게 전부 설명했다.

"이런 말씀을 드리는 게 뻔뻔하게 들렸다면 죄송해요. 지로 할아버지도 제가 이 책방을 운영했으면 좋겠다고 생각하신 게 아닐까 하는 의견은 고토다 교수님 말씀이지 저는 그렇게까지 생각하진 않아요. 정말 그랬다면 할아버지가 좀더 분명하게 말을 남기셨을 테니까요. 하지만 어떻든 저는 이 책방을 운영하고 싶어요. 계속해나가고 싶어요."

나는 오늘 오후 내내 생각했던 것을 말했다.

"초반에는 책방 월세를 제대로 낼 수 있을지 잘 모르겠지만, 고토다 교수님이 도서관장이 되면 적어도 대학에서 필요한 고서는 우리 책방에서 발주하겠다고 하셨어요. 그 밖에도 뭔가 다른 걸 궁리해볼 작정이에요. 인터넷 판매도 시작하고…… 예를 들어 가게 일부를 카페로 한다든가…… '헌책식당'이라는 이름을 붙여서요. 헌책을 잔뜩 취급하는 가게에서 음식을 내는 거니까요."

"미키키……"

"처음엔 할머니한테 폐를 끼칠지도 몰라요. 하지만 최대한 손해는 나지 않도록 할게요! 저도 열심히 이것저것 궁리해서……"

"미키키."

산고 할머니가 의자에서 일어나 내 손을 잡았다. 그러더니 그대로 손장난이라도 치듯 할머니는 맞잡은 손을 흔들었다.

"고마워."

"네?"

"고마워, 정말로 고마워. 미키키가 책방을 맡아준다면 이보다 기쁜 일이 없지. 실은 나도 그렇게 해주길 바랐거든. 하지만 말을 꺼내기가 어려워서. 책방을 이어줬으면 좋겠다느니 그런 말은 도저히 못하겠더라고. 그런데 이렇게 말해주니 기쁘네. 정말 고마워."

"제가 그렇게 해도 괜찮을까요?"

"괜찮은 정도가 아니지. 최고야."

"하아, 다행이다."

나는 힘이 다 빠져나간 듯했고, 이번에는 정말로 주저앉고 말았다.

"아, 배고파."

무심코 중얼거리자 산고 할머니가 웃으며 돈가스 샌드위치를 준비해줬다.

"맛있어요."

할머니는 입안 가득 샌드위치를 넣은 나를 보며 웃었다.

"생각해보면 이 동네가 전부 '헌책 식당'인 거네요."

"무슨 뜻이야?"

"거리 전체에 오래된 책들이 넘쳐흐르고, 맛있는 음식도 넘쳐흐르니까요."

"그렇네."

"참 멋진 동네예요."

나는 샌드위치를 꼭꼭 씹으며 생각했다.

그래, 나는 분명 그때 이 거리를 사랑하게 된 것이다. 처음 이곳에 왔던 날, 지로 할아버지를 만난 날, 용기를 내 이곳의 문을 열었던 날.

이 거리, 이 책방, 그리고 작은할아버지를 사랑했다.

"미키키가 그렇게 하기로 결심했다면 그걸 꺼내야겠다."

"그거라뇨?"

산고 할머니는 안으로 들어가더니 손에 길고 가느다란 물건을 가지고 나왔다.

"이거 말이야."

'헌책 고가 매입'이 적힌 간판이었다. 녹이 슬고 낡았지만 만듦새가 탄탄해 더럽진 않다.

"아."

"이걸 꺼내놓지 않으면 진정한 헌책방이라고 할 수 없겠지."

나는 그 간판을 물끄러미 바라보았다.

"꺼내도 될까요?"

"……각오를 해야겠지?"

그렇다, 그것은 각오다. 앞으로 둘이서 헌책방을 해나가겠다는 각오.

그때, 입구의 미닫이문이 열리고 젊은 여자가 들어왔다. 저녁 여덟시가 지났는데 책방 문을 닫는 걸 까맣게 잊고 있었다.

"어서 오세요."

아직 샌드위치를 먹고 있는 나를 향해 눈을 찡긋한 뒤, 산고 할머니는 간판을 내려놓고 손님에게 다가갔다.

"아직 영업중인가요?"

손님이 물었다. 주뼛주뼛하는 목소리였다.

"네, 뭔가 찾으시나요?"

"……실은 제가 갑자기 내일 아침에 회사 조례에서 뭔가 말을 해야 하는 상황이거든요. 사장님이 지목해서요! 작은 회사긴 하지만. 이럴 때 참고할 만한 책이 있을까요?"

"저런, 고민이겠네요. 인사말이라는 게 참 어렵죠. 나도 그런 거 너무 싫어해요. 참 그렇지, 마루야 사이이치 씨의 『인사는 어려워』라는 책이 어디 있는데."

나는 먹던 샌드위치를 뿜을 뻔했다.

할머니, 그건 안 돼요! 유명한 연설문을 모아놓은 아주 재미있는 책이지만 너무 매니악해서 내일 아침 회사 조례에서 할 인사말을 찾는 직장인에게는…… 아마 맞지 않을 거예요!

나는 빵을 삼키면서 좀더 알맞은 연설집을 찾기 위해 서둘러 자리에서 일어났다.

옮긴이 **김영주**
상명대학교 일어교육과를 졸업하고 한국외국어대학교 대학원에서 일본 근현대문학으로 석사과정을 졸업했다. 옮긴 책으로 『낮술』(전3권) 『탱고 인 더 다크』 『엄마가 했어』 『신을 기다리고 있어』 『결국 왔구나』 등이 있다.

문학동네 세계문학
헌책 식당

초판 인쇄 2024년 10월 15일 | 초판 발행 2024년 10월 29일

지은이 하라다 히카 | 옮긴이 김영주
책임편집 고선향 | 편집 송원경
디자인 백주영 이원경 | 저작권 박지영 형소진 최은진 오서영
마케팅 정민호 서지화 한민아 이민경 왕지경 정경주 김수인 김혜원 김하연 김예진
브랜딩 함유지 함근아 박민재 김희숙 이송이 박다솔 조다현 정승민 배진성
제작 강신은 김동욱 이순호 | 제작처 상지사

펴낸곳 (주)문학동네 | 펴낸이 김소영
출판등록 1993년 10월 22일 제2003-000045호
주소 10881 경기도 파주시 회동길 210
전자우편 editor@munhak.com | 대표전화 031) 955-8888 | 팩스 031) 955-8855
문의전화 031) 955-1927(마케팅) 031) 955-1917(편집)
문학동네카페 http://cafe.naver.com/mhdn
인스타그램 @munhakdongne | 트위터 @munhakdongne
북클럽문학동네 http://bookclubmunhak.com

ISBN 979-11-416-0786-9 03830

잘못된 책은 구입하신 서점에서 교환해드립니다.
기타 교환 문의 031) 955-2661, 3580

www.munhak.com